高等学校计算机教材

Visual Basic 程序设计教程

（第 2 版）

邢晓怡　刘　江　胡庆春　解冬梅　编著

电子工业出版社

Publishing House of Electronics Industry

北京·BEIJING

内 容 简 介

本书主要介绍 Visual Basic 结构化程序设计的语句、常用算法及编程思想，并通过图文并茂的实例加以说明，分为教学篇和实验篇两部分。教学篇包括：Visual Basic 概述、窗体和常用控件、语言基础、程序设计、常用标准控件、界面设计、文件、图形、数据库应用等；实验篇根据教学篇内容的安排，对应有 20 个实验，并配有大量的程序实例供读者练习。

本书可用做高等教育、继续教育、高等职业技术教育等院校 Visual Basic 程序设计教材，也可供培训班或个人自学使用。

图书在版编目（CIP）数据

Visual Basic 程序设计教程/邢晓怡等编著. —2 版. —北京：电子工业出版社，2011.8
高等学校计算机教材
ISBN 978-7-121-14194-2

Ⅰ. ①V… Ⅱ. ①邢… Ⅲ. ①BASIC 语言－程序设计－高等学校－教材 Ⅳ. ①TP312

中国版本图书馆 CIP 数据核字（2011）第 146687 号

策划编辑：张荣琴
责任编辑：胡丽华
印　　刷：北京丰源印刷厂
装　　订：三河市鹏成印业有限公司
出版发行：电子工业出版社
　　　　　北京市海淀区万寿路 173 信箱　邮编　100036
开　　本：787×1 092　1/16　印张：18.75　字数：480 千字
印　　次：2011 年 8 月第 1 次印刷
印　　数：4 000 册　定价：36.00 元

前　言

在众多的高级程序设计语言中，Visual Basic 语言既具有简单易学的特点，又具有可视化的面向对象的编程技术，大大简化了 Windows 应用程序的开发，人们可以在较短的时间内掌握该语言，并能编写出各种 Windows 应用程序。《Visual Basic 程序设计教程》是计算机公共课第二层次教学内容中的一本教材，是为全日制高等教育、继续高等教育、高等职业技术教育等院校非计算机专业的本科、专科学生学习 Visual Basic 程序设计语言专门编写的教材。

计算机程序设计课程包括基于算法的逻辑思维训练和计算机程序设计语言应用两部分，我们既要提高学生的逻辑思维能力，又要加强应用能力的训练。多年的教学实践证明，将两者有机地结合在一起，既可提高学生学习程序设计语言的积极性，又可提高编程效率和教学效果。为此本书采用理论和实践相结合的原则，全书分为教学篇和实验篇两大部分。其中教学篇对程序设计的基础知识、基本语法、编程方法、常用算法和可视化界面设计做了较系统、详细的介绍，而实验篇则给出了大量的题目，使读者通过一定量的编程练习，掌握程序设计的基本方法，体会计算机应用软件开发的基术思想。本次再版，兼顾 Visual Basic 的语言特点及初学者的特点，以打好基础、面向应用、提高能力为目的，在章节编排、叙述表达、实验等内容方面做了进一步的调整与修改。

本书的教学篇共 10 章，内容包括 Visual Basic 概述、窗体和常用控件、语言基础、程序设计、常用标准控件、界面设计、文件、图形、数据库应用等。本书从简单、有趣的示例开始，引出了 Visual Basic 编程的基本思想及概念，通过对窗体和几个最基本的常用控件介绍，阐述了可视化编程的基本方法。在此基础上讲述了 Visual Basic 语言的基本语法规则、基本输入/输出方法、程序设计三大基本控制结构（顺序结构、选择结构、循环结构）及其数组和过程等内容，使读者能掌握一般问题的编程能力。可视化界面设计是实际应用中不可缺少的，接下来介绍的常用标准控件、对话框、菜单、图形等的设计，能很好地满足实际应用界面的需要。最后通过 Visual Basic 数据库应用技术的介绍，将数据库技术与程序设计技术有机地结合在一起，较好地处理了基本原理和应用技术之间的关系，学生可以学以致用，掌握数据库应用程序开发的基本方法。

本书的实验篇安排有 20 个实验，伴有类型丰富的实验题目，从基础实践开始，由浅入深，循序渐进。实验 1、2、3 是 Visual Basic 集成开发环境的学习和可视化编程的基本方法训练；实验 4、5、6、7、8、9、10、11 是基本语法、编程方法、常用算法练习，让学生逐渐学会分析问题，以达到能独立编写程序的能力；实验 12、13、14、15、16 是界面设计的内容，使程序实用化；最后 4 个实验是文件、图形和数据库的应用，可以加强实际应用程序的编程能力。总之，为使初学者既能独立编写程序，又少走弯路，实验篇中对每一实验题目都做出了必要的提示，有助于学习提高效率。

参加本书编写的作者都是长期从事计算机基础教学的一线教师，具有丰富的教学经验，并了解社会对大学生计算机技能的需求和学生的计算机知识结构，对本书各章节的内容有一个较好的把握。本书由邢晓怡、刘江、胡庆春、解冬梅共同研讨和合作编写，华东理工大学继续教育学院参加了组编。其中第 1、第 3 章由刘江、邢晓怡执笔，第 2、第 7 章由邢晓怡执笔，第 4 章由解冬梅、刘江执笔，第 5 章由刘江、胡庆春执笔，第 6 章由胡庆春、邢晓怡执笔，第 8、9 章由解冬梅执笔，第 10 章由胡庆春执笔，实验篇中实验 1 和实验 4～11、18 由解冬梅执笔，实验 2、3 和实验 12～16 由邢晓怡执笔，实验 17、19、20 由胡庆春执笔。全书由邢晓怡统稿并定稿。

在本书编写过程中得到了顾春华、黄婕、张雪芹、许学敏等多位专家与领导的参与和支持，借此机会，谨向他们，以及所有关心与支持本书编写工作的各位同仁表示最诚挚的感谢。

本书除用做高等教育、继续高等教育、高等职业技术教育等院校 Visual Basic 程序设计语言教材外，也可供培训班或个人自学使用。限于编者水平，本书难免有不妥或错误，敬请读者批评指正。

编 者

2011 年 5 月

目 录

第一部分 教 学 篇

第二部分　实　验　篇

第一部分　教　学　篇

第1章 Visual Basic 概述

在众多的高级程序设计语言中，Visual Basic 语言既具有简单易学的特点，又具有可视化的面向对象的编程技术，大大简化了 Windows 应用程序的开发，人们可以在较短的时间内掌握该语言，并能编写出各种 Windows 应用程序。

本章内容是学习 Visual Basic 程序设计的基础，主要介绍面向对象程序设计的基本概念，Visual Basic 的功能与特点，Visual Basic 的集成开发环境，Visual Basic 应用程序的建立、运行与保存等。

1.1 面向对象程序设计基本概念

我们知道，Windows 是当前用得最多的 PC 操作系统，它为用户提供了形象直观、生动贴切的图形操作环境。在 Windows 操作环境下，用户对程序的操作是通过对窗口、菜单、图标和按钮等图形元素的操作来实现的。对于用户来说，Windows 操作系统是深受欢迎的，也是非常出色的。但是，如果是程序员，或者说需要在 Windows 操作系统下编制程序，工作的难度就要增大很多，如果要设计一个图形界面的应用程序，就必须考虑怎样设计窗口、怎样在窗口上设计对象、怎样做到用鼠标和键盘操作等一系列问题，这些繁重的工作甚至超过了为实现程序功能而做的设计。传统的高级语言对于这样的界面设计是很困难的，即使是一个普通的界面也要花上几百行的程序代码，工作量十分巨大。对此，我们面临的问题是：一方面为 Windows 提供的图形界面而感到欣喜，另一方面却为编写越来越复杂的程序而力不从心。甚至有人说"Windows 的出现预示着业余程序员的末日"，那么我们对 Windows 环境下的编程真的无能为力了吗？

大家不要为此而感到惊恐和困惑，作为与 Windows 配套的程序设计方式，Microsoft 公司推出了 Microsoft Visual Studio 系列编程语言和环境，"Visual"的意思是可视化，它是对传统的程序设计方式的一种革新，通过面向对象程序设计方法非常巧妙地把 Windows 编程复杂性封装起来，使我们可以轻松地步入编写 Windows 应用程序的殿堂。大家将要学习的 Visual Basic 就是 Microsoft Visual Studio 家族成员之一，Visual Basic 大大简化了 Windows 应用程序的开发，即使是没有程序设计基础的人也可以在很短的时间内掌握 Visual Basic，并能编写出各种 Windows 应用程序。

1.1.1 Visual Basic 程序设计实例

【例 1.1】求解一元二次方程的根。

在中学的课程里大家都学过一元二次方程，即

$$ax^2 + bx + c = 0$$

对于这个问题的求根，通常我们采用韦达定理，即根据

$$\Delta = b^2 - 4ac$$

有 3 种情况确定求根的公式：当Δ>0 时有两个不同的实根；当Δ=0 时有两个相同的实根；当Δ<0 时有两个不同的复数根。这样的数学问题对我们不陌生，但怎样才能变成计算机的应用程序，并能对任何一个一元二次方程都可以求根呢？从问题本身出发，可以知道对任何一个方程，它提供的条件是方程的 3 个系数 a、b、c，而且要求 $a \neq 0$，通过计算得到的结果是方程的两个根 x1、x2，为此需要设计一个包括可以输入 3 个系数、可以启动计算的功能和输出两个结果的窗体。尽管还不知道其中的内容，但还是可以先设计出如图 1.1（a）所示的窗口。窗口上"求根运算"按钮对应的程序代码如下：

```
Private Sub Command1_Click()
Dim a, b, c, x1, x2, d
a = Val(Text1)
b = Val(Text2)
c = Val(Text3)
If a = 0 Then
    MsgBox "a 不能等于 0，请重新输入 a", vbCritical, "提醒"
    Text1.SetFocus
    Text1.Text = ""
    Exit Sub
End If
d = b * b – 4 * a * c
If d > 0 Then
    x1 = (–b + Sqr(d)) / 2 / a : Text4 = x1
    x2 = (–b – Sqr(d)) / 2 / a : Text5 = x2
ElseIf d = 0 Then
    x1 = –b / 2 / a
    Text4 = x1
    Text5 = x1
Else
    x1 = –b / 2 / a : x2 = Sqr(–d) / 2 / a
    Text4 = Str(x1) & "+" & Str(x2) & "i"
    Text5 = Str(x1) & "–" & Str(x2) & "i"
End If
End Sub
```

在完成了按钮的事件过程编程之后，运行本应用程序并在 3 个文本框中输入数据 2、3、4 得到如图 1.1（b）所示的运行结果窗口。

　　　　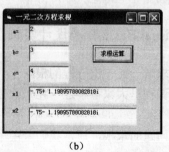

　　　　（a）　　　　　　　　　　　　　（b）

图 1.1　一元二次方程求根应用程序设计窗口及运行结果窗口

【例 1.2】 一个简单的游戏，模拟幸运 7 数字机游戏程序。

首先我们建立如图 1.2（a）所示的应用程序窗口。

整个应用程序在代码窗口中建立的程序代码如下：

```
Dim k
Private Sub Command1_Click()
Randomize
Text1 = Int(Rnd * 10)
Text2 = Int(Rnd * 10)
Text3 = Int(Rnd * 10)
Picture1.Cls
If Text1 = 7 And Text2 = 7 And Text3 = 7 Then
    Picture1.Print "你赢了大奖" & Chr(10) & Chr(13) & "奖励 100 点"
    k = k + 100: Beep: Beep: Beep
ElseIf Text1 = 7 And Text2 = 7 Or Text1 = 7 And Text3 = 7 Or Text2 = 7 And Text3 = 7 Then
    Picture1.Print "你赢了中奖" & Chr(10) & Chr(13) & "奖励 20 点"
    k = k + 20: Beep: Beep
ElseIf Text1 = 7 Or Text2 = 7 Or Text3 = 7 Then
    Picture1.Print "你中奖了" & Chr(10) & Chr(13) & "奖励 5 点"
    k = k + 5: Beep
Else
    Picture1.Print "你输了" & Chr(10) & Chr(13) & "扣除 5 点"
    k = k−5
End If
    Label2 = k
    If k = 0 Then
    MsgBox "你已经输光了本钱，GAMEOVER！！ ", vbCritical, "哈哈"
    End
End If
End Sub
Private Sub Command2_Click()
End
End Sub
Private Sub Form_Load()
    k = 10
    Label2 = k
End Sub
```

在完成了整个应用程序编程之后，运行应用程序并单击"执行"按钮得到如图 1.2（b）所示的运行结果窗口。

通过两个实例程序，我们可以看到 Visual Basic 的基本编程情况，Visual Basic 既可以解决科学计算的问题，也可以编制各种各样的应用程序，非常简单、方便。

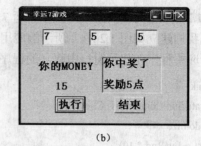

图 1.2　幸运 7 游戏程序设计窗口及运行结果窗口

1.1.2　对象及对象特征

将要学习的 Visual Basic 是 BASIC 语言中的一种，BASIC 是英文 Beginner All-purpose Symbolic Interchange Code 的缩写，意思是初学者通用符号交换代码。

面向过程的程序设计比较接近程序员解决问题的思维方式，但对于大多数人更习惯于简单的操作，特别是现在的计算机性能普遍提高，绝大多数操作系统使用的都是图形界面，从 20 世纪 90 年代开始，程序设计的方向已经转到面向对象程序设计（Object Oriented Programming，OOP）上，目前面向对象的程序设计已经被广泛采用。

面向对象的程序设计是以两个基本概念：对象（Object）和消息（Message）为核心展开的。

1．对象

"对象"是客观实体，也是面向对象语言中构成整个程序的主要成分。面向对象方法中的对象，是系统中用来描述客观事物的一个实体，它是用来构成系统的一个基本单位，对象把数据和数据的操作方法放在一起，作为一个相互依存、不可分割的整体。对象本身是独立的，也就是说，对象是一个独立单位，具有自己的一组静态特征（表现为数据描述）和一组动态特征（表现为某种功能或行为），静态特征通常称为属性，动态特征则是描述对象行为的操作序列。

2．类

对于具有相同类型的对象抽象出其共同的性质，形成了"类"。类是对象的抽象，是具有相同属性和行为的一组对象，它为属于该类的全体对象提供了抽象的描述，具体说其内部包括属性和行为（方法）两个主要部分。类中的大多数数据，只能用本类的方法进行处理，类通过一个简单的外部接口与外界发生关系。

3．类和对象的关系

类和对象的关系是通过对象的抽象形成了类（对象的抽象），有类就可以通过类定义具体的对象（类的实例）。类就像是一个制作模型的模子，利用这个模子可以做出许多相似但彼此独立的对象，起到了模块化、规范化的作用。

4．封装性

面向对象方法的一个重要原则是采用"封装"技术：就是把对象的属性和行为结合成一个独立的系统，并尽可能隐藏对象的细节。这里有两个含义：一是把对象的全部属性和全部行为结合在一起，形成不可分割的独立单位；二是尽可能隐蔽对象的细节，对外形成一道屏障，只保留有限的对外接口与外部发生联系。

5. 继承性

面向对象技术能够提高软件开发效率的一个重要原因是采用"继承"技术：A 类的对象拥有 B 类的所有属性和行为，则称 A 类是对 B 类的继承。比如已经了解了"马"是一个类，现在我们需要使用的是"白马"或"黑马"时，不用把注意力放在什么是马上，因为已经定义过什么是马了，"白马"和"黑马"可以看成两个特殊的类，显然都继承了一般的马类的特征（属性和行为），只要在马的类基础上定义白和黑就可以了。

6. 多态性

一般类中定义的属性和行为被特殊类继承之后，可以有不同的数据类型或表现出不同的行为，这种表现形式称为"多态性"。可以定义一般类"几何图形"，它具有"绘图"行为，但没有具体的图形定义时，并不知道"绘图"所绘的内容是什么，如果需要绘制"多边形"，用直尺就可以完成，而绘制"圆"就需要使用圆规了。单纯的说绘图是没有什么结论的，只有到了具体的某个特殊类时才能实现绘制的功能。

7. 消息

从外界向对象发出的信息通常称为消息。消息是通过接口对对象的驱动，是对象发生改变的外在条件，通常认为"对象+消息驱动=面向对象程序设计"，可见消息的重要性。

对象本身是封装的，通过一些接口和外界发生联系，也就是在对象之间通过消息传递信息，发出操作命令等。使用面向对象的操作系统，已经不像以前需要在提示符下输入各种各样的命令，而是通过各种设备对操作界面上的图标发出单击、双击、右击等一系列的操作和命令，这样的操作和命令就是消息。

1.1.3 面向对象程序设计

使用 Visual Basic 设计应用程序是一个工程化的过程，要想准确、全面地解决问题，只有按照软件开发的方法和步骤操作，才能完成预定的目标。按照面向对象的软件工程开发方法所做的面向对象程序设计包括如下五个步骤。

1. 面向对象分析（Object Oriented Analysis，OOA）

作为程序设计，首先要分析用户的需求，概括出系统应该做什么而不是怎样做。在对任务的分析中，从客观存在的事物和事物之间的关系，归纳出有关的对象以及对象之间的联系，并将具有相同属性和行为的对象抽象成一个类，建立一个能反映实际情况的模型。

这部分工作是粗略的，需要最终形成一个系统模型。使用 Visual Basic 做工程的时候，是不需要定义类的，因为 Visual Basic 是基于对象的程序设计，可以使用事先定义的类生成对象（控件）。

2. 面向对象设计（Object Oriented Design，OOD）

根据面向对象分析阶段形成的模型，给出每一部分的具体设计，设计出应用程序的层次，描述解决问题的方法等。

在设计阶段强调的是从逻辑上解决实际问题。主要完成的工作是设计程序的思路和方法，算法的设计，但与具体的计算机系统无关，而是用一种通用型的描述工具来描述，可以为更多人认识和理解。

3．面向对象编程（Object Oriented Programming，OOP）

根据面向对象设计结果，把逻辑上的功能用某种或多种计算机语言编写成程序。现在使用的面向对象的程序设计语言分为两类，一类是面向对象的设计语言，这类语言需要自己定义各种各样的类及相关的操作，可应用的范围广，难度比较大；另一类是基于对象的设计语言，这类语言的大部分类是系统事先定义好的，设计时只要引用即可，相对而言使用的难度比较低，应用范围比较窄。Visual Basic 程序设计语言属于后一种类型，是基于对象的程序设计语言。

4．面向对象测试（Object Oriented Test，OOT）

编写的面向对象的程序交给用户使用前，必须对程序进行严格的测试，测试的目的是发现程序中的错误并加以改正，找出程序中不合理的地方并做出修正。测试是一项严格、严谨的工作，其出发点是为了发现程序中的错误而不是证明程序正确，这一点非常重要，设计者必须在自己的工作过程中保证程序的正确性。为避免主观的介入，测试往往需要程序设计之外的人来做，而不是设计者本人。

5．面向对象软件维护（Object Oriented Soft Maintenance，OOSM）

当一个应用程序设计完成以后，就是一个产品，可以为别人提供服务。但软件在具体应用过程中，不可避免地存在这样那样的问题，要想保证软件能够畅通无阻地运行，就必须做好软件的维护。软件的维护包括方方面面的内容，因此程序设计过程中对对象的封装可以保证部分内容的修改不会对整体产生大的影响；同时合理的、符合规范的结构化设计保证了程序的可读性和可维护性，这些都是应该大力提倡的。

1.2 Visual Basic 的集成开发环境

1.2.1 Visual Basic 的功能与特点

1．Visual Basic 的功能

（1）采用面向对象的可视化界面设计。使用传统的、面向过程设计的高级语言编程时，设计应用程序界面需要通过代码来完成，即使是非常简单的一个界面也需要一大段程序。更为严重的是，程序设计过程中不能随时观看到实际的设计效果，需要等到编译通过并运行后才能看到，如果不满意需要修改时，就要重新修改程序，编译运行如此反复，需要花费大量的时间和精力。

现在我们已经非常熟悉 Windows 的工作环境，经常使用的软件也都是"所见即所得"的。在编程的时候是不是也可以做到"所见即所得"呢？回答是，如果我们采用的是面向对象的可视化设计，做到界面设计的"所见即所得"是很容易的，Visual Basic 的应用程序设计就具有这样的功能。

Visual Basic 为编程人员提供了可视化的图形对象支持应用程序的界面设计，通常用窗

体做载体，控件和其他内容做操作、应用对象，编程人员可以按照设计要求利用这些对象直接设计出应用程序界面，Visual Basic 系统自动生成相应的程序代码段，这样编程人员就可以把精力集中在功能实现上，不再为设计界面的烦琐工作而感到痛苦，同时效率也得到了极大的提高。

（2）采用基于对象的编程方法。一般的面向对象编程语言（如 C++），对象是由程序代码和数据构成的，它本身是抽象的，可以自己定义各种各样的对象，并为之设计相应的操作。Visual Basic 支持面向对象编程（OOP），但更多的时候采用的是基于对象的设计编程方法。Visual Basic 是运用 OOP 方法将程序代码和数据封装起来形成一个个可视的图形对象，使对象成为有形的、实在的东西，编程时在界面上直接"画"出来，系统自动生成对象的程序代码并封装起来，可见，Visual Basic 的编程比其他的面向对象设计语言更加简单、容易和方便。

（3）采用事件驱动的编程机制。传统的结构化编程方法是根据应用程序实现的功能编写一个完整的程序，其中可以包括一个主程序和若干个子程序，应用程序的执行是封闭的，从主程序第一条语句开始执行，执行到结束语句（通常是主程序的最后一条语句）结束整个程序的运行，这样的编程方法使编程人员必须十分细致地考虑应用程序运行过程中可能出现的各种情况，因此编程的难度比较大。结构化程序设计另一个区别于面向对象程序设计的是结构化设计的可再现性，就是对于给定相同的初值，多次执行其结果是相同的。

Visual Basic 彻底改变了这样的编程机制，它以工程化的方式建立应用程序，没有了传统意义上的主程序，就可以通过设置启动窗体开始执行整个应用程序，应用程序执行后，除非用户执行了关闭工程的命令（Visual Basic 程序中出现的 END 命令），否则会一直执行着。执行的内容是通过事件来驱动的，使用的事件不同，执行的内容也不相同，每当用户或系统触发一个事件，就会执行一段程序来响应。比如命令按钮的单击事件，当用户单击按钮时产生一个 Click（单击）事件，这个事件执行的内容是一段用户编制的子程序 Sub，完成指定的功能，执行到子程序的结束语句 End Sub 时结束子程序，应用程序暂停，直到下一个事件的发生。

事件驱动编程机制使得用 Visual Basic 编制的程序没有了明显的开始和结束，只要编写实现功能的子程序即可。子程序的规模不大、功能单一，编程难度大大降低，这些子程序分别由各种事件来驱动，设计可以更加方便灵活。

（4）集成化开发环境。Visual Basic 的集成化开发环境是设计人员进行 Windows 编程的工作环境，与 Microsoft 家族的软件类似，是将编程时的设计、编辑、编译和运行调试等多种功能集成在一个公共环境中，整个开发环境由标题栏、菜单栏、工具栏、工具箱、工程资源管理器窗口、属性窗口、设计器窗口、窗体布局窗口，代码窗口等众多内容组成，集各种内容为一体。

（5）结构化程序设计。相对于传统的 BASIC 语言，Visual Basic 具有更加丰富的数据类型，内部函数大量增加，支持结构化的程序设计，使设计出的程序结构清晰，可读性强，易于维护。

（6）多种方式访问外部数据。如果需要大量数据或者需要处理来自外部的数据，使用数据库是很方便的，Visual Basic 系统提供了多种连接数据库的方式，几乎可以连接所有类型的数据库、电子表格及标准数据文件。常用的一种组合是 Visual Basic+Access 数据库，而且 Visual Basic 自身所带的可视化数据管理器与 Access 具有相同的结构，应用起来十分方便。

Visual Basic 中可以利用 Data 控件方式访问外部数据，特别是访问各种各样的数据库，使用起来方便可靠；常用的另一种方式是 ADO（Active Database Object）技术，对比 Data 控件方式，ADO 功能更强大，包括现在的 ODBC（Open Database Connection），应用的范围更广，而且占用内存空间小，访问速度更快，提供的 ADO 控件减少了创建数据库应用程序的代码。

（7）支持其他技术。除了上述功能之外，Visual Basic 还提供了其他外部程序技术的部件和接口。

① Active 技术：发展了原有的对象链接与嵌入（Object Linking and Embedding）技术，使开发人员可以方便地使用其他应用程序提供的功能，摆脱了特定语言环境的束缚，能够在 Visual Basic 环境中开发出集成了图像、声音、动画、Web 网页和 Microsoft Office 应用软件等内容于一体的应用程序。

② 网络功能：Visual Basic 的一个重要新功能是提供了 DHTML（Dynamic HTML）设计工具，这种技术可以使用户在 Visual Basic 中直接开发多功能的网络应用软件，Web 网页设计者也可以动态地创建和编辑页面。

③ 应用向导：Visual Basic 提供的应用程序向导可以自动创建不同类型、不同功能的应用程序，可以执行应用程序向导、安装向导、数据对象向导、数据窗体向导、DHTML 设计向导和 IIS 应用程序向导等，大大地减轻了初学者对程序设计的恐惧心理，而且可以轻松地设计自己满意的应用程序。

④ 联机帮助：Visual Basic 提供了联机帮助系统，和其他 Windows 环境下的软件一样，利用帮助菜单或按功能键 F1，随时可以方便地阅读 Visual Basic 的帮助信息（前提是安装了相应的 MSDN）。帮助信息是用户学习的重要手段，通过使用帮助信息，可以得到大量的示例程序段代码，对疑难问题也可以找到解决的答案，特别是在没有人帮助指导的环境中，使用帮助信息是很好的自学手段。

2. Visual Basic 的主要特点

（1）简单易学。Visual Basic 是从 BASIC 语言发展而来的，依然保留着 BASIC 语言简单易学的特征，语句和程序结构都很简单。

（2）界面友好。集成化的环境，设计窗口采用所见即所得的方法，使得设计起来非常方便自如，编写程序时语句自带说明结构，可以参照设计。

（3）工程化管理。Visual Basic 的每个应用程序都是一个工程，按照工程化的方法分门别类地管理使用的各种各样的窗体和控件，为用户创建了良好的工作环境。

（4）解释工作方式。Visual Basic 采用解释工作的方式，对初学者是非常适用的，有错误可以直接指示出来，边调试边运行，即使编制的程序不完整也可以执行。

（5）编译形成可执行文件。像其他编译型程序设计语言一样，一个工程建立完成之后，Visual Basic 支持它形成可执行文件。经过编译之后形成的可执行文件可以有条件地脱离开系统执行，而且代码不会泄露，方便了应用程序的应用。

1.2.2 Visual Basic 的标准 EXE 工程环境

Visual Basic 的启动是首先要掌握的内容。本教材使用的是 Visual Basic 6.0 中文版，启动后进入到 Visual Basic 的工作环境，如图 1.3 所示。

图 1.3　Visual Basic 的工作环境

在工作环境中可以选择的新建工程有 13 种，第一种是标准 EXE 工程，选择标准 EXE
工程后单击"确定"按钮进入到标准 EXE 工程窗口，如图 1.4 所示。

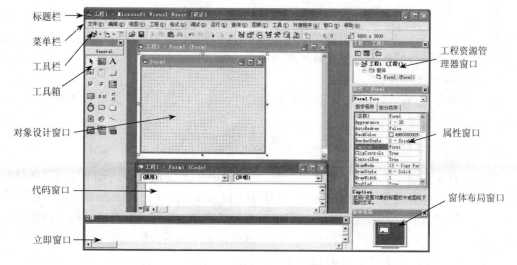

图 1.4　标准 EXE 工程窗口

标准 EXE 工程窗口由 10 个部分组成（见图 1.4 中箭头指向），它们是标题栏、菜单
栏、工具栏、工具箱、对象设计窗口、代码窗口、立即窗口、工程资源管理器窗口、属性窗
口和窗体布局窗口，使用中可能不是所有的窗口都出现，可以通过菜单下视图中的选项决定
某个窗口是否可见，下面逐一介绍使用方法。

1．标题栏

标题栏中标题显示的内容说明当前开发环境所处的状态，初始时为设计模式，进入其他
状态时，标题栏说明中方括号内的文字将发生变化，Visual Basic 有 3 种工作模式。

（1）设计（Design）模式：用户进行界面设计和代码设计，完成应用程序开发工作；设
计模式的标题栏显示为："工程 1-Microsoft Visual Basic［设计］"。

（2）运行（Run）模式：解释方式下运行应用程序，可以使用菜单栏的"运行"命令或使用工具栏中的按钮▶执行程序，此时不能编辑界面和代码；运行模式的标题栏显示为："工程 1-Microsoft Visual Basic［运行］"。

（3）中断（Break）模式：使程序运行暂时中断，程序运行时单击工具栏中的按钮 ‖ 或按键盘中的 Ctrl+Break 组合键中断程序的运行，此时可以编辑代码，不能编辑界面，可以在显示出来的立即窗口中检查变量的当前值或给变量赋新值，按功能键 F5 或工具栏中的按钮▶继续执行程序；如果希望运行过程中结束程序，单击工具栏中的按钮■即可；中断模式的标题栏显示为"工程 1-Microsoft Visual Basic［break］"。

2．菜单栏

菜单栏与大多数 Windows 应用程序的类似，菜单栏中包括 13 个下拉菜单，用于程序开发过程中的各种操作。

3．工具栏

工具栏中包括一大批工具按钮，用于程序开发过程中快速执行的操作，具体内容不做详细解释。

4．工具箱

第一次使用 Visual Basic 时，工具箱会出现在屏幕的左侧，初始状态由 21 个按钮形式的图标构成，这是 Visual Basic 提供的应用程序设计控件集合，用户可以在窗体上直接应用这些控件。其中的指针控件用于移动窗体和控件，以及调整控件的大小，而其他 20 个控件称为 Visual Basic 标准控件。

如果需要使用 Windows 中注册过的其他控件，可以把"工程"菜单下"部件"命令中的相关部件装入到工具箱中。

5．对象设计窗口

对象设计窗口位于工作环境的中央，窗口中显示用户设计的窗体，每个应用程序至少要有一个窗体，窗体是建立 Visual Basic 应用程序的主要部分，用于承载控件；用户在窗体上加载控件有两种方法，一种是双击工具箱中想要加载控件的图标，会在窗体的中央加载一个按照出现次序排名的大小固定的控件，用户可以根据要求使用指针拖到预定位置并调整控件的大小来实现；另一种是单击工具箱中想要加载控件的图标，然后在窗体中需要放置控件的位置按下鼠标左键并拖放到希望的大小，可以得到控件；通过与窗体上加载的控件交互得到应用程序的运行结果。

每个窗体必须有唯一的名字，窗体的标题栏中显示的只是标题，并不是窗体的名字，必须注意不能用错，建立窗体时默认的名字按照建立的先后次序依次为 Form1，Form2，……。

设计时窗体是可见的，灰色的背景上有小点网格便于对齐控件，关于窗体的设置可以通过"工具"菜单中的"选项"命令实现；如果用户的应用程序无法在一个窗体中完成，则可以使用多个窗体，即使用"工程"菜单下的"添加窗体"命令添加新的窗体，也可以装载现有的窗体。

6．代码窗口

代码窗口用于显示、编辑程序设计的代码，代码窗口包括对象列表框、过程列表框、代码框、过程查看按钮和全部查看按钮，其形式如图 1.5 所示，内容说明如下。

图 1.5　代码窗口

（1）对象列表框：显示所选择对象的名称，下拉菜单中给出当前窗体中所有对象的名称，用户可以从中选择需要编写代码的对象（窗体或控件），最上面的（通用）是设定整个窗体中所有对象都可以使用的信息，一般用于声明模块级变量和用户自定义的函数和过程。

（2）过程列表框：选定需要编程的对象之后，需要确定是针对该对象的哪一种事件过程编程，下拉菜单中给出选定对象的所有可以使用的事件过程名称，用户可以从中选择需要编写代码的事件过程，单击后会在代码框中出现该事件过程的代码区域，比如选择窗体上命令按钮 Command1 的单击事件过程，则代码区会出现：

```
Private Sub Command1_Click()
    |
End Sub
```

光标停留在"|"位置上等待用户输入相应的程序，Private Sub 表示是一个私有的子过程，过程名是 Command1_Click，到 End Sub 结束，Command1 是对象名，Click 是发生在 Command1 上的事件，区间内编写的内容就是 Command1 单击事件的过程程序。

（3）代码框：输入、编辑程序代码的文本编辑窗口，可以通过过程查看按钮和全部查看按钮转换显示的方式。

（4）过程查看按钮：只显示当前所选的一个过程代码，其优点是可以集中精力处理好当前工作，缺点是缺乏程序之间的相互照应。

（5）全部查看按钮：显示当前模块中的所有程序代码，其优点是能够兼顾到所有的程序，并可以实现过程之间的代码段的复制；缺点是如果代码过多、过长，则定位比较困难，不容易找到需要处理的程序位置。

7．立即窗口

为调试应用程序提供的服务界面，只能在调试运行中断模式下使用，用户可以在该窗口中使用 Print 输出所关心的变量、表达式的值，便于检查程序执行的状况，也可以给变量赋值并带回到程序中继续执行。

8．工程资源管理器窗口

工程资源管理器窗口保存了一个应用程序所有的属性以及组成这个应用程序的所有文件的信息。Visual Basic 使用层次化的方式管理各类文件，如果同时打开多个工程，则以工程组的方式出现，含有模块和类模块工程组的工程资源管理器窗口如图 1.6 所示。

图 1.6　工程资源管理器窗口

工程资源管理器窗口在窗体的标题栏上显示工程的名字，工程资源管理器窗口的工具按钮有 3 个，分别为

（1）查看代码：切换到代码窗口，显示当前对象的代码。

（2）查看对象：切换到窗体设计窗口，设计当前窗体界面。

（3）文件夹切换：切换到工程资源管理器窗口的文件夹，更改当前窗体。

工程资源管理器下面的列表窗口中是以层次方式显示这个工程（组）中的所有文件的，仔细观察图 1.6 中的内容，可以看到窗口中的内容分为 3 层，工程 1 和工程 2 构成一个工程组是第一层，窗体、模块和类模块文件夹构成第二层，窗体文件、模块文件和类模块文件构成第三层，工程组中文件后带有扩展名的是已经存过盘的文件。

保存这个工程组，则会形成不同类型的 8 个文件，即 1 个工程组文件、2 个工程文件、3 个窗体文件、1 个模块文件和 1 个类模块文件，分别介绍如下。

（1）工程组文件：一个应用程序包含多个工程时，就会形成一个工程组，工程组类文件的扩展名是.vbg（Visual Basic Group）。

（2）工程文件：图 1.6 中，工程 1 已经存盘并命名为 basic.vbp，工程 2 还没有存盘，工程类文件的扩展名为.vbp（Visual Basic Project）。

（3）窗体文件：图 1.6 中，工程 1 中有两个窗体文件，其中 Form1 已经命名为 basic.frm 并存盘，Form2 还没有存盘，工程 2 有一个窗体文件 Form1，还没有存盘，窗体类文件的扩展名为.frm（Form）；

（4）模块文件：工程 2 有一个模块文件 Module1 没有存盘，模块类文件的扩展名为.bas（Basic）。

（5）类模块文件：工程 2 有一个类模块文件 Class1 没有存盘，类模块类文件的扩展名为.cls（Class）。

保存工程（组）时 Visual Basic 系统会弹出一个对话框，要求用户选择存盘的路径和文件名，如图 1.7 所示。

默认路径是 Visual Basic 系统程序所在的文件夹，可以根据需要存放到用户指定的文件夹中。

需要特别注意的是，存盘时工程文件名、窗体文件名、模块文件名最好不要使用系统提供的默认名，因为一个文件夹下用系统默认名保存多个工程时，会出现文件名相同的情况，文件的覆盖会造成文件的丢失，工程将无法正常打开；文件存盘后，不能更改文件名，否则也无法打开工程。

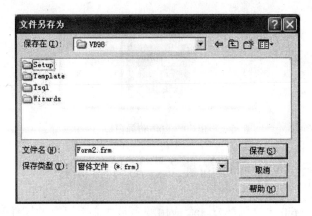

图1.7　工程存盘对话框

9. 属性窗口

属性窗口如图1.8所示，包含标题栏、对象列表框、显示方式选项卡、属性列表框、属性含义说明5部分。

图1.8　属性窗口

（1）标题栏：显示当前对象的名称。

（2）对象列表框：下拉列表中列出了该窗体中所有的对象，单击对象就可以切换到该对象的属性设置。

（3）显示方式选项卡：选项卡有按字母序和按分类序两种方式，字母序便于查找，分类序便于相关内容的集中处理。

（4）属性列表框：分为左右两列，左侧列给出了当前控件的属性名，右侧列给出了该属性的当前值，可以直接修改右侧的值得到新的静态属性。

（5）属性含义说明：最下面的框，说明对象当前属性的含义。

10. 窗体布局窗口

窗体布局窗口如图1.9所示，用于指定程序运行时窗体出现的初始位置，在多窗体应用程序中比较有用，可以保证所开发的应用程序的各窗体准确地出现在希望的位置上，可以通过窗体的StartUpPosition属性设置指定位置，也可以手工拖到窗体布局窗口中的窗体标记到希望的位置。

图 1.9　窗体布局窗口

1.3　Visual Basic 应用程序的建立、运行与保存

使用 Visual Basic 6.0 中文版建立一个应用程序是建立在已有的控件基础之上的。建立的过程为：建立窗体、添加对象及设置对象属性、编写对象的事件过程、运行调试与保存工程、形成可执行文件与打包工程。

1.3.1　建立窗体

用 Visual Basic 创建一个应用程序的第一步是创建用户界面，窗体是创建用户界面的载体，是个容器对象，可以在窗体上添加各种各样的控件。

窗体需要设置一些属性才能有本身的特色，窗体的形式如图 1.10 所示。

窗体属性决定了窗体的外观和操作，大部分窗体的属性既可以通过属性窗口设置，也可以通过程序运行过程中赋值改变，但有些属性只能在属性窗口设置，有些属性只能在窗体运行时赋值。

窗体有些基本属性是经常需要使用和设置的，介绍如下。

Name（名称）属性是窗体的名称，用于程序设计时引用，是程序内部的信息；Caption 属性是标题属性，改变后会显示在窗体的标题部分，是外在的显示方式；第一个初始的窗体这两个属性值都是 Form1，把 Caption 属性改变为"窗体"显示的是如图 1.10 所示的形式，建议使用时也要改变 Name 属性的值。

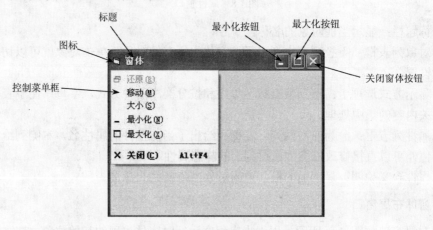

图 1.10　窗体形式

窗体上的控制按钮有三个，最大化按钮 MaxButton、最小化按钮 MinButton 和关闭窗体按钮，这三个按钮只有在执行时才能使用，其功能与常见的 Windows 应用程序相同，可以

用 ControlBox 属性决定是否显示这三个按钮，选择 True 显示，False 不显示。

窗体状态属性 WindowsState 可以在程序执行时实现窗体状态的改变，Normal 是正常窗口状态；Minimized 是最小化状态，只显示运行图标；Maximized 是最大化状态，窗体全屏幕显示。

窗体的位置与大小有四个属性，上边距 Top、左边距 Left、窗体高度 Height 和窗体宽度 Width，上边距和左边距决定了窗体显示的左上角位置，高度和宽度决定了窗体的大小。

窗体还有一些属性需要注意，有可用性 Enabled、可见性 Visible、字体控制 Font、窗体的背景颜色 BackColor 和窗体的前景颜色 ForeColor 等。

经常用到的窗体事件有单击事件（Click）、双击事件（DblClick）、加载事件（Load）和激活（Activate）事件，这些内容将在后面详细介绍。

1.3.2　添加对象及静态设置

用 Visual Basic 创建一个应用程序的第二步是在已有的窗体上添加对象，首先在工具箱中选择想用的控件，双击图标可以在窗体的中央产生一个标准大小的控件，然后拖动到适当的位置再改变大小，也可以单击图标设定控件的类型后，在窗体适当的位置拖放成自定义大小的控件。

在窗体上添加控件前，应该有一个整体的规划，也就是说，在添加控件前事先设计好添加的控件的类型、个数、位置，要有统一的部署才能设计出满意的方案。如图 1.1 中，有 5 个标签框、5 个文本框和一个命令按钮，按照要求布置在窗体上。

在窗体上添加的控件都是标准形式，从大小到属性值，这样的控件是不能很好反映实际需要的。为此添加了控件后要按照设计的要求改变控件的属性，这种方式称做静态设置。

控件的种类不同，设置的属性类型也不相同，在给定的 21 个控件中，最常用的有 3 个：文本框 Text、标签 Label 和命令按钮 CommandButton，这些内容将在第 2 章中详细描述。

1.3.3　编写对象的事件过程

Visual Basic 创建的应用程序是按照事件驱动方式执行的，添加对象并静态设置属性值之后，需要通过编写事件过程才能使程序执行。

系统为每种控件提供的事件都是非常多的，具体应用中只要对控件的有限几个事件编写程序就能够完成预定的功能，不要尝试对所有的控件事件进行编程。由于对象是封装的，一个事件过程编程就是为控件提供一个外部的联系方式，对一个控件编写的事件过程越多，这个控件就越灵活，作用也就越大。

每种控件都有自己常用的事件过程，这些将在后续章节中详细描述。

1.3.4　运行调试应用程序

创建应用程序不会是一蹴而就的，通常编写的事件过程要经过多次运行调试才能得到满意的结果。

运行应用程序有三种方式：

（1）单击工具栏中的蓝色的执行按钮"▶"。

（2）单击菜单中运行项下的启动按钮。

（3）直接按功能键"F5"。

程序运行进入启动窗体，就可以对窗体上的各种控件进行操作。

一般窗体上应该设置一个结束应用程序运行的操作，常用的可以是一个按钮，也可以是一个菜单项，或者单击窗体上的关闭按钮（如果显示）。应用程序运行时，工程标题栏显示的是"[运行]"，而且工具栏中运行按钮"▶"是灰色不可用的，取而代之的是靠近它的暂停按钮"Ⅱ"和结束按钮"■"都是蓝色可用的，可以单击暂停按钮"Ⅱ"进入调试状态，此时工程标题栏显示的是"[Break]"，也可以单击结束按钮"■"结束应用程序的运行。

如果运行程序过程中出现错误，可以通过对话框选择进入调试状态或结束程序的运行。调试状态是程序运行中的中断、暂停状态，此时工程中的立即窗口被激活，可以在其中执行一些立即执行的命令，通常是使用打印命令输出当前状态下的一些可以监测的变量值以便确定程序中断的原因，中断运行时会有指示中断位置的运行窗口出现。调试状态下工具栏中的暂停按钮"Ⅱ"是灰色不可用的，取而代之的是它两边的蓝色可用的运行按钮"▶"和结束按钮"■"，可以单击运行按钮"▶"继续运行应用程序，也可以单击结束按钮"■"结束应用程序的运行，或者按功能键"F5"恢复运行应用程序。

程序的调试是一项专门的技术，方式方法很多，Visual Basic 的菜单栏中提供了一项"调试"，下面有逐语句、逐过程、设置控制点及监视等众多功能，可以尝试使用。

1.3.5 保存工程

用 Visual Basic 创建一个应用程序并调试运行通过或暂时停止设计时，已有的结果需要保存，Visual Basic 的集成环境菜单的第一项"文件"下有保存工程等多种保存的方法，保存的问题已经在前面的工程管理中讨论过，可以参见前面的内容。

需要注意的是，调试应用程序往往需要反复多次，为此有经验的编程人员总是在首次调试程序之前便做好保存工作，以免出于调试过程中的意外退出而前功尽弃。

1.3.6 形成可执行文件和打包工程

Visual Basic 创建的应用程序可以编译成可执行文件，方法是使用菜单栏中文件下的生成"工程.EXE"命令生成可执行文件。这种文件可以在有 Visual Basic 系统的环境中直接运行，具有不需要带有源文件的优点，只有运行程序，才能起到保护源代码的作用。但这种文件只能执行，不能调试和修改，如果用户的机器上没有 Visual Basic 系统或没有编译时的环境，执行时也可能发生错误。

打包工程是把当前应用程序需要的所有内容全部组合到一起，包括应用程序中可能用到的.ocx 和.dll 等文件，形成一个"包"，以便在一个完全陌生的环境中展开后仍然可以执行，这是软件商品化所需要的。打包和展开功能是利用 Visual Basic 6.0 程序组中"Microsoft Visual Basic 6.0 中文版工具"下的"Package & Deployment"命令提供的向导完成的。

1. 打包过程

打包开始前需要把工程文件保存，形成可执行文件，最好把工程中用到的文件保存在一个目录下，然后退出 Visual Basic 6.0 集成环境；

运行 Visual Basic 中文版工具下的命令"Package & Deployment 向导"，出现"打包和展开向导"对话框，如图 1.11 所示。

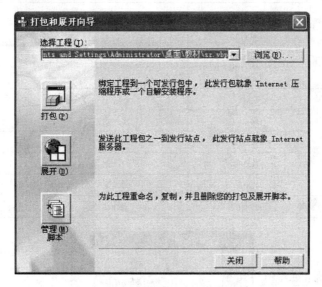

图 1.11 "打包和展开向导"对话框

单击"打包"按钮，然后在向导的指导下，依次完成出现的对话框，直到完成，就形成了打包文件。在打包过程中根据使用的情况，包的大小可以按照移动盘的大小制作，也可以形成一个大的包把所有内容完整地包含进去，形成的系统压缩文件扩展名是.cab。

2．展开过程

单击"展开"按钮，开始展开工作，展开是把打包结果完整、准确地复制到一个展开目录。在向导的指导下，依次完成出现的对话框，直到完成。注意展开工作是逐步完成的，不能使用复制内容到目录下的方式操作，简单的复制很可能出现问题。

1.4　Visual Basic 应用程序开发实例

【例 1.3】一元二次方程求根应用程序的实现过程。

其操作步骤如下：

（1）启动 Visual Basic 6.0，如图 1.3 所示。

（2）在"新建工程"对话框中选择"标准 EXE"，单击"确定"按钮，在新建"工程 1"的同时创建了一个 Form1 窗体对象，如图 1.4 所示。

（3）在窗体中添加 5 个标签框、5 个文本框与一个命令按钮，按表 1.1 所示设置窗体、标签框、文本框、命令按钮的属性，属性设置后的窗口如图 1.12 所示。

表 1.1　对象属性

对 象 名 称	Name	Caption	Text
窗体对象	Form1	一元二次方程求根	无

对象名称	Name	Caption	Text
标签框	Label1	a=	无
	Label2	b=	无
	Label3	c=	无
	Label4	x1=	无
	Label5	x2=	无
文本框	Text1	无	空
	Text2	无	空
	Text3	无	空
	Text4	无	空
	Text5	无	空
命令按钮	Command1	求根运算	无

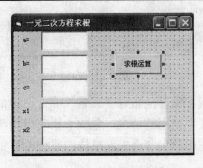

图 1.12　一元二次方程求根静态窗口

（4）双击"求根运算"命令按钮，在 Command1_Click()事件过程中输入例 1.1 中的代码，代码窗口如图 1.13 所示。

```
Private Sub Command1_Click()
Dim a, b, c, x1, x2, d
a = Val(Text1)
b = Val(Text2)
c = Val(Text3)
If a = 0 Then
    MsgBox "a不能等于0，请重新输入a", vbCritic
    Text1.SetFocus
    Text1.Text = ""
    Exit Sub
End If
d = b * b - 4 * a * c
If d > 0 Then
    x1 = (-b + Sqr(d)) / 2 / a: Text4 = x1
    x2 = (-b - Sqr(d)) / 2 / a: Text5 = x2
ElseIf d = 0 Then
x1 = -b / 2 / a
Text4 = x1
Text5 = x1
```

图 1.13　一元二次方程求根代码窗口

（5）应用程序存盘。本例只有一个窗体，故只须保存一个窗体文件和一个工程文件。

① 选择"文件"菜单中的"保存 Form1"命令，在"文件另存为"对话框中选择盘符、路径，并输入窗体文件名 VB1-3 .FRM，再单击"保存"按钮。

② 选择"文件"菜单中的"保存工程"命令，在"工程另存为"对话框中选择盘符、

路径，并输入工程文件名 VB1-3 .VBP，再单击"保存"按钮。

（6）选择"运行"菜单中的"启动"命令（或单击工具栏中的"启动"按钮）运行应用程序，出现如图 1.1（a）所示的窗口，在三个文本框中分别输入数据 2、3、4 得到如图 1.1（b）所示的窗口。

习　　题

1．判断题

（1）通常情况下 BASIC 采用编译工作方式。　　　　　　　　　　　　　　（　　）

（2）对象是独立存在的客观实体。　　　　　　　　　　　　　　　　　　（　　）

（3）类是对象的具体化。　　　　　　　　　　　　　　　　　　　　　　（　　）

（4）通过对对象进行抽象可以形成类。　　　　　　　　　　　　　　　　（　　）

（5）经常提到的 POP 方法公式是"算法+数据=PO 程序"。　　　　　　　（　　）

（6）经常提到的 OOP 方法公式是"对象+消息=OO 程序"。　　　　　　　（　　）

（7）在属性窗口中可以修改对象的属性。　　　　　　　　　　　　　　　（　　）

（8）窗体的名称（Name）属性通常是用来在标题栏中显示信息的。　　　（　　）

（9）Visual Basic 设计窗体大小都是固定的，不可改变的。　　　　　　　（　　）

（10）Visual Basic 中的按钮对象只能有一个单击（Click）事件。　　　　（　　）

（11）程序流程图是唯一一种描述程序执行过程的图形。　　　　　　　　（　　）

（12）编译后形成的可执行应用程序文件是可以脱离开系统独立执行的。　（　　）

2．选择题

（1）在 POP 程序设计中用于人与计算机交流的是如下_____方法。

　　　A．自然语言　　　　B．数学语言　　　　C．图形语言　　　　D．算法语言

（2）面向对象方法中不具备如下_____性质。

　　　A．封装性　　　　　B．继承性　　　　　C．可再现性　　　　D．多态性

（3）如下 Visual Basic 的特点中错误的是_____。

　　　A．简单易学　　　　B．界面友好　　　　C．不可编译　　　　D．集成化环境

（4）Visual Basic 继承环境中通常在_____进行设计。

　　　A．菜单栏　　　　　B．对象窗口　　　　C．标题栏　　　　　D．立即窗口

（5）Visual Basic 标准 EXE 工程环境中没有如下_____。

　　　A．设计模式　　　　B．运行模式　　　　C．编译模式　　　　D．中断模式

（6）工程资源管理器窗口中的选项卡没有_____项。

　　　A．查看代码　　　　B．窗体布局　　　　C．查看对象　　　　D．文件夹切换

（7）Visual Basic 工程中窗体文件的扩展名是_____。

　　　A．BAS　　　　　　B．FRM　　　　　　C．VBG　　　　　　D．VBP

（8）Visual Basic 工程组文件的扩展名是_____。

　　　A．BAS　　　　　　B．FRM　　　　　　C．VBG　　　　　　D．VBP

（9）工具栏中关于运行调试应用程序的按钮中没有_____。

　　　A．■　　　　　　　B．▶　　　　　　　C．●　　　　　　　D．❙❙

（10）定义窗体大小和位置的属性中没有_____。

      A．Left   B．Top   C．Visible   D．Height

3．思考题

（1）什么是 POP？什么是 OOP？如果以公式表示，二者的公式是什么？

（2）POP 程序设计的四种表达方法是什么？各有什么特点？

（3）高级语言可以通过哪些方式转化为机器语言？各有什么特点？Visual Basic 属于哪一种方式？

（4）如何理解 OOP 中的对象和类、对象和消息？

（5）OOP 中经常提到的对象的三态是什么？

（6）面向对象程序设计的步骤是什么？

（7）面向对象程序设计有哪两种方法？Visual Basic 系统属于哪一种？

（8）Visual Basic 应用程序设计中保存工程时经常用到哪几类文件？扩展名各是什么？

（9）Visual Basic 应用程序设计开发时要经过哪些过程？

第 2 章　Visual Basic 窗体和常用控件

在 Visual Basic 中要创建一个应用程序，总要用到至少一个窗体对象。另外，要在窗体上创建用户界面一般都要用到文本框、标签框、命令按钮这三个对象。本章将逐一介绍这四个对象，它们是 Visual Basic 中最常用的对象。

窗体在 Visual Basic 中是所有控件的容器，是一种容器对象，容器对象就是可以存放其他对象的对象。文本框、标签框、命令按钮这三个对象是从工具箱中创建的，这类对象称为控件对象。而 Visual Basic 中每个对象都有自己的属性、事件和方法，且不同对象可以有相同的属性、事件和方法，也可以有不同的属性、事件和方法。本章主要介绍窗体、文本框、标签框和命令按钮的常用属性、事件和方法，并列举一些它们的使用方法。

2.1　窗体对象（Form）

2.1.1　创建窗体对象

窗体对象是 Visual Basic 建立应用程序的主要部分，每一个 Visual Basic 应用程序至少有一个窗体对象。每当创建一个新的工程时，Visual Basic 会自动创建一个默认名为 Form1 的窗体对象，用户可以使用工具箱内的不同控件在窗体上设计出所需的界面；若一个工程中还需要更多的窗体，则可以通过 Visual Basic 的"工程"菜单进行添加。

（1）新建工程时自动创建窗体。在图 2.1 所示的 Visual Basic 6.0 设计界面中，选择"文件"菜单中的"新建工程"选项，出现"新建工程"对话框。在"新建工程"对话框中选择"标准 EXE"，单击"确定"按钮后，在新建"工程 1"的同时创建了一个窗体对象"Form1"，如图 2.2 所示。

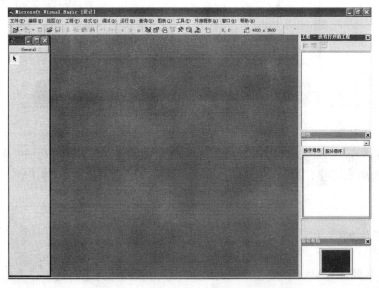

图 2.1　Visual Basic 6.0 设计界面

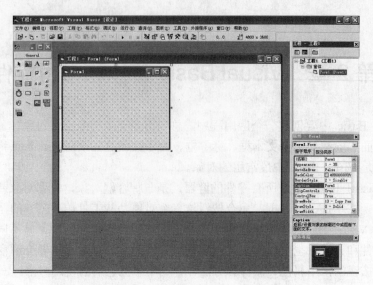

图 2.2　新建工程时创建 Form1 窗体对象

（2）在工程中添加窗体。若图 2.2 工程 1 中还需要一个窗体，则需要添加一个窗体对象。此时可以选择"工程"菜单中的"添加窗体"选项，在出现的"添加窗体"对话框的"新建"选项卡中选择"窗体"，单击"打开"按钮后，则"工程 1"中又添加了一个"Form2"窗体对象，如图 2.3 所示。

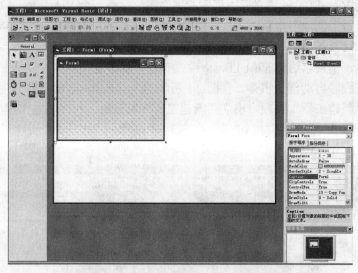

图 2.3　添加了一个 Form2 窗体对象

说明：在 Visual Basic 工程中，若哪个窗体不再需要了，则可以通过"工程"菜单的"移除窗体"选项来移除。另外，拥有 2 个以上窗体的工程称为多窗体工程，我们将在第 6 章详细介绍。

2.1.2　窗体的常用属性

窗体有许多属性可以用来决定其外观、字体、位置和行为等。这里将介绍几个常用的属性，如 Name、ForeColor、BackColor、Caption、Font、Picture、MaxButton、MinButton、

Icon、ControlBox、BorderStyle、WindowsState 等。

（1）Name 属性：窗体名称。注意与窗体文件名的区别，Name 属性值是使用某窗体对象时用到的名称，而窗体文件名是保存该窗体时的存盘文件名。它们可以同名，也可以不同名。

（2）ForeColor 属性：决定窗体的前景颜色（即窗体上正文的颜色）。

（3）BackColor 属性：决定窗体的背景颜色。

（4）Caption 属性：决定窗体标题栏中的内容。

【例 2.1】在属性窗口设置窗体的 BackColor 属性和 Caption 属性。BackColor 属性值设为"浅黄色"，Caption 属性值设为"窗体属性设置"。

设置步骤如下。

① 启动 Visual Basic 6.0。

② 选择"文件"菜单中的"新建工程"命令，在随后出现的"新建工程"对话框中选择"标准 EXE"，单击"确定"按钮，在新建"工程 1"的同时创建了一个"Form1"窗体对象，如图 2.2 所示。

③ 选择属性列表中的 BackColor 属性，单击属性值栏中的下拉箭头，在调色板选项卡中，单击"浅黄色"，如图 2.4（a）所示。

④ 单击属性列表中的 Caption 属性，在属性值栏中输入"窗体属性设置"，设置完成后Form1 窗体如图 2.4（b）所示。

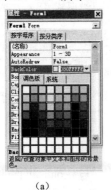
（a）

（b）

图 2.4　窗体的 BackColor 属性和 Caption 属性设置

（5）Font 属性：决定窗体文本的外观，其属性对话框如图 2.5 所示，其中：

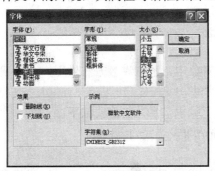

图 2.5　Font 属性对话框

FontName 属性为字符型，决定窗体文本的字体；

FontSize 属性为整型，决定窗体文本字体的大小；

FontBold 属性为逻辑型，决定窗体文本是否为粗体；

FontItalic 属性为逻辑型，决定窗体文本是否为斜体；

FontStrikethru 属性为逻辑型，决定窗体文本是否加删除线；

FontUnderline 属性为逻辑型，决定窗体文本是否带下画线。

（6）Picture 属性：决定窗体背景中要显示的图形。

（7）MaxButton 最大化按钮属性：为 True 时，窗体右上角有最大化按钮；为 False，则无最大化按钮。

（8）MinButton 最小化按钮属性：为 True 时，窗体右上角有最小化按钮；为 False，则无最小化按钮。

（9）Icon 图标属性：决定窗体最小化时的图标。

（10）ControlBox 控制菜单框属性：为 True 时，窗体左上角有控制菜单框；为 False，则无控制菜单框。

（11）BorderStyle 边框样式属性：决定窗体的边框样式。

（12）WindowsState 窗口状态属性：决定窗体执行时以什么状态显示。

0——Normal 正常窗口状态，有窗口边界；

1——Minimized 最小化状态，以图标方式运行；

2——Maximized 最大化状态，无边框，充满整个屏幕。

2.1.3　窗体的常用事件

窗体有许多事件，但最常用的有 Load、Click、DblClick 和 Activate 事件。

（1）Load 事件：在窗体被装入工作区时引发的事件，该事件通常用在启动应用程序时对属性和变量进行初始化。

（2）Click 事件：当单击窗体时，就会激发该事件。

（3）DblClick 事件：当双击窗体时，就会激发该事件。

（4）Activate 事件：当一个窗体被激活时会发生该事件。与 Load 事件的区别是：Load 事件是在窗体被装入工作区时引发的事件，一个窗体在程序运行中一般情况下只能执行一次 Load 事件；而 Activate 事件可以在应用程序启动时执行，也可以在窗体被激活时执行，显然 Activate 事件可以在程序运行中被执行多次。在多窗体中经常使用该事件。

2.1.4　窗体的常用方法

在 Visual Basic 的窗体对象中，也有许多方法供用户直接调用，这里介绍两个最常用的窗体方法：print 方法和 Cls 方法。

（1）print 方法：在对象上输出信息，其形式如下：

[对象].print [{Spc(n)|Tab(n)}][表达式列表][;|,]

其中，

对象：可以是窗体（Form）、图形框（PictureBox）或打印机（Printer）。若省略了对象，则在窗体上输出。

Spc(n)函数：用于在输出时插入 n 个空格，允许重复使用。

Tab(n)函数：用于在输出表达式列表前向右移动 n 列，允许重复使用。

表达式列表：要输出的数值或字符串表达式，若省略，则输出一个空行，多个表达式间用空格、逗号、分号分隔。也可出现 Spc 函数和 Tab 函数。

;（分号）：表示光标定位在一个显示字符后。

,（逗号）：表示光标定位在下一个打印区的开始处，打印区每隔 14 列开始。

（2）Cls 方法：清除运行时在窗体中显示的文本或图形，不清除窗体在设计时的文本和图形，其形式如下：

[对象.]Cls

其中，

对象：为窗体或图形框，省略时为窗体。

2.1.5 开发一个仅有窗体对象的应用程序

与传统的应用程序开发不一样，开发和创建一个 Visual Basic 应用程序不只是编写程序的代码，还需要进行用户界面的设计，对象属性的设置，编码时需要考虑用什么事件来驱动程序等。开发和创建一个 Visual Basic 应用程序大致要分为以下五步：

（1）建立用户界面：即新建一个窗体，并在窗体上添加所需的控件对象，若不需要可以不添加任何控件。

（2）设置对象属性：属性是对象特征的表示，每个已建立的对象都有其默认的属性值，设置对象的属性实质上是修改那些不符合本应用程序的默认属性。窗体对象也有其默认的属性值，只有那些不符合要求的属性值才需要修改。

（3）编写事件过程。编写事件过程涉及两件事情：首先选择编程对象的事件，即对一个要编程的对象必须先选择它的编程事件，然后再编写该事件过程的代码。在 Visual Basic 中事件驱动是程序的主要执行方式，常用窗体的 Load 事件在启动应用程序时对属性和变量进行初始化。

（4）应用程序存盘：一个 Visual Basic 应用程序是以工程文件的形式保存在磁盘上的，且在一个工程中可以涉及多种文件，如窗体文件、标准模块文件等，这些文件都要一一存盘。另外，存盘时一定要注意搞清楚文件保存的位置和文件名，以免下次使用时找不到文件。

（5）运行和调试应用程序：注意：第（4）、（5）两步是交替进行的。在程序运行前，必须先保存应用程序，这样可以避免由于程序不正确而造成死机时丢失已做的工作。当程序调试运行正确后，再保存经过修改后的文件。

【例 2.2】设计一个窗体，它无最大化按钮和最小化按钮。当该窗体装入内存时，在窗体的标题栏中显示"窗体的 Load 事件"，并用 Windows 墙纸作为窗体背景。当单击窗体时，设置窗体正文的字号为 28，字体为"隶书"；在窗体的标题栏显示"窗体的 Click 事件"；窗体上显示"Vb 窗体的使用"、"设置字号为 28 号"、"设置字体为隶书"。

按 Visual Basic 应用程序开发和创建的五步进行设计：

（1）建立用户界面。在"开始"的"程序"中选择"Microsoft Visual Basic 6.0 中文版"选项，进入 Visual Basic 集成开发环境，得到一个新建的窗体，用户界面建立完毕（本例中窗体上无须创建控件对象）。

（2）设置对象属性。在属性窗口中设置窗体的 MaxButton 属性值和 MinButton 属性值为 False。

（3）编写事件过程。本例中要编写两个事件过程，代码分别为

① 窗体的 Load 事件过程代码：

```
Private Sub Form_Load()
    Form1.Caption = "窗体的 Load 事件"
    Form1.Picture = LoadPicture("c:\WINDOWS\system32\ntimage.gif")
End Sub
```

② 窗体的 Click 事件过程代码：

```
Private Sub Form_Click()
    Form1.Caption = "窗体的 Click 事件"
    Form1.FontSize = 28
    Form1.FontName = "隶书"
    Print " Vb  窗体的使用"
    Print
    Print "  设置字号为 28 号"
    Print "  设置字体为隶书"
End Sub
```

说明：编写事件过程代码需要在代码窗口中进行。打开代码窗口有两种方法：一种是直接双击要编码的对象（如窗体、命令按钮等）；另一种是单击工程资源管理器窗口中的"查看代码"按钮。以上窗体的 Load、Click 事件过程代码窗口如图 2.6 所示。

图 2.6 Load、Click 事件过程代码窗口

（4）应用程序存盘。本例只有一个窗体，故只须保存一个窗体文件和一个工程文件。

① 选择"文件"菜单中的"保存 Form1"命令，在"文件另存为"对话框中选择盘符、路径，并输入窗体文件名 VB2-2 .FRM，再单击"保存"按钮。

② 选择"文件"菜单中的"保存工程"命令，在"工程另存为"对话框中选择盘符、路径，并输入工程文件名 VB2-2 .VBP，再单击"保存"按钮。

（5）运行和调试应用程序。选择"运行"菜单中的"启动"命令（或单击工具栏中的"启动"按钮）运行应用程序，出现如图 2.7（a）所示的窗体，单击它，出现如图 2.7（b）所示的窗体。

 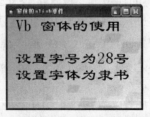

（a）执行 Load 事件后的窗体　　　（b）执行 Click 事件后的窗体

图 2.7　运行窗口

2.2 标签框对象（Label）

2.2.1 标签框的常用属性

标签对象是控件对象，通常称它为标签框或标签控件，其主要作用是显示文本信息，但不能用来输入信息。标签控件有许多属性，可以用来决定其外观、字体、位置和行为等。这里将介绍它最常用的几个属性，有 Name、Caption、Height、Width、Top、Left、Enabled、Visible、Font、BorderStyle、ForeColor、BackColor、Alignment 等。

（1）Name 属性：所有对象都具有的属性，是所创建对象的名称。在程序中，对象名称是作为对象的标识在程序中被引用的，不会显示在窗体上，对于标签对象同样如此。

（2）Caption 属性：用来设置和修改标签框上显示的文本信息。

（3）Height、Width、Top、Left 属性：Height 属性和 Width 属性决定标签控件的高度和宽度，Top 属性决定标签控件顶端与其容器顶端之间的距离，Left 属性决定标签控件自身左边缘与其容器左边缘之间的距离。

（4）Enabled 属性：决定标签框是否可操作。当它的值为 True 时，允许用户进行操作，并可以对操作做出响应；为 False 时，不允许用户进行操作，并呈暗淡色。

（5）Visible 属性：决定了程序运行时标签框是否可见。当值为 True 时，程序运行时标签框可见；为 False 时不可见，但标签框本身还存在。

（6）Font 属性：决定标签框上文本的外观，其属性对话框与窗体的 Font 属性对话框同，如图 2.5 所示。当在程序中使用该属性时，也有 6 个分量可以使用：

① FontName 属性为字符型，决定标签框上文本的字体；

② FontSize 属性为整型，决定标签框上文本字体的大小；

③ FontBold 属性为逻辑型，决定标签框上文本是否为粗体；

④ FontItalic 属性为逻辑型，决定标签框上文本是否为斜体；

⑤ FontStrikethru 属性为逻辑型，决定标签框上文本是否加删除线；

⑥ FontUnderline 属性为逻辑型，决定标签框上文本是否带下画线。

（7）BorderStyle 属性：决定标签框的边框样式。

0——None：标签框周围没有边框；

1——Fixed Single：标签框有边框。

（8）ForeColor 属性：用来设置标签框上文本的颜色。其值是一个十六进制常数，使用时可以输入颜色常数，也可以在调色板中直接选择所需颜色。

（9）BackColor 属性：用来设置除标签框上文本以外的显示区域的颜色。

（10）Alignment 属性：决定标签框上文本内容的对齐方式。

0——Left Justify：正文左对齐；

1——Right Justify：正文右对齐；

2——Center：正文居中。

【例 2.3】设计一个应用程序，窗体上有 4 个标签框。其中 Label1、Label2、Label3 的 Caption 属性值分别为"地球人类的家园"、"水更绿，地更青"、"居更佳，人更欢"；当单击窗体时，在 Label4 标签框中显示"水更绿，地更青；居更佳，人更欢"，Label2、Label3 不可见。

设计步骤如下。

① 选择"文件"菜单中的"新建工程",在随后出现的"新建工程"对话框中选择"标准 EXE",单击"确定"按钮。

② 设置窗体的 Caption 属性值为"标签框属性设置"。

③ 在窗体中添加 4 个标签框,按表 2.1 所示设置标签框的属性,属性设置后的窗口如图 2.8 所示。

表 2.1 标签框的属性

Name	Caption	BorderStyle
Label1	地球人类的家园	0——None
Label2	水更绿,地更青	0——None
Label3	居更佳,人更欢	0——None
Label4	空	1——Fixed Single

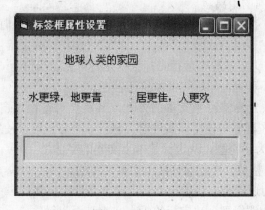

图 2.8 设计窗口

④ 窗体的 Load()事件过程代码如下:

```
Private Sub Form_Load()
    Label1.FontName = "隶书"
    Label1.FontSize = 22
    Label2.FontSize = 13
    Label3.FontSize = 13
    Label4.FontSize = 13
End Sub
```

⑤ 窗体的 Click()事件过程代码如下:

```
Private Sub Form_Click()
    Label4.Caption = Label2.Caption & " ; " & Label3.Caption
    Label2.Visible = False
    Label3.Visible = False
End Sub
```

⑥ 运行该应用程序,出现如图 2.9 (a) 所示的窗口,单击它,出现如图 2.9 (b) 所示的窗口。

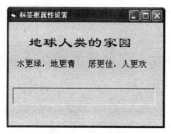
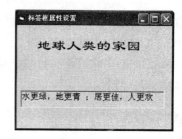

| （a）执行 Load 事件后的窗口 | （b）执行 Click 事件后的窗口 |

图 2.9　运行窗口

2.2.2　标签框的常用事件

标签框的事件有许多，但最常用的有单击（Click），双击（DblClick），改变（Change）等。

（1）Click 事件：当单击标签框时，会激发该事件。

（2）DblClick 事件：当双击标签框时，会激发该事件。

（3）Change 事件：当改变标签框的 Caption 属性值时，会激发该事件。

【例 2.4】修改例 2.3 应用程序，使得当单击 Label4 时，在该标签框中显示"水更绿，地更青；居更佳，人更欢"，Label2、Label3 不可见，并将 Label1 标签框中的文字"地球人类的家园"的字体改为宋体。

设计步骤如下。

① 删除窗体的 Click()事件过程代码。

② 编写 Label4_Click()事件过程代码。

```
Private Sub Label4_Click()
    Label4.Caption = Label2.Caption & " ; " & Label3.Caption
    Label2.Visible = False
    Label3.Visible = False
End Sub
```

③ 编写 Label4_ Change()事件过程代码。

```
Private Sub Label4_Change()
    Label1.FontName = "宋体"
End Sub
```

④ 运行该应用程序，单击 Label4 标签框，出现如图 2.10 所示的窗口。

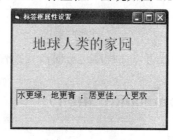

图 2.10　运行窗口

从本例可以看出：

① 相同的代码可以放在不同的事件过程中，只是这段代码的驱动事件不同，即在不同事件过程中的代码其驱动的方式不同。

② 当 Label4_Click()事件过程执行时，由于改变了 Label4 的 Caption 属性值，从而驱动了 Label4_Change()事件过程。

2.2.3 标签框的常用方法

标签框的常用方法也有好几个，这里只介绍 Move 方法。Move 方法的形式如下：

[对象]. Move 左边距[,上边距[,宽度[,高度]]]

其中，

对象：标签框（Label）、文本框（TextBox）、图形框（PictureBox）等大部分控件都拥有该方法。

左边距、上边距、宽度、高度：以 twip 为单位的数值表达式。其中，左边距和上边距以窗体的左边界和上边界为准，宽度和高度表示可改变控件原来的宽和高。

【例 2.5】修改例 2.4 应用程序的 Label4_ Click()事件过程代码。将 Label1 标签框的位置向下移动，Label4 标签框的位置向上移动。

设计步骤如下。

① 改写 Label4_Click()事件过程代码如下：

```
Private Sub Label4_Click()
    Label4.Caption = Label2.Caption & " ； " & Label3.Caption
    Label2.Visible = False
    Label3.Visible = False
    Label1.Move Label1.Left, Label1.Top + 400
    Label4.Move Label4.Left, Label4.Top − 300
End Sub
```

② 运行该应用程序，单击 Label4 标签框，出现如图 2.11 所示的窗口。

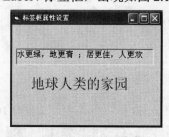

图 2.11 运行窗口

从本例看出，利用 Move 方法可以在程序运行时改变控件在窗体上的位置。

2.3 命令按钮对象（CommandButton）

2.3.1 命令按钮的常用属性

命令按钮对象是控件对象，在应用程序中使用非常频繁。它也有许多属性，可以用来决定其外观、位置和行为等，如 Name、Caption、Height、Width、Top、Left、Enabled、Visible、Font、BackColor、Style、Picture、ToolTipText、Default、Value、Cancel 等。有些属性的含义与标签框类似，这里不再做介绍。下面将介绍几个命令按钮所特有的属性。

（1）Caption 标题属性：在设置命令按钮的 Caption 属性时，可以在某个字母前加上"&"符号，则命令按钮标题中该字母将带有下画线，该带有下画线的字母就成为热键，当用户按 Alt+热键时，便可激活命令按钮的 Click()事件过程。

例如：设置某命令按钮的 Caption 属性值为&Quit，则命令按钮的标题文字为 Quit，当程序运行时用户按 Alt+Q 组合键，就会激活命令按钮的 Click()事件过程。

（2）Style 属性：用来决定命令按钮的标题中是否可以使用图形。

0——Standard：命令按钮上只能显示文字，不能显示图形。

1——Graphical：命令按钮上可以显示文字，也可显示图形。即当 Style 属性值设为 1 时，可以用 Caption 属性设置标题的文字，也可以用 Picture 属性给命令按钮添加上图形。

（3）Picture 属性：选择命令按钮上的图形文件，该属性可选择的图形文件扩展名为".bmp"和".ico"。当 Style 属性值为 1 时，选择的图形文件可以在命令按钮上显现；若 Style 属性值为 0，则不予显示。

（4）ToolTipText 提示属性：设置命令按钮的提示信息。若某命令按钮设置了此属性，则当鼠标停留在该命令按钮上时，就会显示提示信息。

例如：设置某命令按钮的 ToolTipText 属性值为"保存"，则在程序运行中，当鼠标停留在该命令按钮上时，就会在鼠标箭头的下方出现"保存"提示信息。

（5）Default 属性：只有命令按钮拥有。其功能：当 Default 属性值为 True 时，按 Enter 键相当于用鼠标单击了命令按钮，可以激发 Click()事件过程。值得注意的是，在一个窗体中只能有一个命令按钮的 Default 属性值可设为 True。一旦在窗体中设置了某命令按钮的 Default 属性为 True，则该窗体的所有其他命令按钮的 Default 属性就被自动设为 False。

（6）Value 属性：用来设定和检查命令按钮的状态。此属性不能在属性窗口进行设置，只能在程序代码中设置和引用。当 Value 属性值为 True 时表示命令按钮被按下，就会驱动该命令按钮的 Click()事件过程；当为 False 时表示命令按钮未被按下，不会激发 Click()事件过程。

（7）Cancel 属性：设为 True 时，按 Esc 键相当于按此键。在一个窗体中只能有一个命令按钮的 Cancel 属性值可设为 True，当在窗体中设置了某命令按钮的 Cancel 属性值为 True 时，则该窗体的所有其他命令按钮的 Cancel 属性值均被自动设为 False。

2.3.2 命令按钮的常用事件

命令按钮的事件有许多，如 Click、LostFocus、GotFocus、MouseDown、MouseUp 等。但在应用程序的执行期间，命令按钮最常用的事件为 Click 单击事件，即当用户选择某个命令按钮时就会执行 Click 事件过程。

【例 2.6】设计一个应用程序，窗体上有 4 个命令按钮和一个形状（Shape）控件。每当单击某个命令按钮时，形状控件的形状发生一次变化。

设计步骤如下。

① 新建一个工程，设置窗体的 Caption 属性值为"命令按钮练习"。

② 在窗体上添加 4 个命令按钮和一个形状控件，按表 2.2 所示设置命令按钮的属性，

属性设置后的窗口如图 2.12 所示。

表 2.2　命令按钮的属性

控 件 名 称	Name	Caption
Command1	长方形	长方形(&R)
Command2	正方形	正方形(&S)
Command3	椭圆	椭圆(&O)
Command4	圆	圆(&C)

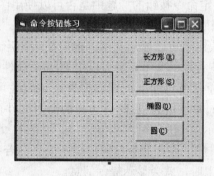

图 2.12　设计窗口

③ 命令按钮的事件过程代码如下：

```
Private Sub 长方形_Click()
    Shape1.Shape = 0
End Sub
Private Sub 正方形_Click()
    Shape1.Shape = 1
End Sub
Private Sub 椭圆_Click()
    Shape1.Shape = 2
End Sub
Private Sub 圆_Click()
    Shape1.Shape = 3
End Sub
```

④ 运行该应用程序。每当单击某个命令按钮时，形状控件的形状发生一次变化。也可以按 Alt+热键使得形状控件的形状发生变化。例如，当按 Alt+O 组合键时，形状控件变成椭圆；当按 Alt+S 组合键时，形状控件变成正方形。

2.3.3　命令按钮的常用方法

命令按钮的常用方法也有好几个，这里只介绍 SetFocus 方法。SetFocus 方法可以将焦点移到某个命令按钮上，再按 Enter 键即可执行命令按钮的单击事件。SetFocus 方法的形式如下：

[对象]. SetFocus

【例 2.7】修改例 2.6 应用程序，使得程序开始运行时焦点就移到椭圆命令按钮上。

设计步骤如下。

① 在例 2.6 程序中添加 Form_Activate()事件过程代码如下。

```
Private Sub Form_Activate()
    椭圆.SetFocus
End Sub
```

② 运行该应用程序，出现如图 2.13（a）所示的窗口，按 Enter 键后，出现如图 2.13（b）所示的窗口。

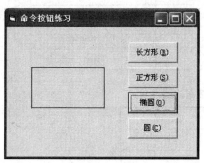
（a）初始运行窗口

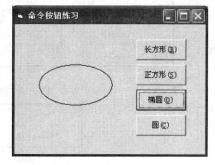
（b）按 Enter 键后的窗口

图 2.13　运行窗口

从本例看出，利用 SetFocus 方法可以在程序运行时将焦点移到某个命令按钮上，用户只需按 Enter 键就可执行。

2.4　文本框对象（TextBox）

2.4.1　文本框的常用属性

文本框与标签框、命令按钮一样，是 Visual Basic 中最常用的控件。其主要作用是显示文本信息，输入、编辑、修改文本框内的信息。所以与标签框相比它的使用更广泛。

文本框的属性非常多，有 Name、Text、Height、Width、Top、Left、Enabled、Visible、Font、BorderStyle、ForeColor、BackColor、Alignment、Maxlength、PasswordChar、Locked、MultiLine、ScrollBars、SelStart、SelLength 和 SelText 等。这里将详细介绍那些与标签框、命令按钮不一样的属性。

（1）Text 文本属性：存放文本框中显示的正文内容。当程序执行时，用户可以通过键盘将文本输入到文本框中，其内容将自动保存 Text 属性。

【例 2.8】设计一个简单计算器应用程序，窗体上有 2 个文本框、4 个标签框和 6 个命令按钮。当程序运行时，只需在文本框中输入数据，即可计算出它们的和、差、积、商等数据。

设计步骤如下。

① 新建一个工程，设置窗体的 Caption 属性值为"简单计算器"。

② 在窗体上添加 2 个文本框、4 个标签框和 6 个命令按钮，按表 2.3、表 2.4 和表 2.5 所示设置文本框、标签框和命令按钮的属性，属性设置后的窗口如图 2.14 所示。

表 2.3　文本框的属性

Name	Text
Text1	空
Text2	空

表 2.4　标签框的属性

Name	Caption	BorderStyle
Label1	数据 1：	0——None
Label2	数据 2：	0——None
Label3	计算结果：	0——None
Label4	空	1——Fixed Single

表 2.5　命令按钮的属性

Name	Caption
Command1	＋
Command2	－
Command3	×
Command4	÷
Command5	清除
Command6	结束

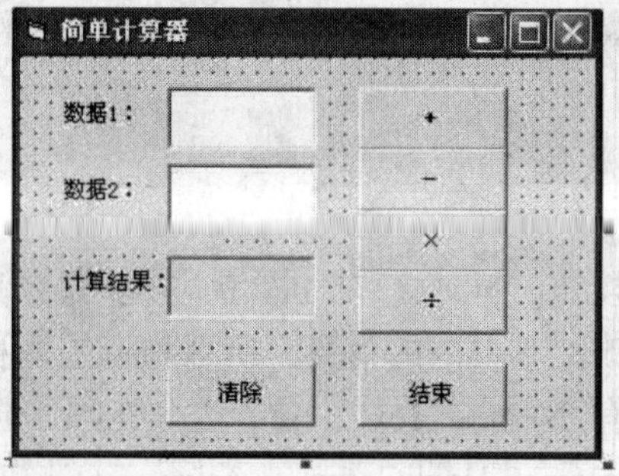

图 2.14　设计窗口

③ 命令按钮的事件过程代码如下：

```
Private Sub Command1_Click()
    Label4.Caption = Val(Text1.Text) + Val(Text2.Text)
End Sub
Private Sub Command2_Click()
    Label4.Caption = Val(Text1.Text)−Val(Text2.Text)
End Sub
Private Sub Command3_Click()
    Label4.Caption = Val(Text1.Text) * Val(Text2.Text)
End Sub
```

```
Private Sub Command4_Click()
    Label4.Caption = Val(Text1.Text) / Val(Text2.Text)
End Sub
Private Sub Command5_Click()
    Text1.Text = ""
    Text2.Text = ""
    Label4.Caption = ""
End Sub
Private Sub Command6_Click()
    End
End Sub
```

④ 运行该应用程序。若在第一个文本框中输入 20，第二个文本框中输入 5，当单击加法"+"按钮时，计算结果为 25，如图 2.15 所示。再分别单击"−"、"×"、"÷"按钮，计算结果将依次显示为 15、100、4。

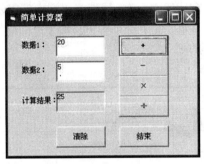

图 2.15　运行窗口

⑤ 单击"清除"按钮，可清除 2 个文本框和一个标签框中的内容，重新输入计算数据。

本例中利用文本框的输入特性，将文本框作为用户从键盘输入数据的工具，使用户可以在窗口上任意输入数据来计算加、减、乘、除。另外，我们用一个标签框作为计算结果的输出，其优点是用户不能随意改变计算结果。所以在 Visual Basic 的编程中经常用文本框来作为输入，而用标签框作为输出。

（2）Maxlength 属性：决定文本框中能够输入正文的最大长度。其默认值为 0，表示可以输入任意长度的字符串；若用户将此改为非零值，则该非零值为文本框中可以输入字符的最大值。

（3）PasswordChar 属性：决定是否在文本框中显示用户输入的字符。默认值为空，此时用户输入的字符在文本框中原样显示；若设置 PasswordChar 的属性值为某个字符，则用户无论输入怎样的字符在文本框中都将全部显示为该字符。例如：当 PasswordChar 的属性值设为"*"时，如果输入的字符为"123456"，则在文本框中显示"******"。

（4）Locked 属性：决定文本框是否可以被编辑。默认值为 False，表示文本框中的内容可以被编辑；若设置 Locked 属性值为 True，则此时的文本框不能被编辑，当然也不能作为输入工具，因此 Locked 属性值为 True 时，文本框相当于标签框。

（5）MultiLine 属性：决定文本框是否可以接受多行文本。其默认值为 False，此时不能显示多行文本；当 MultiLine 属性值设为 True 时，文本框可以输入或显示多行正文，同时具有文字处理器的自动换行功能，即输入的正文超出文本显示框时，会自动换行，按

Ctrl+Enter 组合键时可插入一行。

（6）ScrollBars 属性：决定文本框是否加滚动条。但只有当 MultiLine 属性值为 True 时，ScrollBars 属性才有效。

0——None：无滚动条；

1——Horizontal：添加水平滚动条；

2——Vertical：添加垂直滚动条；

3——Both：同时添加水平和垂直滚动条。

需要注意的是

① 要使文本框拥有滚动条功能，必须将 MultiLine 属性值设为 True；

② 当加入水平滚动条后，文本框的自动换行功能将自动消失，只有按 Enter 键才能换行。

【例 2.9】设计一个简单文本编辑器应用程序。窗体上有 1 个文本框和 1 个命令按钮。

设计步骤如下。

① 新建一个工程，设置窗体的 Caption 属性为"文本编辑器"。

② 在窗体上添加 1 个文本框、1 个命令按钮，按表 2.6 设置文本框和命令按钮的属性，属性设置后的窗口如图 2.16 所示。

表 2.6　控件的属性

控 件 名 称	属　　性	属　性　值
Command1	Caption	显示文本
Text1	Backcolor	蓝色
Text1	Font	20 号、斜体、隶书
Text1	MultiLine	True
Text1	ScrollBars	2——Vertical

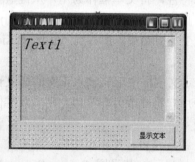

图 2.16　设置后的窗口

③ 命令按钮的事件过程代码如下：

```
Private Sub Command1_Click()
    Text1.Text = "    文本框是一个文本编辑区域，用户可以在该区域输入、编辑、修改"
    Text1.Text = Text1.Text & "和显示正文内容。"
End Sub
```

④ 运行该应用程序。单击命令按钮后出现如图 2.17（a）所示的窗口；然后在文本框内输入"所以与标签框相比它的使用更广泛。"文字后窗体如图 2.17（b）所示。

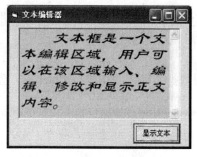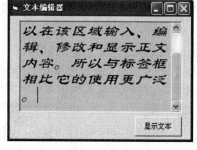

| （a）单击命令按钮后的窗口 | （b）输入文字后的窗口 |

图 2.17　运行窗口

从本例可以看出：

① 文本框是一个文本编辑区域，用户可以在该区域输入、编辑、修改和显示正文内容。

② 当文本框的 MultiLine 属性值为 True 时，就具有文字处理器的自动换行功能。

③ 若在文本框中添加了滚动条，或文字超出了文本框的范围，滚动条就会被激活和出现滚动滑块。

（7）SelStart、SelLength、SelText 属性：文本框的这三个属性不能在属性窗口设置。它们的功能是在程序运行中，当用户对文本内容进行选择时，这三个属性可以用来标识用户选中的文本。其中，

SelStart：被选定文本的开始位置，用数字表示，第一个字符的位置为 0。

SelLength：被选定文本的长度。

SelText：被选定文本的内容。

2.4.2　文本框的常用事件

文本框和标签框一样也有 Click 事件、DblClick 事件，但在文本框的事件中最常用的有：Change 事件、KeyPress 事件和 LostFocus 事件。

（1）Change 事件：当用户从键盘上输入字符时，或当程序运行时改变了文本框的 Text 属性值，都会激活该事件。例如，当用户从键盘上输入"123456"字符时，就会引发 6 次 Change 事件。

（2）KeyPress 事件：当用户按下并且释放键盘上的任意一个键时，就会激活一次 KeyPress 事件，该事件会返回一个 KeyAscii 参数到该事件过程中。最常用的是利用该事件判断是否按过 Enter 键，Enter 键的 Ascii 码值为 13，所以可检查 KeyAscii 的值是否为 13 来判断文本输入结束与否。另外，与 Change 事件类似，每当在文本框中输入一个字符时，就会引发一次 KeyPress 事件。

（3）LostFocus 事件：当系统的光标从文本框中移走时，会激发此事件。该事件经常用来检查输入或修改文本后文本框中的内容是否符合要求。

2.4.3　文本框的常用方法

文本框是一个文本编辑区域，用户经常需要在该区域内输入、编辑、修改文本内容。当一个窗体有多个文本框时，常常需要将光标定位到某个即将要用到的文本框，用户会用到一

个很重要的 SetFocus 方法，使用该方法可以将光标移到指定的文本框中。其使用形式为

[对象]. SetFocus

对象是光标欲移入的文本框的名称。

【例 2.10】修改例 2.8 计算器应用程序。使得数据 1 输入完毕时按 Enter 键，光标即到达第二个文本框，接着就可输入数据 2。

设计步骤如下。

① 在程序中添加一个 Text1_KeyPress 事件过程。

```
Private Sub Text1_KeyPress(KeyAscii As Integer)
    If KeyAscii = 13 Then
        Text2.SetFocus
    End If
End Sub
```

说明：在此段程序中，用到了一条 If 语句（此语句将在后续章节中介绍），其含义是有条件地执行 Text2.SetFocus 方法，这里的条件是 KeyAscii = 13，即按 Enter 键才移动光标到第二个文本框。若把此段程序改为

```
Private Sub Text1_KeyPress(KeyAscii As Integer)
        Text2.SetFocus
End Sub
```

则运行时会发生什么情况，请读者上机一试。

② 修改 Command5_Click()事件过程，使得清除后光标移到第一个文本框。

```
Private Sub Command5_Click()
    Text1.Text = ""
    Text2.Text = ""
    Label4.Caption = ""
    Text1.SetFocus
End Sub
```

习　题

1. 判断题

（1）标签控件可以响应 Click 事件。　　　　　　　　　　　　　　　　（　　）

（2）窗体的 Enabled 属性值为 False 时，该窗体上的按钮、文本框等控件就不会对用户的操作做出反应。　　　　　　　　　　　　　　　　　　　　　　（　　）

（3）文本框控件的 MaxLength 属性值为 0 时，在文本框中不可以输入任何字符。

　　　　　　　　　　　　　　　　　　　　　　　　　　　　　　　（　　）

（4）文本框的默认属性是 Name。　　　　　　　　　　　　　　　　　（　　）

（5）除了在程序中使用 LoadPicture 函数装载图形外，还可以在设计阶段通过修改 Picture 属性装载图形。　　　　　　　　　　　　　　　　　　　　　　（　　）

（6）当命令按钮的 Style 属性值设为 1——Graphical 时，不可以用 Caption 属性设置标题的文字，可以用 Picture 属性给命令按钮添加上图形。　　　　　　　　　（　　）

（7）若设置文本框的 PasswordChar 属性值为某个字符，则用户无论输入怎样的字符在文本框中都全部显示为该字符。（　　）

（8）文本框的 ScrollBars 属性决定文本框是否加滚动条，加怎样的滚动条。但只有当 MultiLine 属性值为 True 时，ScrollBars 属性才有效。（　　）

2．选择题

（1）若要使命令按钮不可操作，就要对＿＿＿＿属性进行设置。

    A．Enabled   B．Visible   C．BackColor   D．Caption

（2）文本框没有＿＿＿＿属性。

    A．Enabled   B．Visible   C．BackColor   D．Caption

（3）不论哪种控件，共同具有的是＿＿＿＿属性。

    A．Text   B．Name   C．ForeColor   D．Caption

（4）要使某控件在运行时不可显示，应对＿＿＿＿属性进行设置。

    A．Enabled   B．Visible   C．BackColor   D．Caption

（5）要使窗体在运行时不可改变窗体的大小和没有最大化按钮和最小化按钮，只要对下列＿＿＿＿属性进行设置即可。

    A．MaxButton   B．BorderStyle   C．Width   D．MinButton

（6）当文本框的 ScrollBars 属性设置了非零值时，却没有效果，原因是＿＿＿＿。

    A．文本框中没有内容   B．文本框的 MultiLine 属性值为 False

    C．文本框的 MultiLine 属性值为 True   D．文本框的 Locked 属性值为 True

（7）要判断在文本框中是否按了 Enter 键，应在文本框的＿＿＿＿事件中判断。

    A．Change   B．KeyDown   C．Click   D．KeyPress

（8）用来设置粗体字的属性是＿＿＿＿。

    A．FontItalic   B．FontName   C．FontBold   D．FontSize

（9）为了防止用户随意将光标置于控件之上，应＿＿＿＿。

    A．将控件的 TabIndex 属性值设置为 0

    B．将控件的 Tabstop 属性值设置为 True

    C．将控件的 TadStop 属性值设置为 False

    D．将控件的 Enabled 属性值设置为 False

（10）对象的边框类型由属性＿＿＿＿设置。

    A．Drawstyle   B．DrawWidth   C．Borderstyle   D．ScaleMode

（11）如果文本框的 Enabled 属性值设为 False，则＿＿＿＿。

    A．文本框的文本将变成灰色，此时用户不能将光标置于文本框上

    B．文本框的文本将变成灰色，用户仍然能将光标置于文本框上，但是不能改变文本框中的内容

    C．文本框的文本将变成灰色，用户仍然能改变文本框中的内容

    D．文本框的文本正常显示，用户能将光标置于文本框上，但是不能改变文本框中的内容

（12）当用户按下并且释放一个键后会触发 KeyPress、KeyUp 和 KeyDown 事件，这三个事件发生的顺序是＿＿＿＿。

A. KeyPress、KeyDown、KeyUp   B. KeyDown、KeyUp、KeyPress

C. KeyDown、KeyPress、KeyUp   D. 没有规律

3. 思考题

（1）建立一个 Visual Basic 应用程序一般需要哪些步骤，请简述之。

（2）保存 Visual Basic 应用程序文件时，系统默认的文件夹是什么？

（3）Visual Basic 中对象的 Name 属性和 Caption 属性的区别是什么？

（4）Visual Basic 中对象的属性值除了在属性窗口中设置，还可以在哪里设置？

（5）标签框和文本框的区别是什么？

（6）如何将文本框当做标签框使用？

（7）在文本框中添加了滚动条而无效果是什么原因？如何解决？

（8）对象的属性除了可以在属性窗口设置，还可以在哪里设置？

第 3 章 Visual Basic 语言基础

前面的章节中接触到了一些程序设计方面的内容，为了使读者可以更全面地学习 Visual Basic 语言，从本章起我们将陆续讲解与 Visual Basic 有关的语法和程序设计方面的知识。要编写 Visual Basic 应用程序，必须了解程序的基本组成部分，一般程序由语句组成，语句又由变量、常量、函数、运算符等基本语法单位组成。本章将介绍 Visual Basic 应用程序的基本语法单位，包括数据类型、常量、变量、运算符、函数、表达式及一些基本语句等。

3.1 Visual Basic 数据类型

程序设计本身就是对数据处理过程的描述，在处理过程中不同种类的数据处理方法大不相同，作为程序设计语言的共性，Visual Basic 也要对语言中使用的数据做出严格规定，并提供相应的处理方法。

在 Visual Basic 中有两大类数据：标准数据类型和自定义类型。

3.1.1 标准数据类型

标准数据类型是系统定义的数据类型，有严格的规定。根据不同的对象，可以细分为 6 种不同的类型：数值数据类型（Numeric）、字符数据类型（String）、时间数据类型（Date）、逻辑数据类型（Boolean）、对象数据类型（Object）和变体数据类型（Variant）。其中，数值数据类型又可细分为 6 种具体的数据类型：字节型（Byte）、整型（Integer）、长整型（Long）、单精度型（Single）、双精度型（Double）和货币型（Currency）。表 3.1 列出了 Visual Basic 支持的数据类型及说明。

表 3.1 Visual Basic 数据类型及说明

数 据 类 型	关 键 字	后 缀 符	字 节 数	取 值 范 围
字节型	Byte	无	1	$0 \sim 255$
逻辑型	Boolean	无	2	True / False
整型	Integer	%	2	$-2^{15} \sim 2^{15} - 1$
长整型	Long	&	4	$-2^{31} \sim 2^{31} - 1$
单精度型	Single	!	4	$-3.402823E38 \sim 3.402823E38$
双精度型	Double	#	8	$-1.79769313486232D308 \sim 1.79769313486232D308$
货币型	Currency	@	8	$-922\ 337\ 203\ 685\ 477.5808 \sim 922\ 337\ 203\ 685\ 477.580\ 7$
日期型	Date	无	8	$01,01,100 \sim 12,31,9999$
字符型	String	$	字符串长度	$0 \sim 65\ 535$ 个字符
对象型	Object	无	4	对象引用
变体型	Variant	无	需要分配	根据实际情况分配字节数

在具体讨论各种数据类型之前，我们回顾一下关于存储和显示的知识。

计算机中的任何数据都是以二进制方式存储的，1 位二进制表示的状态只有两个：0 和 1，为了表示更多的状态，就要用到多位的二进制数。用 8 位二进制组合到一起，称为 1 字节，1 字节表达的二进制数值范围是 00000000～11111111，转换为十六进制是 00～FF，转换为十进制是 $0～2^8-1$ 即 0～255，通常使用的显示方式是十进制。

3.1.2 数值数据类型

数值数据类型可分为 6 种：字节型、整型、长整型、单精度型、双精度型和货币型，拥有各自的特征。

1. 字节型（Byte）

字节型数据采用 1 字节作为存储单位，其表示的范围是 0～255，在使用中用来表示学生课程成绩等数值不是很大的内容，优点是节省空间，但表示的最大数值太小，比如想存储五门课程的成绩之和，就会超过范围溢出。显然，字节型不是常用的数据类型。

2. 整型（Integer）

整型数据是程序设计中最常用的数据类型之一，采用 2 字节存储，可以带有正、负号，且是一种精确的数据类型。具体的表示方法是高位字节的首位是符号位，首位为 0 表示正数，首位为 1 表示负数，正整数的表示范围是 0000000000000000～0111111111111111 即 0～$+2^{15}-1$，负整数用补码表示，范围是 1111111111111111～1000000000000000 即$-1～-2^{15}$，所以整型数据类型表达的是-32 768～+32 767 之间的精确数值。通常情况下，循环变量、统计个数、求和运算等常见问题可以采用整型数据，但毕竟整型数据表示的范围有限，对于求阶乘、大数据量的计算就会出现溢出的情况。

3. 长整型（Long）

长整型数据是现代程序设计中常用的数据类型，采用 4 字节存储，可以带有正、负号，长整数也是精确的数据类型。具体的表示方法与整型数据类型相同，正长整数的表示范围是 0～$+2^{31}-1$，负长整数也用补码表示，范围是-1～-2^{32}。长整数可以进行数值比较大的运算，比如 10! 就只能用长整型数据表示，普通整型将会溢出。当计算的数值再增大时，就要在算法上加以考虑。

4. 单精度型（Single）

单精度型数据是程序设计中最常用的数据类型之一，采用 4 字节存储，分为指数部分和数值表示部分，可以带有正、负号，采用科学记数法 E 方式表示。指数部分为整数是精确的数据类型，具体的数值表示部分可以有舍入，因此可能有误差，单精度型数据表示的范围是-3.402823E38～3.402823E38，指数可以达到 38 次方，有效位数为 7～8 位。通常情况下，单精度数据用于要求不是很高的科学计算中，处理过程中可能出现机器零和数据溢出的情况，当临近这两种情况时一定要特别小心。

5. 双精度型（Double）

双精度型数据是需要高精度计算时采用的数据类型，用 8 字节存储，和单精度数据类型一样分为指数部分和数值表示部分，可以带有正、负号，采用科学记数法 D 方式表示。双精度型数据表示的范围是−1.79769313486232D308～1.79769313486232D308，指数可以达到308 次方，有效位数为 15 位。

6. 货币型（Currency）

货币型数据是随着现代数据处理的需要应运而生的，采用 8 字节存储，可以带有正、负号。货币型数据是定点数据形式，整数部分是精确的，小数部分保留 4 位有效数字，整数可以达到 15 位精确数字。

3.1.3 日期数据类型

日期数据类型（Date）采用 8 字节存储，用浮点方式表示，分为日期和时间两部分。表示的时间范围：公元 100 年 1 月 1 日 0:00:00～9999 年 12 月 31 日 23:59:59。

日期数据类型采用符号码"#"表示日期型数据，比如#08/20/2010 12:00:00#表示 2010年 8 月 20 日中午 12 点，两个#之间是任何可以被看做日期和时间的字符；再比如#July 6, 2010#、#2010-7-15 15:30:10#、#25 April, 2010#等。

3.1.4 逻辑数据类型

逻辑数据类型（Boolean）采用 2 字节存储，但逻辑数据类型只有两个值：True（真）和 False（假）。如果用数值方式表示，则用−1 表示 True，用 0 表示 False，在一些不是很严格的情况下可以用非 0 表示 True，即非 0 就是真，0 是假。

3.1.5 字符数据类型

字符数据类型（String）存储时根据实际情况安排字节数，所以是不定长的。字符数据类型主要用于文字处理，随着计算机处理日常事务的增加，字符处理变得越来越重要了。字符可以包括西文字符和中文字符及其他可以表示出来的形式，一般用做字符常量时用英文的一对双引号" "括起来，例如："1234"、"ABCD"、"程序设计"、"%$&^$%$#^"。

字符数据类型也可以声明为定长字符串，那么在程序执行过程中其长度始终保持不变。

3.1.6 对象数据类型

对象数据类型（Object）采用 4 字节存储，存储的内容是一个地址，该地址可以引用应用程序中的对象。使用时用 Set 语句指定一个被声明为对象数据类型 Object 的变量去引用应用程序所能识别的任何实际对象，如数据库文件等。这涉及更多的程序设计的知识，在此不做详细介绍。

3.1.7 变体数据类型

变体数据类型（Variant）是一种智能型的数据类型，在具体使用时可以根据处理的数据自动予以适应。它对数据的处理取决于程序上下文的需要，可以转化为数值型、日期型、对象型、字符型，当一个变量没有说明类型就使用时，会被默认为变体数据类型。

变体数据类型有 4 个特殊的数据。

（1）空（Empty）：表示未指定确定的数据。

（2）无效（Null）：表示数据不合法。

（3）无指向（Nothing）：表示数据还没有指向一个具体对象。

（4）出错（Error）：表示过程中出现错误条件。

3.1.8 自定义数据类型

在 Visual Basic 中除了上述的标准数据类型外，为适应各种情况，Visual Basic 还提供了用户自定义数据类型。通常情况下，自定义数据类型是结构类型，类似于数据库中的记录结构、C 语言中的结构类型，具体使用时用 Type 语句定义，其结构如下：

Type 自定义类型名

    元素名[（下标）]　As　类型名

      …

    [元素名[（下标）]　As　类型名]

End Type

其中，

元素名：表示自定义类型中的一个成员。

下标：表示数组。

类型名：为元素选择一种标准数据类型。

例如，表 3.2 用来填写数据，则在 Visual Basic 中就需要用一个自定义数据类型才能表示为一个整体。

表 3.2 学生情况表

学　号	姓　名	性　别	出 生 日 期	籍　贯	E-mail	奖学金
20100101	王强强	男	1992-05-04	上海	wqq@ecust.edu.cn	200.50
20100102	赵丽丽	女	1993-12-21	北京	zll@ecust.edu.cn	150.20
20100103	朱琴琴	女	1992-10-01	江苏	zqq@ecust.edu.cn	200.50
20100104	胡嘉嘉	男	1993-02-11	浙江	hjj@ecust.edu.cn	150.50
20100105	高启明	男	1991-12-02	安徽	gqm@ecust.edu.cn	200.50

可以用如下的自定义数据类型描述这个表的结构：

```
Type Sttb
    Xh  As  String*10
    Xm  As  String*10
    Xb  As  Boolean
    csrq  As  Date
    Jg  As  String*8
    Email  As  String*20
    Jxj  As  Single
End Type
```

类型一旦定义，就可以像标准数据类型一样地使用，为了使自定义数据类型通用，必须在标准模块（.BAS）中定义，并且默认是 Public，可以在其他过程中声明变量为该类型的变量，比如：

```
Private Sub Command1_Click()
Dim  a1  As  Sttb，b  As integer
   …
End Sub
```

还要注意的是，一个自定义数据类型的数据在内存中所占的大小是固定的，因此特别需要强调自定义数据类型中的字符型数据必须是定长的，定义 Xm As String*10 代表自定义数据类型 Sttb 中姓名元素是 10 个字符，使用时不能超过这个长度。

3.2 常量和变量

计算机处理数据必须首先放入内存中，前面讨论的数据类型就是各种不同数据在内存中的表现，具体使用时还要区分成常量和变量。

3.2.1 常量

常量是在程序运行过程中固定不变的量，随着数据类型的不同，表现的方式也不相同。Visual Basic 提供三种常量：直接常量、用户声明的符号常量和系统常量。

1. 直接常量

前面已经介绍了各种数据类型，每种数据类型都可以使用直接常量，有时在相同数据的后面加上类型符以便区分常数的类型。

例如：123 是整型常量，234&是长整型常量，"abcdefg"是字符常量，1.234567E-2 是单精度数值常量，7.654321098D+5 是双精度常量，#2010-8-10#是时间常量等。需要特别注意的是，在 Visual Basic 中会使用八进制和十六进制的常数，八进制数值常数的前缀是&0，比如&012 表示的是八进制的 12，如果转换为十进制就是 1*8+2=10，而&021 转换为十进制是2*8+1=17；十六进制的前缀是&H，比如&H10 转换为十进制是 1*16+0=16，而&HFE 转换为十进制是 15*16+14=254。

2. 用户声明的符号常量

用户声明的符号常量简称符号常量，通常用于某些特定的常量数据，其格式为

Const 符号常量名[As 类型] = 表达式

其中 Const 是语句定义符，符号常量名经常用大写字母以示和普通变量的区别，符号常量可以用 As 定义为一种特定的数据类型，表达式可以决定符号常量的值，使用符号常量是在程序执行时代入的。

比如数学中常用的 π，我们可以把它定义为符号常量 PI，计算机的位数定义为符号常量WD 等，具体形式是

Const   PI=3.14

Const   WD=32

使用符号常量的好处是在程序设计时不需要时刻考虑到数据的具体数值，只要在程序开始处定义就可以在整个程序中引用，一旦需要改变，只需对定义进行修改即可，这样方便了程序的阅读和修改。例如，在具体计算过程中发现 π 的精度不够高，则只要修改定义为

Const PI=3.1415926

而不需要对程序做任何修改，就改变了计算的精度。如果在程序中使用的是数值常量形式 3.14 表示 π，就需要对每个出现 π 的地方修改，查找、修改起来不仅麻烦，还容易漏掉而导致程序的整体性被破坏。

如果现在使用的是 64 位计算机，在程序执行时需要给出计算机的位数，只要修改符号常量定义为

Const　WD=64

不需要修改任何程序就可以直接执行了。

3．系统提供的常量

系统提供的常量简称系统常量，Visual Basic 系统提供了大量的系统常量以便在控件定义和应用程序中使用，这些系统常量位于不同的对象库中。为区分不同对象中同名常量的情况出现，系统的处理方法是在引用时加上两个小写字母的前缀以示区别，限定为在哪个对象库中。

例如，用 vb 表示的是 Visual Basic（VB）和 Visual Basic for Application（VB A）中的常量，系统常量与应用程序中使用的对象、方法和属性有关，需要用到颜色时可以使用系统常量 vbRed 表示红色，表示窗体状态属性时可以使用 vbNormal 表示正常大小，vbMaximized 表示窗体最大化，vbMinized 表示窗体最小化等。系统常量很多，高级应用程序设计时经常使用系统常量，有兴趣的读者可以查阅相关的资料进一步学习。

3.2.2　变量

在程序运行过程中其值可以发生改变的量称为变量。

计算机只有把数据放入内存才能处理，机器语言和汇编语言是按内存单元的编号访问内存中的数据的，而高级语言是通过命名变量的方式与内存单元联系在一起的，在程序运行过程中通过变量名访问相应的内存单元。

1．变量命名规则

程序中出现的变量由用户按标识符的命名规则并结合程序中的实际意义对其命名，为提高程序的可读性，变量命名应该尽量取得有意义。Visual Basic 中的命名规则是

（1）必须以字母（汉字）开头，由字母（汉字）、数字或下画线组成，长度不能超过 255 个字符。

（2）不能使用 Visual Basic 中的关键字。

（3）Visual Basic 中不区分大小写，以第一次出现的变量形式为准。

（4）必要时可以在变量名前加前缀或变量名后加后缀以说明变量的类型。

（5）尽量避免使用汉字作为变量名。

2. 变量声明

尽管 Visual Basic 中变量可以不声明就使用（隐式说明），但当不声明就使用变量时，变量的类型是变体型的，可能和程序中需要使用的变量类型不相符，所以应该养成先声明再使用的习惯。Visual Basic 中声明变量的地点可以有 3 种位置：事件过程内、窗体的通用部分、公共模块中，随着定义的位置不同，变量的作用域也不相同。

Visual Basic 中通常使用 Dim 语句声明变量。Dim 语句的声明格式：

Dim 变量名[As 类型, 变量名 As 类型, ……]

其中 Dim 是语句定义符，变量名是用户按标识符的命名规则定义的，用 As 说明定义的变量所属的类型，类型符是标准数据类型如 Integer、Single 等，或自定义类型符，声明中可以一个 Dim 语句定义多个变量，定义多个时要用","把每个变量分隔开来。如果定义 a、b、c 三个变量为整型，不能用下列的形式声明：

Dim a , b , c As Integer

因为这只声明了 c 是整型变量，而 a 和 b 都因为没有类型符而是变体型变量，正确的声明方式是

Dim a As Integer , b As Integer , c As Integer

有时可以用类型后缀符简洁说明变量的类型，例如：

Dim a% , b% , c% , t$, n& , x! , s#

即，定义 a、b、c 为整型，t 为字符型，n 为长整型，x 为单精度型，s 为双精度型变量。

除了使用 Dim 声明变量外，还可以用 Static、Public 和 Private 等关键字声明变量，将在后续的课程中介绍。

3.3 运算符、函数和表达式

与其他高级语言一样，Visual Basic 拥有丰富的运算符，提供了大量的函数，通过运算符、操作数和函数的组合构成各种各样的表达式，产生各种各样的结果，这在程序编写过程中时时都会用到。

3.3.1 运算符

Visual Basic 中的运算符分四大类：算术运算符、字符串运算符、关系运算符和逻辑运算符。按照运算对象的个数不同，可以分为单目运算（只有一个操作数）和双目运算（拥有两个操作数）。

1. 算术运算符

算术运算符是常用的运算符，如表 3.3 所示。

表 3.3 Visual Basic 算术运算符及示例

运 算 符	含 义	示 例	结 果
^	乘方	4^2	16
–	取负	–4	–2

运 算 符	含 义	示 例	结 果
*	乘法	4*2	8
/	浮点除法	9/4	2.25
\	整数除法	9\4	2
Mod	取模（余数）	4 Mod 3	1
+	加法	4+2	7
−	减法	4−2	2

通过算术运算得到的结果是数值型数据，根据运算的级别由高到低分成 6 级，依此为：乘方^，取负−，乘法*和除法/，整除\，取模 Mod，加法+和减法−。下面举例说明各种算术运算符构成的简单表达式：当 n=3 时，$2\text{^}n$ 的结果是 8，−n 的结果是−3，10*n 的结果是 30，10/n 的结果是 3.33333333333333，10\n 的结果是 3，10 Mod n 的结果是 1，10+n 的结果是 13，n−10 的结果是−7。

如果是一个含有多个算术运算符的表达式，则运算的先后次序非常重要，比如：

−8 * 2 ^ 3 Mod 10 \ 3 − 7 / 3

则运算次序是：乘方^、取负−、乘法*、除法/、整除\、取模 Mod 和减法−，运算得到的结果依次是 2^3=8、−8、−8*8=−64、7/3=2.33333333333333、10\3=3、64 Mod 3=1、−1−2.33333333333333=−3.33333333333333，所以最终结果是−3.33333333333333。

2．字符串运算符

通过字符串运算得到的结果是字符型数据，Visual Basic 有两个字符串运算符"&"和"+"。需要注意的是，字符串运算符"&"和"+"在使用上是有区别的，"+"既是算术运算符又是字符串运算符，它会根据操作数的不同而决定执行的运算，如果数据类型不匹配且无法转换就会出错，而"&"就是字符串运算符，无论操作数是什么都会按照字符串的方式连接在一起。举例说明如下：

```
123+456              '结果 579
"123"+"456"          '结果"123456"
123+"abc"            '出错
123  &  456          '结果"123456"
123  &  "456"        '结果"123456"
```

Visual Basic 中连接字符串是一类非常重要的操作，为完成某种操作或按照某种格式显示内容时通常会把多个字符串连接成一个具有某种含义的字符串来处理。

说明：运算符"&"和长整型的定义符是一样的，所以在使用时为了区分，要求用于字符串运算的"&"两端都必须留一个空格。当符号"&"与变量连在一起时就会当做类型符处理，通常会出错。

3．关系运算符

通过关系运算得到的结果是逻辑型数据，关系运算符都是双目运算符，通过对两个操作数的比较或者匹配得到结果，若关系成立，则结果为真，Visual Basic 中表示为逻辑值 True 或数值−1，否则结果为假，表示为逻辑值 False 或数值 0。具体的操作数可以是数值或字符串，表 3.4 给出了 Visual Basic 的关系运算符及示例。

表 3.4　Visual Basic 的关系运算符及示例

运　算　符	含　义	示　例	结　果
=	等于	"abc"="aBc"	False
<>	不等于	123<>456	True
>	大于	"ABc">"ABC"	True
<	小于	34<12	False
>=	大于等于	12>=12	True
<=	小于等于	"ABCD"<="ABC"	False
Like	字符串匹配	"abcdefg" like "??cd*"	True

使用关系运算符要注意以下规则：

（1）如果两个操作数都是数值型数据，则直接比较大小；

（2）如果两个操作数都是字符型数据，则按照从左到右的次序——比较字符的 ASCII 码值，ASCII 码值大的字符串就大。

所以表格中的示例"abc"="aBc"，由于第二个字符有大小写的不同，对应的 ASCII 码值也不相同，因此不相等，比较的结果是假；"ABc">"ABC"中前两个字母完全相同，第三个字母 c 的 ASCII 码值是 99，而 C 的 ASCII 码值是 67，所以结果是真；12>12 是假，而 12>=12 就是真。

4．逻辑运算符

通过逻辑运算得到的结果是逻辑型数据，Visual Basic 中可以使用的逻辑运算符有 6 个，按照执行的优先级次序依次为取反运算 Not、与运算 And、或运算 Or、异或运算 Xor、等价运算 Eqv 和蕴含运算 Imp，这些操作符中只有 Not 是单目运算符，其余的都是双目运算符。逻辑运算符可以按照如下定义执行。

（1）取反运算 Not：当操作数据是真时结果为假，操作数据是假时结果为真。

（2）与运算 And：当两个操作数据都是真时结果为真，否则为假。

（3）或运算 Or：当两个操作数据都是假时结果为假，否则为真。

（4）异或运算 Xor：当两个操作数据相同时结果为假，否则为真。

（5）等价运算 Eqv：当两个操作数据相同时结果为真，否则为假。

（6）蕴含运算 Imp：当第一操作数据为真，第二操作数据为假时结果为假，否则为真。

为了更清楚地表达逻辑运算，可以把逻辑运算的结果用真值表的方式表示，用 P 和 Q 表示双目运算的两个操作数据，用 T 表示真，F 表示假，在表 3.5 中给出了逻辑运算的真值表。

表 3.5　逻辑运算的真值表

P	Q	Not P	P And Q	P Or Q	P Xor Q	P Eqv Q	P Imp Q
T	T	F	T	T	F	T	T
T	F	F	F	T	T	F	F
F	T	T	F	T	T	F	T
F	F	T	F	F	F	T	T

举例说明如下：如果 P 代表我在打球，Q 代表我在唱歌，则 Not P 表示我没有打球，P And Q 表示我既在打球又在唱歌，P Or Q 表示我在打球或者在唱歌，P Xor Q 表示我在打球但没有唱歌或我在唱歌但没有打球，P Eqv Q 表示我在打球等价于我在唱歌，P Imp Q 表示因为我打球了所以我唱歌了。

在某些场合中，逻辑运算符的操作数据不是纯粹的逻辑型数据，这时通常用 0 或空表示假，非 0 或非空表示真，比如 1 And 0 的结果是假，5 Or –2 的结果为真，"ABC" Eqv "AAA" 的结果是假等。

3.3.2　内部函数

Visual Basic 提供了大量的内部函数供编写程序时调用，这些函数可以大大地方便用户编程。Visual Basic 的内部函数按功能可以分为：数学函数、字符串函数、转换函数、日期函数和格式输出函数、外接函数等。内部函数是 Visual Basic 精华的一部分，可以通过 Visual Basic 的帮助菜单了解其使用信息和方法。

函数的形式是

函数名([自变量[，自变量，……]])

注意函数名和变量名的命名方式相同，但后面跟的( )是区别函数与变量的标识，函数可以是包含自变量的有参形式，也可能是不包含自变量的无参形式。

1．数学函数

科学计算离不开数学数据的处理，每种高级语言都会提供常用的数学函数，用 X 表示自变量，函数值通常是单精度或双精度数据，涉及角度时使用弧度制表示，表 3.6 中给出了 Visual Basic 提供的常用数学函数，可见使用数学函数时会有一定的误差。

表 3.6　常用数学函数及示例

函 数 形 式	函数名称及含义	示　　例	结　　果
Abs(X)	绝对值函数	Abs(−3.2)	3.2
Cos(X)	余弦函数	Cos(3.1415926/3)	.500000015
Exp(X)	指数函数，即 e^x	Exp(1)	2.71828183
Log(X)	以 e 为底对数函数，即 Log_eX	Log(10)	2.30258509
Rnd(X)	随机函数，产生[0,1]内的一个数	Rnd(X)	0～1 之间的数
Sin(X)	正弦函数	Sin(3.1415926/3)	.866025395
Sgn(X)	符号函数	Sgn(−2.6)	−1
Sqr(X)	平方根函数	Sqr(3)	1.73205081
Tan(X)	正切函数	Tan(3.1415926/4)	.999999973

其中：

（1）如果用的是常用对数函数 LgX，则要转换成 $LgX = Log_eX / Log_e10$，即 Visual Basic 的表达式 Log(X) / Log(10)。

（2）Rnd 函数产生一个小于 1，大于等于 0 的双精度随机数，随机数是用一定公式产生的伪随机数，若初始值相同，则产生的一组随机数也会相同。为得到不同的随机数，每次运行时要用不同的初始值（称为种子），通常在使用前加上激活语句 Randomize N 初始化随机数生成器。

（3）Sgn(X)函数会根据 X 的值不同得到不同的结果，X>0 结果是 1，X=0 结果是 0，X<1 结果是-1。

2．字符串函数

字符串是现代数据处理中必须使用的一种数据类型，字符串的处理涉及字符串长度、截取字符串、字符串转换和处理等，字符串函数的结果可以是数值和字符串，如表 3.7、表 3.8 所示。

表 3.7　返回数值的字符串函数

函 数 形 式	函数名称及含义	示　例	结　果
Len(X)	字符串长度函数	Len("abc 一二三")	6
LenB(X)	字符串字节数函数	LenB("abc 一二三")	12
InStr(N,X1,X2,[M])	匹配位置函数	InStr(1, "abcdefg","de")	4
StrComp(X1,X2,[M])	字符串比较函数	StrComp("abcdf","abcde")	1
InStrRev(X1,X2,N,M)	匹配位置反查函数	InStrRev("abcdefg","de")	4

表 3.8　返回字符串的字符串函数

函 数 形 式	函数名称及含义	示　例	结　果
Left(X,N)	左取字符串函数	Left("abcdefg",3)	"abc"
Mid(X,N,M)	中取字符串函数	Mid("abcdefg",3,2)	"cd"
Right(X,N)	右取字符串函数	Right("abcdefg",5)	"cdefg"
LTrim(X)	去左空格函数	LTrim(" abcdefg ")	"abcdefg "
Trim(X)	去空格函数	Trim(" abcdefg ")	"abcdefg"
RTrim(X)	去右空格函数	RTrim(" abcdefg ")	" abcdefg"
Space(N)	空格填充函数	Space(6)	" "
String(N,X)	字符填充函数	String(4, "#")	"####"
Join(A,X)	合并数组为串函数	A=array("abc","12","3") Join(A, "@")	"abc@12@3"
Replace(X,X1,X2)	字符串替换函数	Replace("abcde","c","C")	"abCde"
Split(X1,X2)	分隔串为数组函数	Dim S(5) as　string S=Split("ab,cd,efg", ",")	S(0)= "ab" S(1)= "cd" S(2)= "efg"
StrReverse(X)	字符串反序函数	StrReverse("abcdefg")	"gfedcba"

其中：

（1）函数 InStr(N,X1,X2,[M])中的 N 是匹配的起始位置，M 表示是否区分大小写，M=0 区分大小写，M=1 不区分大小写，有

InStr(2,"ABCDEF","ABC",1)= 0

InStr(1, "ABCDEF","Abc",0)= 0

InStr(1, "ABCDEF","Abc",1)= 1。

（2）StrComp(X1,X2,[M])中的 M 用于是否区分大小写，函数用于比较 X1 和 X2 的大小，如果 X1>X2 则结果是 1；如果 X1=X2 则结果是 0；如果 X1<X2 则结果是−1，以"ABC"和"abc"为例有

StrComp("abc","ABC",0)= 1
StrComp("abc","ABC",1)= 0
StrComp("ABC", "abc",0)= −1。

（3）Mid$(X,N,M)中 N 表示选取的起始位置，M 表示选取的字符个数，例如从字符串"abcdefg"中选取三个字符，有 Mid$("abcdefg",2,3)= "bcd"。

（4）Replace$(X,X1,X2)中是用 X2 字符串替换 X 字符串中的 X1 字符串的，示例中用"C"替换"abcde"中的"c"，就有 Replace$("abcde","c","C")="abCde"。

3．转换函数

Visual Basic 中各种数据之间有时需要相互转换，这种转换往往需要使用转换函数完成。表 3.9 给出了常用的数值与数值、数值与字符、字符与字符之间的转换函数，其中 N 表示数值型数据，C 表示字符型数据。

表 3.9　转换函数

函 数 形 式	函 数 名 称 及 含 义	示　　例	结　　果
Asc(C)	取 ASCII 值函数	Asc("A")	65
Val(C)	字符串转值函数	Val("123.4567")	123.4567
Fix(N)	截尾取整函数()	Fix(4.567), Fix(−3.2)	4, −3
Hex$(N)	转十六进制函数	Hex$(100)	"64"
Int(N)	截正尾取整函数	Int(4.567), Int(−3.2)	4, −4
Oct(N)	转八进制函数	Oct(100)	"144"
Chr$(N)	ASCII 码值转字符函数	Chr$(99)	"c"
Lcase$(C)	大写转小写函数	Lcase$("AbCdEfG")	"abcdefg"
Ucase$(C)	小写转大写函数	Ucase$("AbCdEfG")	"ABCDEFG"
Str$(N)	数值转字符串函数	Str$(123.456)	"123.456"

其中：

（1）Asc(C)是返回字符串 C 中的第一个字符号的 ASCII 码值，例如，Asc("abc")=97；

（2）Val(C)中 C 如果是数值字符串则可以直接转换为数值，例如，Val("321.12")=321.12，如果是非数值字符串，则返回 0，例如 Val("ABC")=0；

（3）Fix(N)是截尾取整，就是去掉实数中的小数部分，无论是正数或负数，例如，2.34 中小数部分是 0.34，Fix(2.34)=2，−2.34 中小数部分是−0.34，同样舍取，Fix(−2.34)=−2；

（4）Hex(N)是把十进制数值数据 N 转换成十六进制的字符型数据，例如，Hex(15)= "F"，Hex (17)= "11"；

（5）Int(N)是截正尾取整，4.567 中正的小数部分是 0.567 可以舍掉，Int(4.567)= 4，但是−3.2 需要舍掉的是正小数，−3.2=−4+ 0.8，截尾去掉的是正小数 0.8，所以 Int(−3.2)= −4；

（6）Oct(N)是把十进制数值数据 N 转换成八进制的字符型数据，例如，十进制的 10 和 20 分别转换成八进制 Oct(10)= "12"，Oct(20) ="24"；

（7）Chr(N)把 N 看成是 ASCII 码值通过函数转换为相应的字符，例如，Chr(99)= "c"；

（8）Lcase(C)是把字符串 C 中的所有大写字母转换成小写字母，而对数字和符号不起作用，例如，Lcase("AbCdEfG")="abcdefg"，Lcase("2b3d$f*")="2b3d$f*"；

（9）Ucase(C)是把字符串 C 中的所有小写字母转换成大写字母，而对数字和符号不起作用，例如，Ucase("a2c3e$g")="A2C3E$G"，Ucase("AbCdEf")= "ABCDEF"；

（10）Str(N)是把数值型数据转换成字符串，例如，Str(123.456)= " 123.456"。

4．日期时间函数

日期和时间是任何一个系统中必不可少的，通过一些函数可以调用计算机的系统时间或者处理一些关于时间的问题，是每一种语言必须提供的。Visual Basic 提供了多个函数来处理时间和日期，表 3.10 给出了日期时间函数，其中时间次序是年、月、日，参数 C 为字符串，N、Y、M、D 为数值，T、T1、T2 为时间，G 为格式设置。

表 3.10　日期时间函数

函数形式	函数名称及含义	示例	结果
Date ()	取系统日期函数	Date	2005-10-9
DateSerial(Y,M,D)	日期设置函数	DateSerial(90,12,30)	1990-12-30
DateValue (C)	日期设置函数	DateValue("06,18,2005")	2005-6-18
DateAdd(G,N,T)	增减日期函数	DateAdd("ww",2,#5/11/2022#)	2022-5-25
DateDiff(G,T1,T2)	间隔日期函数	DateDiff("m",#11/20/2005#,#5/11/2006#)	6
Day (C)	取日期函数	Day(Date)	9
Month (C)	取月份函数	Month(Date)	10
Year (C)	取年份函数	Year(Date)	2005
Now	返回系统日期时间函数	Now	2005-10-9 15:42:37
Time ()	取系统当前时间函数	Time()	15:42:37
WeekDay(C)	返回星期代号函数	Weekday(Date)	1

其中：

（1）Date 函数返回系统的当前日期数据；

（2）DateSerial(90, 12, 30)函数是按照给入的数值数据生成一个日期数据，90 默认为 1990；

（3）DateValue("06,18, 2005")函数是按照给入的字符数据生成一个日期数据；

（4）DateAdd("WW", 2, #5/11/2022#)函数是在已有的日期上增加或减少若干天，格式"WW"表示按星期增加，2 是增加两个星期，所以结果是 2022-5-25，其他的格式还有"D"、"M"、"YYYY"等；

（5）DateDiff("M",#11/20/2005#, #5/11/2006#)函数是给出两个日期之间的间隔，"M"表示按月统计，故结果为 6，也可以按照其他的格式处理；

（6）Day(Date)函数返回的是日期中的几号，9 表示机器系统的当前日期是 9 号；

（7）Month(Date)函数返回的是日期中的几月，10 表示机器系统的当前月份是 10 月；

（8）Year(Date)函数返回的是日期中的年份，2005 表示机器系统的当前年份是 2005 年；

（9）Now 函数返回的是机器系统的时间，按照"年-月-日 时：分：秒"的形式输出；

（10）Time()函数返回的是机器系统的当前时间，按照"时：分：秒"的形式输出；

（11）Weekday(Date) 函数返回机器系统的当前时间是星期几，结果 1 为星期日，2 为星期一，7 为星期六，这点特别需要注意。

5．格式输出函数

格式输出函数只有一个：Format()，Format 函数可以处理的内容包括数值、字符串和日期数据。

Format 函数的形式如下：

    Format(表达式[，格式字符串])

其中：表达式是要输出的数值、字符串或日期型表达式，格式字符串是格式化输出的内容，格式字符串又可以分成三类：数值格式、字符串格式和日期格式。

（1）数值格式化。数值格式化是将数值表达式的结果按照"格式字符串"指定的格式输出，格式字符串中符号的作用说明如下。

0——按照位数输出：整数部分位数超出给定的位数时按照实际的数值数据输出，整数部分位数不足则前面补 0，小数部分位数过多时四舍五入；

#——按照位数输出：与格式 0 的区别在于整数部分位数不足时按照实际输出，不在前面补 0，小数部分位数过多时四舍五入；

.——为整数加小数点：输出整数并带有若干位小数的数据；

,——千分位输出：在整数部分的千分位处加上"，"使结果更加清晰；

%——百分比输出：数值扩大 100 倍并在数值后加上"%"的输出方式；

$——强制加$输出：在输出的数值前加上"$"的输出方式；

+——强制加+输出：在输出的数值前加上"+"的输出方式；

－——强制加$输出：在输出的数值前加上"－"的输出方式；

E+——按照指数输出：整数部分位数超出给定的位数时按照实际的数值数据输出，整数部分位数不足则前面补 0，小数部分位数过多时四舍五入。

（2）字符串格式化。字符串格式化是将字符串数据按照"格式字符串"指定的格式输出，格式字符串中符号的作用说明如下：

<——输出的字符串中的英文字母强制以小写方式输出；

>——输出的字符串中的英文字母强制以大写方式输出；

@——按照@的个数指定的宽度输出，输出的字符串位数小于给定位数时按照右对齐方式输出，左端补空格；

&——按照&的个数指定的宽度输出，输出的字符串位数小于给定位数时按照左对齐方式输出，去掉多余的位。

（3）时间和日期格式化。时间和日期格式化是将日期和时间类型的数据按照"格式字符串"指定的格式输出，格式字符串中符号的作用说明如下。

d——显示日期，如果是个位数的日期，前面不加 0；

dd——显示日期，如果是个位数的日期，前面加 0；

ddd——显示星期的 3 位缩写；

dddd——显示星期的全名；

ddddd——显示完整的日期形式，输出的默认格式是 yyyy-mm-dd；

dddddd——显示完整的长日期形式，输出的方式是 yyyy 年 mm 月 dd 日；

w——显示数字形式的星期表示；

ww——显示一年中所属的星期数；

m——显示月份，如果是个位数的月份，前面不加 0；

mm——显示月份，如果是个位数的月份，前面加 0；

mmm——显示月份的缩写形式；

mmmm——显示月份的全名；

y——显示一年中的天数；

yy——显示两位数的年份；

yyyy——显示四位数的年份；

q——显示第几季度；

h——显示小时，如果是个位数的小时，前面不加 0；

hh——显示小时，如果是个位数的小时，前面加 0；

m——在 h 后显示分钟，如果是个位数的日期，前面不加 0；

mm——在 h 后显示分钟，如果是个位数的日期，前面加 0；

s——显示秒数，如果是个位数的秒数，前面不加 0；

ss——显示秒数，如果是个位数的秒数，前面加 0；

ttttt——显示完整的时间形式，输出的默认格式是 hh:mm:ss；

a/p——显示上、下午形式，中午前显示 a（A），中午后显示 p（P）；

AM/PM——显示上、下午形式，中午前显示 am（AM），中午后显示 pm（PM）；

6．外接函数

Visual Basic 中如果需要使用其他的应用程序，可以使用外接函数 Shell 来完成，Shell 函数可以调用能够在 DOS 和 Windows 环境中所有可执行的程序，通常这些程序的扩展名是.com、.exe 或.bat。Shell 函数的格式是

Shell(命令字符串[，窗口类型])

其中，

命令字符串：给出的是具有绝对路径的可执行程序名，可以带有其他的调用参数，其格式与 DOS 环境中执行某个应用程序的格式一致。

窗口类型：表示执行应用程序的窗口大小，默认为正常窗口。

【例 3.1】设计一个应用程序，利用 Shell 函数调用计算器。

其操作步骤如下：

① 编写窗体的 Click()事件过程代码。

```
Private Sub Form_Click()
        Shell ("c:\windows\system32\calc.exe")
End Sub
```

② 运行该应用程序，单击窗体，出现如图 3.1 所示的计算器。

图 3.1　单击窗体打开的计算器

3.3.3　表达式

表达式是数据处理的重要组成部分，通常由常量、变量、函数通过运算符和圆括号按照一定的规则组成。每个表达式通过运算后得到一个结果，根据表达式的运算符不同，结果的类型也不相同。

1．算术表达式

算术表达式的结果是数值，通常使用数值常量、数值变量、数学函数等由加、减、乘、除、乘方等各种算术运算符构成的都是算术表达式，由于 Visual Basic 语言的内容必须写在一行中，所以很多数学表达式需要转换成 Visual Basic 语言表达式，转换的时候必须注意乘号不能省略，圆括号必须配套，数学函数名称及参数必须正确等。

例如，解一元二次方程根的数学表达式转换成的 Visual Basic 表达式是

$(-b + sqr(b\verb|^|2 - 4 * a * c)) / (2 * a)$

在算术运算中，经常会出现操作数是不同类型的数据，Visual Basic 中规定运算结果的数据类型向精度高的类型转化，即

Integer < Long < Single < Double < Currency

注意：在长整型和单精度型数据混合运算中，结果为双精度型。对于初学程序设计的读者必须多做练习才能掌握从数学表达式到 Visual Basic 表达式的正确写法。

2．字符串表达式

字符串表达式的结果是字符串数据，通常使用字符串常量、字符串变量通过字符串连接运算符（+或&）和字符串处理函数构成字符串表达式。

字符串表达式的处理技巧要求比较高，特别是做字符串的截取、比较及组合操作时，需要相当的技术，需要特别加以注意，认真学习。

3．关系表达式

关系表达式的结果是逻辑型数据，通过使用关系运算符>、>=、<=、<、<>、=和 like 连接相应的常量、变量组成。

4．逻辑表达式

逻辑表达式的结果是逻辑型数据，通过使用逻辑运算符取反运算 Not、与运算 And、或

运算 Or、异或运算 Xor、等价运算 Eqv 和蕴含运算 Imp 连接相应的常量、变量组成。

5．混合型表达式

表达式中同时出现算术运算符、字符串运算符、关系运算符和逻辑运算符两种以上时，构成的表达式就是混合型表达式，其结果通常是逻辑型数据。

由于混合型表达式中出现了多种运算符，因此每种运算符号之间存在运算的优先级，不同类型的运算符的优先级是

算术运算符 ＞ 关系运算符 ＞ 逻辑运算符

混合运算符的优先级如表 3.11 所示。

表 3.11　混合运算符的优先级

名　　称	运　　算　　符						优　先　级
算术运算符	^ 幂	−取负	* 乘法、/ 浮点除法	\ 整数除法	Mod 取模	+加法、−减法	高
字符运算符	+、&						↓
关系运算符	= 等于、> 大于、< 小于、>= 大于等于、<= 小于等于、<>或>< 不等于、Like、Is						
逻辑运算符	Not 非	And 与	Or 或	Xor 异或	Eqv 等价	Imp 蕴含	
优先级	高	————————————————————→					低

如果需要改变运算符的优先级，可以使用圆括号改变优先级，有时为了使表达式清晰明确，也可以使用圆括号。

下面举例说明混合型表达式。

x∈(0,1]就是 x 属于 0 到 1 的左开右闭的区间，则 Visual Basic 表达式是"x>0 and X<=1"，x=0.5 时结果为真，x=1.5 时结果为假。

x∉(0,1]就是 x 不属于 0 到 1 的左开右闭的区间，则 Visual Basic 表达式是"x<=0 or x>1"或"not (x>0 and X<=1)"，x=0.5 时结果为假，x=1.5 时结果为真。

当 a=3，b=−5，c=2 时，有表达式：

a > b and c <a−2 or not 3>c and 1 = sin(2)

其运算顺序是

① 计算函数值：计算 sin(2)；

② 执行算术运算："a−2"结果为 1；

③ 执行关系运算："a>b"即"3>−5"结果为真，"c<1"即"2<1"结果为假，"3>c"即"3>2"结果为真，"1=sin(2)"结果为假；

④ 执行 not 3>c："not 真"，结果为假；

⑤ 执行 and 运算："a>b and c<a−2"即"真 and 假"结果是假，"not 3>c and 1=sin(2)"即"假 and 假"结果为假；

⑥ 执行 or 运算："假 or 假"结果为假。

最终表达式的结果是假。

这个执行顺序可以用图 3.2 表示。

图中①为算术运算，②为关系运算，③、④、⑤和⑥都是逻辑运算，但运算的优先级是不同的。通过上述例子可以了解混合型表达式的使用情况。

3.4　Visual Basic 程序构成与基本语句

前面我们已经使用了很多 Visual Basic 程序，但如何规范编写 Visual Basic 程序还没有细致地讨论过。

3.4.1　Visual Basic 程序构成

Visual Basic 程序需要按照一定的规则编写代码，总结如下。

1．Visual Basic 程序中允许使用的字符

Visual Basic 程序中允许使用的字符是西文字符和中文字符，键盘上可以打出来的几乎都可以使用，但按照语法的要求，有一些是关键字（保留字），用于定义一些操作，而其他的字符可以出现在操作的对象、字符串常量和注释中。

2．Visual Basic 程序代码

Visual Basic 程序代码是自动处理大小写的，对于 Visual Basic 的关键字系统可以自动识别，关键字的单词首字母会自动变成大写，而其他字母为小写，如果关键字是由多个英文单词组成的，则每个单词的第一个字母大写；对于用户自定义的内容，则按照最先出现的定义为准，后使用的自动转换成和第一次使用的形式相同，这样的处理保持了程序的一致性和可读性。

3．Visual Basic 语句

Visual Basic 程序是由语句组成的，语句可以定义为

语句定义符　语句体

语句定义符为关键字（系统保留字），代表当前要做的操作，语句体是执行的内容，必须符合操作的语法规则，语句定义符和操作符号必须是西文字符，Visual Basic 的语句通常是祈使句形式，因此语句定义符通常是一个动词。

4．Visual Basic 程序

Visual Basic 程序是以行为单位编写的，由若干个语句行组成。

通常情况下 Visual Basic 程序代码每行写一条语句，每个语句写在一行中，一行中最多容纳 254 个字符，并以按 Enter 键结束。

　如果需要在同一行内写多条语句，则需要使用冒号 "："作为分隔符。

　如果一条语句很长或由于其他原因需要写成多行时，则需要使用续行标记 "_"，即一个

空格加一个下画线字符。

5. Visual Basic 程序的行号与标号

Visual Basic 程序行前可以加上一个数字形式的行号或者以字母开头、冒号结束的字符串标号，行号和标号一般是为转向语句 Goto 提供一个入口，但结构化程序限制使用转向语句，所以应该减少使用行号或标号。还有一点应该注意，传统 BASIC 语言程序的行号是按照从小到大升序排列的，系统会根据行号大小重新排列程序，但在 Visual Basic 中不再适用，行号仅仅是一个位置，与程序语句排列次序无关。

3.4.2 Visual Basic 基本语句

Visual Basic 程序中有些语句是经常使用的基本语句，现对常见的基本语句介绍如下。

1. 变量定义语句 Dim

学习程序设计，必须遵守变量的使用原则，即先定义、后使用，也就是根据程序的具体要求定义每个需要使用的变量。

Visual Basic 的变量定义语句定义符是 Dim，其形式为

Dim 变量1 As 类型 [，变量2 As 类型 ……]

变量定义语句的作用是为每个变量指定类型，运行时在内存中分配相应的空间，如果没有定义，则系统将变量默认为变体类型，可以根据具体使用的情况转换为对应的类型，但作为初学者还是应该按照要求定义变量为好。变量定义语句举例如下：

Dim a As Integer，b As String

Dim n，k，m As Integer

在第一个变量定义语句中定义了 a 为整型变量，b 为字符型变量，而在第二个变量定义语句中希望定义 n、k、m 都是整型变量，但实际的结果是只有 m 被定义为整型变量，n、k 都没有被定义类型，是变体类型变量，即不能同时用一个类型符号定义多个变量，这一点十分重要。

需要注意的是，尽管 Visual Basic 允许不定义也可以使用变量，但不是一个好的编程习惯，因为不定义变量就使用会带来一些意想不到的问题。所以 Visual Basic 也可以强制要求设计者必须定义变量，即可以在窗体的通用声明部分加上强制说明语句 Option Explicit。

2. 赋值语句 Let

赋值语句是任何一种语言都必不可少的语句，它的语句定义符 Let 可以省略，其形式为

[Let] 变量名 = 表达式

赋值语句的作用是把等号右边表达式的值赋给左边的变量，要求等号右端的表达式的结果与变量同种类型，特别是数值型表达式时可能需要精度的转换。

Visual Basic 程序设计中经常在两种情况下使用赋值语句：给对象的属性赋值和给变量赋值，例如

```
a=123
Text1.Text="We are students. "
Label1.Fontsize=20
```

需要特别注意的是，Visual Basic 程序中赋值操作的"="与关系运算符中的"="完全相同，具体使用时系统会根据语句定义符来区分是赋值还是关系运算。

3．打印语句 Print

打印语句是最常用的输出语句，Print 也是一种方法，在具有打印输出功能的对象上可以应用。打印语句的定义符是 Print，其形式为

    Print 输出内容

如果应用于某个对象，则作为一种方法使用，形式为

    对象．Print 输出内容

需要说明的是，与打印语句一起使用的有分隔符号";"、","和函数 Tab(N)、函数 Space(N)、Chr(10)、Chr(13)。

";"分隔是紧凑打印方式，就是用";"分隔的两项内容输出时紧靠在一起，字符型输出两项间没有空位，数值型输出有符号位和后置格，略有区别。

","分隔是分区打印方式，就是用","分隔的两项内容按照一定的分区宽度输出，通常每区的宽度是 15 个位置。

Tab(N)是定宽输出函数，就是指定 Tab(N)前一项的输出宽度为 N 个位置，如果超过则后一项紧凑输出，否则在下一定点位置输出，使用 Tab(N)函数的间隔符必须是";"，可以实现规则的表格输出形式。

Space(N)是定宽输出空格函数，就是指定 Space(N)前后两项输出内容之间的间隔是 N 个位置，使用 Space(N)函数的间隔符必须是";"。

Chr(10)和 Chr(13)是使用 ASCII 码转字符函数实现换行。

如果 Print 语句输出内容末尾没有符号，则自动换到下一行打印。

如果 Print 语句输出内容末尾出现","或";"，则按照上述的打印方式输出。

4．清除语句 Cls（Clear Screen）

清除语句是对窗体上的输出内容做出清除的语句，Cls 也是一种方法，在具有打印输出功能的对象上可以应用。清除语句定义符是 Cls，其形式为

    Cls

如果应用于某个对象，则作为一种方法使用，形式为

    对象.Cls

使用清除语句是清除打印语句和绘图语句等形成的输出，由于打印语句的输出内容是以行为单位逐行向下的，所以随着输出内容的增多，一些结果会超出对象的下边界。比如上面的打印语句程序当第二次单击按钮 Print 时，输出的内容就会超过下边界，多次单击会感到没有结果输出了，其实是因为输出的结果已经不能在当前的窗体上显示出来，把窗体最大化后可以看到几次运行 Print 的结果，但仍然存在结果超出边界的现象。Cls 语句的作用是清除窗体上的所有输出内容并使打印的起始点归位到左上角，从而可以在一个全新的窗体界面上输出。注意 Cls 不能清除设计的控件，只能清除输出的内容（打印和绘制的内容）。

5．注释语句 Rem（Remark）和标记注释方式"'"

注释语句是对程序适当增加一些说明以便阅读的语句，注释语句是非执行语句，也就是说，注释语句的出现不会影响到程序的运行，语句定义符是 Rem，其形式为

Rem 注释内容

使用 Rem 注释语句是对程序内容的正式说明，以正式的一条语句方式出现，注释内容可以是一段文字，通常是对某一程序段功能做出整体解释。

标记注释的标记是 "'"，其形式为

'注释内容

标记注释方式 "'" 是用于程序内部小的注释形式，可以是一条语句，也可以放在语句后面，对某个语句或结构做出说明。标记注释还有一个重要应用是在程序调试时，当某些语句暂时没有用或有疑问时，通过标记注释方式注明，则执行时这些语句不起作用，可以跳过，需要恢复时只要去掉前面的注释标记 "'" 即可。

3.5 输入/输出设计实例

Visual Basic 程序一般包括开始、输入、计算处理、输出、结束等 5 部分，输入/输出在程序中是相当重要的，本节将介绍 Visual Basic 程序的输入/输出方法。

3.5.1 输入设计

Visual Basic 程序中可以使用的输入方法很多，在这里介绍 3 种常用的设计方式。

1．直接赋初值

所谓的直接赋初值是在程序中使用赋值语句给变量或控件属性赋值，通常情况下省略赋值语句定义符 Let，这在前面的语句介绍中已经详细讨论过，在此不再赘述。

2．通过 Text 控件赋值

在第 2 章中已经讨论过基本控件，其中文本框是具有输入/输出双重功能的控件，在接触程序设计之前已经使用多次，我们可以通过文本框输入数据，然后用变量接收或直接参加处理。

3．交互方式赋值

上述的两种方法都是大家所熟悉的，相对来说使用赋值只能给少数几个变量提供固定的初值，不能随要求的不同而变化，想修改就要回到设计界面来修改程序，不够灵活方便；使用文本框传递数据每次只能输入一个，如果需要多个初始数据就需要增加文本框的个数，界面会显得拥挤零乱；要想灵活地给变量输入数据，使用交互方式是最佳的。

在 Windows 应用程序中，对话框是程序与用户交互的主要途径，它是不带最大化、最小化按钮的一种特殊窗体，在应用程序中使用的频率很高。Visual Basic 中提供了多种专用的语句、函数和控件帮助用户设计对话框。

用于输入的对话框是由 InputBox()函数产生一种系统提供的预定义对话框，所谓预定义是指不需要用户设计、装载，只要正常调用就可以实现的形式。

InputBox()函数的格式是

变量 ＝InputBox (<提示>[,<标题>][,<默认输入值>][,<X ,Y>])

其中：

变量用于接收从键盘输入的数据，InputBox 是函数名关键字；

<提示>用于说明当前输入对话框需要的数据要求，可以使用 Chr(13)+Chr(10)换行把提示写成多行的形式；

<标题>用于给出当前输入对话框的标题栏中的内容，如果不给出，则显示的是应用程序的工程名；

<默认输入值>用于给出当前输入对话框文本框中的内容并作为默认输入值，如果不给则默认为空；

<X,Y>用于给出当前输入对话框在窗体中的位置。

InputBox 函数的功能是生成一个带有两个按钮（确认和取消）、一个文本框、若干提示、默认输入值及自定义标题的对话框，用户可以在文本框中输入数据，单击"确认"按钮即可把输入的数据赋值给左边的变量，如果单击"取消"按钮则返回一个""空数据给变量，此时若变量是数值型将会是语法错。

举例：在窗体上设置一个命名为 inbox 的按钮并编写单击事件的子过程如下：

```
Private Sub inbox_Click()
Dim xm As String
    xm = InputBox("请输入你的学号" + Chr(13) + Chr(10) + "输入后请按确认" +  _
         Chr(13) + Chr(10) + "放弃请按取消", "输入对话框", "12345678")
Print xm
End Sub
```

单击窗体上的"inbox"按钮得到 InputBox 函数的预定义对话框如图 3.3 所示。

图 3.3　InputBox 函数示例

必须说明的是，InputBox 函数的参数顺序是严格的，某些项省略时其位置是不能省略的，必须使用","确定其位置。

3.5.2　输出设计

Visual Basic 程序中可以使用的输出方法很多，在这里介绍 3 种常用的输出设计方式。

1. 直接打印输出和绘图输出

所谓的直接打印输出是在程序中使用打印语句输出常量、变量和表达式的方式，直接打印方式输出的是字符，以行为单位逐行向下的，并有很多符号规定输出的形式，这在前面的语句介绍中已经详细讨论过，在此不再赘述。绘图输出是使用画点、线、圆等一系列绘图命令在窗体或 Picture 控件上绘制图形的输出方式，绘图输出是以点为单位的，全区域可以使用的方式，这在以后的内容中会详细讨论。

2. 通过 Text 控件和 Label 控件输出

已经讨论过的基本控件中文本框是具有输入/输出双重功能的控件，Label 也可以在代码中改变标题属性，因此可以作为输出使用，具体的方法是给文本框的 Text 属性或标签的 Caption 属性赋值，即改变相应的属性值显示在窗体上，从而起到输出的作用。

3. 交互方式输出

上述的两种方法都是大家所熟悉的，使用中不能随要求的不同而变化，想修改就要回到设计界面来修改程序，不够灵活方便；使用文本框和标签框每次只能输出一个数据，如果需要输出多个数据就需要增加文本框和标签框的个数，界面会显得拥挤零乱；事先设定一些输出的内容，使用交互方式是比较好的。

用于输出的交互方法是使用 MsgBox 语句或 MsgBox()函数产生一种系统提供的预定义"消息对话框"，通过对话框查看输出的结果并可以选择不同的按钮决定下一步的操作。可以说 MsgBox 是具有通用性能的一种对话框，只要正常调用就可以实现。

MsgBox 语句的格式是

  MsgBox <提示>[,<按钮>] [,<标题>]

其中：变量用于接收用户所单击的按钮信息（一个整型数据）。

MsgBox ()函数的格式是

  变量 = MsgBox (<提示>[,<按钮>] [,<标题>])

函数中的参数说明如下：

<提示>和<标题>与输入对话框的要求相同；

<按钮>给出当前消息对话框中按钮的组合形式，当用户选择单击一个按钮时将返回一个整数值，具体的按钮组合如表 3.12 与表 3.13 所示。

表 3.12　MsgBox 函数"按钮"设置值及其显示内容

分　　组	系统内部常数	显　示　内　容	按　钮　值
按钮类型	Visual BasicOkOnly	显示"确定"按钮	0
	Visual BasicOkCancel	显示"确定"、"取消"按钮	1
	Visual BasicAbortRetryIgnore	显示"终止"、"重试"、"忽略"按钮	2
	Visual BasicYesNoCancel	显示"是"、"否"、"取消"按钮	3
	Visual BasicYesNo	显示"是"、"否"按钮	4
	Visual BasicRetryCancel	显示"重试"、"取消"按钮	5
图标类型	Visual BasicCritical	显示红色"X"关键信息	16
	Visual BasicQuestion	显示蓝色"?"询问信息	32
	Visual BasicExclamation	显示黄色"!"警示信息	48
	Visual BasicInformation	显示蓝色"i"提供信息	64
默认按钮	Visual BasicDefaultButton1	设置第一个按钮为默认按钮	0
	Visual BasicDefaultButton2	设置第二个按钮为默认按钮	256
	Visual BasicDefaultButton3	设置第三个按钮为默认按钮	512
窗口模式	Visual BasicApplicationModal	设置为应用模式窗口	0
	Visual BasicSystemModal	设置为系统模式窗口	4096

表 3.13　MsgBox 函数"按钮"的返回值

按 钮 名 称	系统内部名称	返 回 值	说　明
确认	Visual BasicOk	1	返回值 1 可以作为继续执行确定的判定条件
取消	Visual BasicCancel	2	返回值 2 可以作为继续执行取消的判定条件
终止	Visual BasicAbort	3	返回值 3 可以作为继续执行终止的判定条件
重试	Visual BasicRetry	4	返回值 4 可以作为继续执行重试的判定条件
忽略	Visual BasicIgnore	5	返回值 5 可以作为继续执行忽略的判定条件
是	Visual BasicYes	6	返回值 6 可以作为继续执行是的判定条件
否	Visual BasicNo	7	返回值 7 可以作为继续执行否的判定条件

MsgBox 语句比较简单，通常只设置一个"确认"按钮，当只需要一个提示并继续向下执行时可以采用，没有返回值需要接收。

MsgBox 函数的功能比较复杂，生成的对话框可以带有多个按钮，表 3.13 中给出了常用的 7 个按钮及其返回值，可以根据信息的性质加上图形标记（2 种）和根据要求设置某个为默认选定按钮等。

例如有函数：

n=MsgBox("操作正确,请继续!", vbOKOnly + vbInformation, "输出对话框")

则打开如图 3.4 所示的对话框，当用户单击"确定"按钮时，返回的整数值为 1。

图 3.4　MsgBox 函数对话框

习　题

1. 判断题

（1）Visual Basic 中数值类型的数据都是准确的。　　　　　　　　　　　　（　　）

（2）整型数据类型的数据都是准确的。　　　　　　　　　　　　　　　　（　　）

（3）单精度数据类型的数据有 15 位有效数字。　　　　　　　　　　　　（　　）

（4）双精度数据类型的数据在机器内部用 8 字节存储。　　　　　　　　（　　）

（5）变量不做类型说明时默认为字符类型。　　　　　　　　　　　　　　（　　）

（6）MsgBox 函数建立的信息框，既可以显示信息，也可以输入用户信息。（　　）

（7）Integer 类型的数据占用的字节数是 2。　　　　　　　　　　　　　（　　）

（8）在 Visual Basic 6.0 中，若窗体的"通用_声明"处写上语句：Option Explicit，则该窗体的所有变量必须先说明后引用。　　　　　　　　　　　　　　　　　　　（　　）

（9）语句 print "123"+45 的输出结果是"12345"。　　　　　　　　　　　（　　）

（10）语句 Print x=3 语法正确。　　　　　　　　　　　　　　　　　　（　　）

2．选择题

（1）如下运算符中运算优先级最高的是_____。

  A．+   B．/   C．mod   D．^

（2）如下运算符中运算优先级最低的是_____。

  A．-   B．*   C．And   D．not

（3）Dim a，b As Integer 语句定义的变量类型是_____。

  A．a，b 都是整型   B．a 是整型，b 未必是整型

  C．a 未必是整型，b 是整型   D．a，b 都不是整型

（4）如下变量名中错误的是_____。

  A．a_b   B．x3y   C．xYz   D．5n

（5）如下定义的变量中单精度型变量是_____。

  A．C%   B．t$ C．S#   D．n!

（6）如下表达式中结果为真的是_____。

  A．3>4 or 4*3-12   B．cos(1) or exp(3) and sqr(4)

  C．Not 2 > 0 And (6 > 5)   D．-3 and 1>2 or 4<3

（7）表达式 mid$("1234567",3,2)+4 的结果是_____。

  A．3454   B．1234   C．38   D．45

（8）当 x=123 时，可以输出结果为 \$ 123 的语句是_____。

  A．Print Format(x, "\$@@@@@@")   B．Print Format(x, "\$######")

  C．Print Format(x, "\$\$\$\$\$\$\$")   D．Print Format(x, "\$++++++")

（9）在使用 MsgBox 输出时，如果按钮位置是空（默认参数）则相当于使用了参数 _____。

  A．Visual Basiccancel   B．Visual BasicOkOnly

  C．Visual BasicYes   D．Visual BasicNo

（10）当希望在 InputBox 的提示项中输出多行内容时需要使用如下_____参数实现。

  A．Chr(13)+Chr(10)   B．Chr(13)

  C．Chr(10)   D．Chr(10)+Chr(13)

3．思考题

（1）Visual Basic 六种标准数据类型是什么？

（2）数值数据类型有几种？所表示的数值范围各是多少？

（3）使用变体数据类型有什么优、缺点？

（4）根据下列表格定义一个 Visual Basic 自定义数据类型：

产 品 编 号	产 品 名 称	生 产 日 期	产 地	联系的 E-mail	单 价
C0101	电视机	2004-05-04	上海	zhangsan@eastday.com	2800.50
B050102	书包	2005-08-21	北京	lisi@online.bj.cn	150.20

（5）什么是常量？什么是变量？变量如何命名和声明？

（6）常用的变量类型后缀有哪些种类？

（7）分析（8）题下的运算先后次序，求出最终结果。

（8）把下列数学表达式转化为 BASIC 语句表达式：

$$\frac{\sin x + \cos y + \ln(x+y)}{a+b+c} \qquad \frac{\sqrt{x^2+y^2}-|a+b+c|}{1+\dfrac{x+y}{5}}$$

$$\sqrt[3]{x^3+y^3+z^3}+2a\cdot b\cdot c/3 \qquad e^{x+y}-\lg(1+x)$$

（9）把下列 BASIC 语句表达式转化为数学表达式：

① tan(2*x*3.1416/5)+(exp(1+y)−cos(3.1416/4))/(a^2+b^2)

② (a*a*a−b*b*b+c*c*c)/(a*b+b*c+c*a)^(1/4)

③ sqr (x*x+y*y+z*z)/(a+b+c)

④ (−b+sqr(abs(b*b−4*a*c)))/(2*a)

（10）下列 Basic 语言表达式的结果是什么？

① 当 x=1，y=2 时

5>x and y<−3 or not (x+y)>4

② 当 a=1，b=2，c=3 时

a*b+c>b*c−a and a>b or c*b−a and 4>a and not c*3

第 4 章　Visual Basic 程序控制结构

从结构化程序设计的流程来说，程序可以分为三种基本结构：顺序结构、分支结构和循环结构。无论采用哪一种程序设计语言，做 POP 设计时都要使用这些结构，而且应该严格遵循结构化设计的规则。

4.1　顺序结构程序设计

在第 3 章中我们已经讨论了赋值语句、注释语句和输入/输出语句，这些语句都是顺序结构的语句。所谓的顺序结构，就是各语句按照排列的先后次序依次执行。对于 POP 设计，只要把结构设计的块做大，就可以看到整个程序都是顺序结构，所有的程序都自上向下执行直到结束。如果用图形表示则顺序结构是单入/单出的结构，如图 4.1 所示。

图 4.1　顺序结构图（单入/单出）

顺序结构的语句虽然简单，但却是程序执行的主体，赋值语句是程序处理事物、问题必须执行的语句，注释语句的使用可以使程序容易读懂，输入为程序提供必要的、可变的初始数据和交互手段，输出是程序运行结果的表示，这些内容在第 3 章中已经详细讨论过。

4.2　分支结构程序设计

4.2.1　分支结构

到目前为止所遇到的程序都是按语句排列的先后次序从上到下顺序执行的，但是很多时候仅有顺序向下执行是不够的，比如输入一个数据 X，而程序中需要的是计算 X 的平方根，当输入的是负数时，执行程序必然出现错误，那么该如何处理呢？解决的方法是对输入数据 X 判断是否不小于 0，是则可以直接开方，否则对 -X 开方，这样就需要做判断并执行其中的一边。

这类问题是实际应用中经常遇到的，其特征是：按照问题的要求做出条件判断，根据结果选择一边执行或另一边执行，两边只能执行其中的一边，这样的程序设计结构称为分支结构。分支结构的程序流程图如图 4.2 所示，从图中可以看到，分支结构是一个入口，经过条件判断后，产生真和假两个出口，条件为真时执行语句组 1，条件为假时执行语句组 2，两个语句组只能执行其中的一个。

作为结构化程序设计的要求，两个语句组执行后应该有一个共同的出口，也就是说，适当放大范围，分支结构仍然可以看成一个入口、一个出口，只是结构内部一部分语句能够执行到，而另一部分不能执行到，分支结构仍然是一个模块。

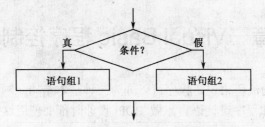

图 4.2　分支结构程序流程图

　　在分支结构中需要根据条件选择程序的执行流程。条件及条件判断是非常重要的程序设计概念，所谓条件就是一个表达式，Visual Basic 中的条件可以是算术表达式、关系表达式或逻辑表达式等，任何一个表达式都有一个结果。在第 3 章中已经讨论了各种表达式，Visual Basic 中是以非 0 作为表达式成立（真、True），而以 0 作为表达式不成立（假、False）的，这样对任何一个表达式都会得到两种可能，非真即假，真、假两种值称为逻辑值，条件判断使用的就是逻辑值。

　　在 Visual Basic 中，分支结构可通过 If 语句、Select Case 语句或条件函数来实现。

4.2.2　If 语句

　　If 语句是实现分支结构最常用的语句，它有三种形式：单分支、双分支和多分支。

1. 单分支结构

单分支结构的形式是

①　If　<条件>　Then
　　　<语句组>

　　End If

②　If　<条件>　Then　<语句组>

　　单分支结构的执行方式是只有当条件满足时才执行<语句组>，如果条件不满足则不执行<语句组>，直接向下执行。单分支结构流程图如图 4.3 所示。

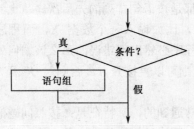

图 4.3　单分支结构流程图

　　形式①和形式②实现同样的功能。形式①是一种多行式写法，必须有 End If 配对使用；形式②是一种单行式写法，一定要写在一行上，<语句组>中有多条语句时，要用冒号分隔，不能有 End If。

　　【例 4.1】前面说到的输入 X 并求 X 的平方根问题，用单分支结构实现，具体的程序段如下：

```
X = InputBox("输入一个数据")
If  X<0  Then  X = −X
Print  X ; "的平方根是" ; Sqr(X)
```

上面的程序是用形式②写法，当然也可用形式①写法，程序如下：

```
X = InputBox("输入一个数据")
If  X<0  Then
    X = −X
End If
Print  X ; "的平方根是" ; Sqr(X)
```

【例 4.2】输入两个数 a，b，把这两个数按照 a>b 的方式排列输出的程序段如下：

```
a = InputBox("输入第一个数据")
b = InputBox("输入第二个数据")
If  a<b  Then
    temp = a
    a = b
    b = temp
End If
Print  a ; ">" ; b
```

注意：If 到 End If 之间的一段程序是交换 a 和 b 两个变量的值的过程，temp 是中间的过渡变量，起到一个中间桥梁的作用。

2．双分支结构

双分支结构的形式是

① If <条件> Then

    <语句组 1>

  Else

    <语句组 2>

  End If

② If <条件> Then <语句组 1> Else <语句组 2>

同样，形式①是一种多行式写法，形式②是一种单行式写法，它们实现的功能一样。

双分支结构的执行方式是当条件满足时执行 Then 下面的程序段<语句组 1>，然后到 End If 结束结构的执行，如果条件不满足则执行 Else 下面的程序段<语句组 2>直到语句 End If 结束。双分支结构流程图如图 4.2 所示。

【例 4.3】求一元一次方程 $ax+b=0$ 的根的程序段如下：

```
Dim a As Single, b As Single, x As Single
a = InputBox("请输入系数 a")
b = InputBox("请输入系数 b")
If a <> 0 Then
    x = −b / a
    Print "x="; x
```

```
       Else
           Print "方程无解"
       End If
```

【例 4.4】输入一个正整数，判断它是奇数还是偶数的程序段如下：

```
n = InputBox("输入一个正整数")
If  n mod 2=0  Then
    Print  n ; "是一个偶数"
  Else
    Print  n ; "是一个奇数"
End If
```

这里判断一个数是奇数还是偶数的方法是用该数除以 2 看其余数（n mod 2），如果余数为 0 就是偶数，否则为奇数。

3．多分支结构

多分支结构的形式是

```
If  <条件 1>  Then
    <语句组 1>
  ElseIf  <条件 2>  Then
        <语句组 2>
  …
[ Else
        <语句组 n+1>]
End If
```

多分支结构的特点当条件 1 满足时执行 Then 下面的程序段<语句组 1>，然后到语句 End If 结束结构的执行；如果条件 1 不满足则执行 ElseIf 做条件 2 的判断，当条件 2 满足时执行 Then 下面的程序段<语句组 2>，然后到语句 End If 结束；当条件 2 不满足时依此类推直到最后一个 ElseIf <条件 n>语句，如果条件 n 仍不满足，则如果有 Else 则执行 Else 下面的<语句组 n+1>到语句 End If 结束结构的执行，多分支结构流程图如图 4.4 所示。

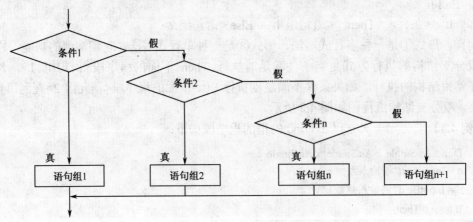

图 4.4　多分支结构流程图

从图中可以看出多分支结构是递进方式执行的，条件 1 满足则执行语句组 1，不满足则判断条件 2，满足就执行语句组 2，不满足则继续判断条件 3……直到有条件满足则执行一组语句后到语句 End If 结束结构的执行，或都不满足就执行 Else 下面的语句组 n+1。

【例 4.5】输入一个学生的分数（不超过 100 的正整数），根据分数判断它的成绩等级，90～100 为优秀，80～89 为良好，70～79 为中等，60～69 是合格，小于 60 为不及格，编写处理这样数据的程序段如下：

```
x = InputBox("输入一个 0～100 的整数")
If   x >= 90 Then
    Print "分数是"; x; "，等级是优秀"
 ElseIf   x >= 80 Then
    Print "分数是"; x; "，等级是良好"
 ElseIf   x >= 70 Then
    Print "分数是"; x; "，等级是中等"
 ElseIf   x >= 60 Then
    Print "分数是"; x; "，等级是合格"
 ElseIf   x >= 0 Then
    Print "分数是"; x; "，等级是不及格"
 Else
    Print "输入的数据错误！"
 End If
```

运行程序，输入 0～100 的正整数都会给出正确的答案，输入负数时会显示"输入的数据错误！"，但输入的数据大于 100 时，仍然显示成绩是优秀，与要求不符，也就是程序本身设计上有疑问，请读者思考该如何解决呢？（提示可以使用逻辑表达式做条件）

对于逻辑关系是递进的处理过程，使用多分支程序结构可以比较好地解决，而且如果逻辑条件安排得当多分支结构的执行会比较快结束。

多分支结构中 If 和 End If 各出现一次，Then 和 ElseIf 可能都是多次出现，而 Else 可能出现一次，也可能不出现。

4.2.3　Select Case 语句

Select Case 语句是多分支结构的另一种表示形式。多分支结构中如果分支较多，使用 ElseIf 很多，也很麻烦，这时使用 Select Case 语句更为方便、清晰。Select Case 语句也称为情况语句，其形式是

```
Select   Case   <变量或表达式>
    Case   <表达式列表 1>
        语句组 1
    Case   <表达式列表 2>
        语句组 2
    …
    [Case   Else
        语句组 n+1]
End   Select
```

Select Case 语句的程序流程图如图 4.5 所示，其中：

变量或表达式——用于选择路径的判定，可以是数值型和字符型；

表达式列表 k——选择该路径的条件，与上面的变量或表达式类型相同，可以使用下述的 5 种形式：

（1）单个常量或表达式——简单实用，目标明确；

（2）一组用逗号分隔的枚举值——多种选择执行相同的内容；

（3）表达式 1 To 表达式 2——表示封闭的范围，数据多不便于枚举；

（4）Is 关系运算表达式——表示开放的范围；

（5）可以是上述 4 种的混合形式。

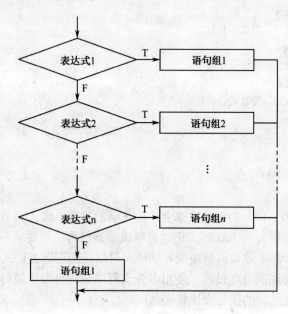

图 4.5   Select Case 语句流程图

Select Case 情况语句的作用是根据 Select Case<变量或表达式>中的结果与 Case 子句中的条件比较决定执行哪一组语句，如果有多个 Case 子句与条件相符，则根据出现的先后次序只执行第一个语句组，然后结束整个 Select Case 的执行；如果没有条件相符的 Case 子句则执行语句组 n+1，然后结束整个 Select 选择结构的执行。

【例 4.6】 使用 Select Case 语句完成例 4.5。

对照例 4.5 使用 Select Case 语句编写处理这样数据的程序段如下：

```
x = InputBox("输入第一个正整数")
Select Case x
    Case   90 To 100
        Print "分数是"; x; ", 等级是优秀"
    Case   80 To 89
        Print "分数是"; x; ", 等级是良好"
    Case   70 To 79
        Print "分数是"; x; ", 等级是中等"
    Case   60 To 69
```

```
            Print "分数是"; x; "，等级是合格"
    Case   0 To 59
            Print "分数是"; x; "，等级是不及格"
    Case   Else
            Print "输入的数据错误！"
End Select
```

可以看到这样的程序结构比用 If 语句实现的多分支结构清晰了很多，可读性、可维护性都很好。

Select Case 语句有一个缺点，它是根据 Case 后的表达式来判断程序的执行方向的，但表达式中不能出现多个变量，如果有多个变量的话，就只能使用 If 语句。

4.2.4 条件函数

Visual Basic 中提供了两个特殊的函数——条件函数 IIf()和 Choose()。在简单的判断场合中可以用 IIf 函数实现双分支结构，用 Choose 函数实现多分支结构。

1. IIf 函数

IIf 函数的形式是

IIf(表达式 1, 表达式 2, 表达式 3)

执行方式是首先求表达式 1 的结果，如果非 0 就是真，返回表达式 2 的值，否则返回表达式 3 的值。例如前面说到的输入 X，需要得到不小于 0 的 X 时，可以用 IIf 函数实现，只要用赋值语句：

X = IIf(X < 0, −X, X)

无论 X 是正数还是负数，经过赋值处理得到 X 的值都是不小于 0 的数。

2. Choose 函数

Choose 函数的形式是

Choose (整数表达式, 选项列表)

执行方式是首先求整数表达式的结果，根据结果值从选项列表中取值返回，如果表达式的结果小于 1 或大于列表选项的个数，则返回值为 Null。例如，程序段：

Y = InputBox("输入一个正整数")

P = Choose(Y, "A", "B", "C", "D", "E", "F")

Print P

执行时输入 2，输出结果是 B；输入 0 或 8，输出结果是 Null。

4.3 循环结构程序设计

众所周知，计算机的优点是速度快、精度高，可以按照事先编写的程序自动执行，但计算机程序是人编写的，如果只是把人所要做的事情原封不动地编写成程序搬到计算机上去执行，就限制了计算机优点的发挥。

其实人处理问题和计算机解决问题有本质上的区别，人所不愿意做的就是反复做一件事情，比如把数字从 1 加到 100，必须一个一个加，恐怕没有谁愿意做，要加到 10 000，就不会有人肯做了，即使做也不能保证每一次都能正确；但这种简单的重复工作正是计算机所擅长的，编写一小段程序就可以解决。

把复杂的问题简单化、程序化，用多次重复的方式代替复杂的操作，把人处理问题向计算机擅长的解决问题方式转化，使用重复方式经常会收到良好的效果，这种可以重复地操作体现在计算机程序设计上就是循环。流程图上看循环结构的特点是有一条从下向上的流程线，程序执行上讲是有一条语句可以返回到前面的某一语句，这两条语句之间的内容可以被重复执行多次。

循环结构程序设计有三种基本结构：For 循环、Do While—Loop 循环和 Do—Loop Until 循环，下面将逐个讲解。

4.3.1 For 循环结构

For 循环也称为计数循环，在循环执行之前已经知道了循环执行的次数。其循环结构如图 4.6 所示。

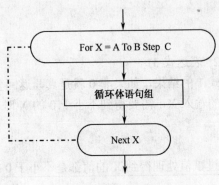

图 4.6 For 循环结构

For 循环结构的形式是

    For X = A To B Step C

        循环体语句组

    Next X

其中 For-Next 是 Visual Basic 中必须同时使用的配对语句，For 语句中 X 称为循环控制变量，A 为循环变量的初值，B 为循环变量的终值，C 为步长，当步长为 1 时可省略。For 循环结构执行的方式是

（1）执行 For 语句，进入循环结构；

（2）给循环变量 X 赋初值 A；

（3）判断循环变量 X 超过循环的终值 B 吗？

是：退出循环执行 Next 下面的语句，否：继续执行循环体语句组到（4）；

（4）执行 Next 语句，循环控制变量自动增加步长 C（即执行 X = X + C），返回到（3）继续执行。

这样的结构为什么叫计数循环呢？因为在这个结构中，循环的初值、终值和步长都是已知的，所以执行的次数可以通过公式 INT((B–A)/C+1) 计算出来，这里 INT 是取整函数。

【例 4.7】编程序求 1 到 100 的和。

求和是使用循环解决的最简单、最基本的问题，很有代表性。程序段如下：

```
s = 0
For  k=1  To  100
    s = s + k
Next  k
Print  s
```

执行的结果是 5050

本例中 k 为循环变量，其初值为 1，终值为 100，步长省略，为 1，出了循环后，k 的值为 101；变量 s 存放累加结果，其初值应设为 0。

【例 4.8】求阶乘 N!。程序段为

```
Dim  k  As Integer，n  As Integer，t  As  Long
t = 1
n = InputBox("输入一个不超过 12 的正整数")
For  k = 1  To  n
    t = t * k
Next  k
Print  n；"!="；  t
```

运行程序，当输入 10 时输出的结果是 10! =362800，本例中有两个地方需要说明，一是与求和不同的作为求连乘积的长整型变量 t 的初值必须是 1，才能保证结果正确；二是所求的阶乘数字不能超过 12，否则会发生溢出的情况，比如输入 15，则会出现溢出的提示框。如图 4.7（a）所示的和如图 4.7（b）所示的是调试界面和窗口，如图 4.7（c）所示的是在立即窗口中输出的 k 和 t 的当前值。

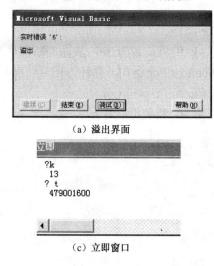

（a）溢出界面

（c）立即窗口

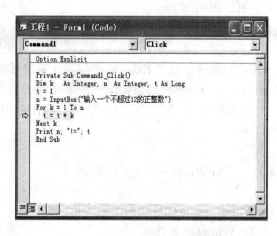

（b）调试窗口

图 4.7　N! 的程序运行情况

调试窗口中有个黄色的箭头指向了 t=t*k 语句，说明当前的溢出点是这条语句，在立即窗口中用"？k"和"？t"输出了执行这条语句时 k 和 t 的值，可见变量 t 的值已超出了长整型数的范围，所以产生溢出；此处"？"相当于 Print，是经常使用的快速方法。

【例 4.9】判断一个数是否是素数，所谓素数是能且只能被 1 和它本身整除的数。

可以建立一个简单的窗体，包含两个文本框和一个按钮，第一个文本框用于输入需要判断的正整数，第二个文本框用于输出判断的结果，按钮的单击事件完成执行判断和输出的功能。按钮的程序如下，输出的结果如图 4.8 所示。

图 4.8　判断素数的结果

```
Private Sub Command1_Click()
Dim m As Integer, k As Integer
m = Val(Text1)
For k = 2 To m−1
    If m Mod k = 0 Then Exit For
Next k
If k = m Then
    Text2 = m & "是素数"
Else
    Text2 = m & "不是素数"
End If
End Sub
```

对本程序说明如下：

（1）程序中的 Exit For 语句的意思是强制结束 For 循环。

（2）本程序的算法是在循环结束后判断循环变量 k 的值是否为 m，从而判断循环是否正常结束，即是否执行了 Exit For 语句（如果没有执行 Exit For 语句，循环为正常结束），则可知 m Mod k = 0 是否满足过，即可判断 m 是否为素数。

（3）本程序可以优化 For 循环的范围，执行的可以更少，终值可以是 m/2，甚至是 sqr(m)，想一想为什么？

4.3.2　Do While—Loop 循环结构

Do While—Loop 循环结构的形式是

　　Do While　<条件>

　　　　循环体语句组

　　Loop

Do While—Loop 循环结构的程序执行流程图如图 4.9 所示，执行的过程是

（1）执行 Do While 语句，判断"条件"是否成立；

（2）如果条件成立则执行循环体语句组，否则循环结束，执行 Loop 后面的语句；

（3）执行到 Loop 语句则返回到（1）继续判断"条件"。

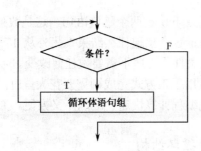

图 4.9　Do While—Loop 循环结构

从程序执行流程中可以看到该循环结构的特点，就是根据条件来决定循环是否要继续。所以在循环体中应有语句改变循环条件，最终使循环结束，否则就会出现"死循环"。

【例 4.10】使用 Do While—Loop 循环编程序求 1～100 的和。程序段如下：

```
s = 0 :   k = 1
Do While   k <= 100
   s = s+ k
   k = k + 1
Loop
Print   s
```

执行的结果是 5050。

本例中循环条件是 k <= 100，在循环体中 k = k + 1 在不断改变循环条件，最终使 k 的值超过 100，使循环结束，如果在循环体里没有该语句，那么循环条件 k <= 100 将一直满足，循环将一直进行下去，即出现死循环。所以在循环结构程序设计中应注意避免出现死循环，如果出现死循环，只要按键盘上的 Ctrl + Break 组合键就能够中断程序的运行，然后再去修改程序。

【例 4.11】输出数列 $a_1=1$，$a_2=1$，$a_3=a_2+a_1$，…，$a_k=a_{k-1}+a_{k-2}$，…中小于 1000 的各项数据（菲波那奇数列，Fibonacci）。编写的程序段为

```
Dim a As Integer, b As Integer, c As Integer, k As Integer
a = 1: b = 1
Print "Data("; 1; ")="; a
Print "Data("; 2; ")="; b
c = a + b: k = 3
Do While c < 1000
   Print "Data("; k; ")="; c
   a = b: b = c
   c = a + b: k = k + 1
Loop
```

运行结果是

```
Data(1)= 1
Data(2)= 1
Data(3)= 2
Data(4)= 3
Data(5)= 5
…
Data(16)=987
```

本例中循环开始时执行了 a=b:b=c 两个赋值语句，这是数列处理的关键问题，试想如果交换了这两句的位置，即 b=c:a=b 会出现什么结果？另外从 17 项后数据将超过 1000，想要更多的项只需改变 While 中的条件，程序不需要做任何改变。

类似的例子很多，如果人用手工方式完成则需要花大量时间和精力，做这样的事情可以说是得不偿失，而使用计算机编程计算快速、准确，又方便。

4.3.3 Do—Loop Until 循环结构

Do—Loop Until 循环结构的形式是
Do
　　　循环体语句组
Loop　Until　<条件>
Do—Loop Until 循环结构的程序执行流程图如图 4.10 所示，执行的过程是
（1）执行 Do 语句，进入循环结构；
（2）执行循环体语句组；
（3）执行到 Loop 语句，判断"条件"是否成立，成立则退出循环执行 Loop Until 下面的语句，否则返回到（1）继续执行。

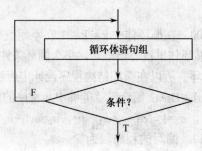

图 4.10　Do—Loop Until 循环结构

对比上面 Do—Loop Until 循环结构的执行过程和 Do While—Loop 循环结构的执行过程可以看出，两种循环的共同点都是根据条件来决定循环是否继续。两者的区别是

（1）Do While—Loop 循环是先判断条件，再执行循环，如果条件一开始就不满足，那么循环体就会一次也不执行；而 Do—Loop Until 循环是先执行再判断条件，不管条件如何，循环体至少执行一次。

（2）Do While—Loop 循环结构和 Do—Loop Until 循环结构使用的条件正好相反，Do While—Loop 循环结构是条件成立时执行循环体语句组，而 Do—Loop Until 循环结构是条件成立时退出循环结构。

【例 4.12】使用 Do—Loop Until 循环结构编程序求 1～100 的和。程序段如下：

s = 0： k = 1
Do
　s = s + k
　k = k + 1
Loocp Until　k>100
Print　s

执行的结果仍是 5050。

【例 4.13】求 π 的近似值，公式为 $4*(1-1/3+1/5-1/7+\cdots)$，精度要求 $\delta<=10^{-5}$。编写的程序段为

```
Dim pi As Single, t As Long, k As Long
pi = 1
k = 1
Do
    t = 2 * k + 1
    pi = pi + (-1) ^ k / t
    k = k + 1
Loop Until   (1 / t < 0.00001)
Print "k="; k,   "pi="; 4 * pi
```

运行结果是：k=50001 pi=3.141615，对于不同的精度：$\delta<0.5*10^{-3}$，只要修改 Loop Until 语句中的条件为(1/t<0.0005)即可，运行结果是：k=1001 pi=3.142592。

4.3.4 嵌套循环结构

前面讲述的循环结构都是单层的循环结构，单层循环解决的问题相对比较简单，而有些如乘法的九九表，字母方式输出的图形，将要讲到的数组排序等问题是无法用单层循环解决的。

一个循环体的内部包含了另一个完整的循环结构的循环称为嵌套循环结构。嵌套循环结构可以是三种循环结构自身的嵌套，也可以是相互之间的嵌套。

【例 4.14】输出乘法九九表。

这是典型使用嵌套结构循环的例子，编写的程序段为

```
Private Sub Command1_Click()
Dim i As Integer, j As Integer
For i = 1 To 9
    For j = 1 To 9
        Print Tab((j - 1) * 13); i; "*"; j; "="; i * j;
    Next j
    Print
Next i
End Sub
```

运行程序，单击 Command1，运行结果如图 4.11 所示。

图 4.11 用双重循环输出乘法九九表

这是一个典型的双重循环，外层使用循环控制变量 i，称为外层 i 循环；内层使用循环控制变量 j，称为内层 j 循环；j 循环嵌套在 i 循环之内。

执行的方式是：首先执行外循环一次 i=1，然后执行内循环一轮 j 从 1 到 9，Print 中使用 Tab()函数控制每组的打印位置，输出窗体上的第一行，接着执行 Print 换行到下一行打印；执行到 Next i 时，i 加 1 变为 2，执行外循环 i=2，然后执行内循环一轮 j 从 1 到 9，输出窗体上的第二行，接着执行 Print 换行到下一行打印；……依此类推，当 i=10 时结束整个循环，输出整个乘法九九表。

【例 4.15】 输出字母打印图形。

使用双重循环打印字母图形是常见的情况，对于如图 4.12 所示的输出图形，可以用如下的程序段完成：

```
Dim i As Integer, j As Integer
For i = 1 To 7
    Print Tab(10 – i);
    For j = 1 To 2 * i – 1
        Print   "*";
    Next j
    Print
Next i
```

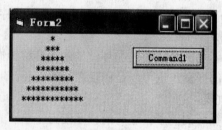

图 4.12　输出字母打印图形

这又是一个典型的双重循环，这类图形的处理方式可以总结为：外层循环定层数，内层循环定每行的输出字母个数，两层之间用 Tab()函数确定打印的起始位置。

本程序的执行是

执行外循环 i=1，使用 Tab()函数决定输出的位置在 10–i 第九个位置，然后执行内循环一轮 j 从 1 到 2*i–1，输出的字母"*"的个数是与行有关的 2*i–1=1 个，再执行 Print 换行到下一行打印；执行到 Next i 时，i 加 1 变为 2；执行外循环 i=2，……依此类推，当 i=8 时结束整个循环，输出给定的图形。

对于嵌套循环需要做几点说明：

① 内循环必须完全嵌套在外循环内；

② 内循环和外循环的循环控制变量不能同名；

③ 执行次序是先外后内，外循环执行一次，内循环执行一轮。

下面再举一个不同种类循环之间的嵌套的例子。

【例 4.16】 求自然对数 e 的近似值。

公式为 e=1 + 1/1!+1/2!+1/3!+⋯+1/n!，精度要求：$\delta \leqslant 10^{-5}$。编写的程序段为

```
Dim exp As Single, t As Long, n As Integer, k As Integer
```

```
exp = 1 ： n = 1
Do
    t = 1
    For k = 1 To n
      t = t * k
    Next k
    exp = exp + 1 / t
    n = n + 1
Loop Until (1 / t < 0.00001)
Print "n="; n, "Exp="; exp
```

说明：本例是在 Do Until 循环中嵌套一个 For 循环，使用 For 循环求 $n!$，用 Do 循环求和作为自然对数 e 的近似值，运行的结果是

n= 10   Exp= 2.718282

【**例 4.17**】百元买白鸡问题。假定小鸡每只 5 角，公鸡每只 2 元，母鸡每只 3 元。现在有 100 元钱，要求买 100 只鸡，编程序列出所有可能的购鸡方案。

分析：设母鸡、公鸡、小鸡分别为 x，y，z 只，根据题意，列出方程

$$x+y+z=100$$

$$3x+2y+0.5z=100$$

三个未知数，两个方程，此题有若干个解。如果人工来求解，将是一件工作量很大的事情，但计算机就非常擅长求解此类问题。通过编程，使用循环结构把可能的解一一遍历，从中找出符合要求的解。程序代码如下：

```
Private Sub Form_Click()
Dim x%, y%, z%
For x = 0 To 100
  For y = 0 To 100
   For z = 0 To 100
     If x + y + z = 100 And 3 * x + 2 * y + 0.5 * z = 100 Then
       Print x, y, z
     End If
    Next z
  Next y
Next x
End Sub
```

运行程序，单击窗体，得到的运行结果如图 4.13 所示。

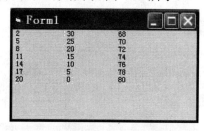

图 4.13   例 4.17 运行结果

本例用了一个三层循环嵌套，把可能的情况一一遍历，从中找出符合条件的解。

4.3.5　辅助语句

Visual Basic 中还有一些语句可以使用，辅助完成控制功能。

1．转移语句 Go To

转移语句的形式是

  Go To　标号 | 行号

该语句的功能是执行到此语句时无条件地转移到标号或行号指定的那行语句。

标号——字母开头的一个字符串，后面用冒号"："，是程序执行的一个标识点；

行号——表示程序行的一个数字串，Visual Basic 中已经不用行号表示语句的顺序。

早期的 BASIC 程序中 Go To 语句是经常使用的语句，其特点是灵活方便，但会破坏程序的可读性，程序结果也不够清晰，使用不当会造成程序的死循环和产生无法执行到的代码，结构化程序设计后已经逐渐淘汰不用。Visual Basic 中现在使用 GoTo 语句主要用于出错处理等特殊情况。用下面的两个程序段说明 GoTo 语句的使用方法及危害：

```
a=1                                    s=0
Go To    L1                   100       s=s+a
b=2                                    a=a+1
L1:    c=3                              Go To    100
```

左边一个程序段的问题是转移到标号 L1 后变量 b 的赋值永远执行不到（代码死区），右边一个程序段的问题是，程序从下向上地转移到行号 100，是一个无条件的向前转移，这段程序是死循环，正确的 Go To 语句使用方法是和 If 语句配合使用才能达到预期的目的。

2．终止语句　Exit

终止语句的形式是

  Exit　For | Do | Sub | Function |…

该语句的功能是执行到此语句时终止某个结构的运行，转到结构的下一语句。

Exit For——必须使用在 For 循环中，执行到此语句就结束 For 循环，不管当前的循环控制变量是否超过了终值；

Exit Do——必须使用在 Do 循环中，执行到此语句就结束 Do 循环；

Exit Sub——必须使用在 Sub 子过程中，执行到此语句就结束 Sub 子过程；

Exit Function——必须使用在 Function 函数过程中，执行到此语句就结束 Function 函数过程。

终止语句在后续的常用算法一节中会用到。

3．使用对象语句　With

使用对象语句的形式是

With　对象

  语句组

End　With

With 语句的作用是可以对某个对象执行一系列的语句，而不用重复指定对象的名称。

通常使用 With 语句给某个对象的一系列属性赋值，则只引用对象名一次，后续的属性赋值时省略属性名，用"."占用位置，就可以赋值了。例如：

```
With    Text1
        .text="This is a Test . "
        .FontSize=20
        .ForeColor=vbRed
        .width=5000
    End With
```

就是对 Text1 文本框使用 With 语句，完成对其中 4 个属性的赋值，这种方式对于控件处理有非常重要的作用，类似于属性框中的静态设置，在此区域内与其他控件无关；使用 With 语句只能引用一个对象，同时使用时省略了控件属性前的对象名。

习　题

1．判断题

（1）在执行 Select Case 语句时，所有的 Case 子句均按出现的次序被顺序执行。（　　）

（2）If 与 End If 必须成对使用，有一个 If 就必须有一个 End If 与之相对应。（　　）

（3）Do 与 Loop 必须成对使用，有一个 Do 就必须有一个 Loop 与之相对应。（　　）

（4）用 Exit Do 语句可以退出 Do Loop 循环，同理，Exit If 也能退出 If 语句。（　　）

（5）If Then 的单行格式不用 End If 语句作为结束。（　　）

（6）If 语句中的条件表达式只能使用关系或逻辑表达式。（　　）

（7）下面循环结构执行的次数是 6 次。（　　）

```
        For k=-3 To 20 Step 4
        …
        Next k
```

（8）如果 For 循环结构的步长 Step 为 0，则循环次数为无数次，即死循环。（　　）

（9）在一个循环结构中可以包含选择结构；同样，在一个选择结构里也可以包含循环结构。（　　）

（10）在 Visual Basic 程序中可以使用 Goto 语句实现程序的跳转，但并不提倡，因为它不符合结构化程序设计的思想。（　　）

2．选择题

（1）Visual Basic 也提供了结构化程序设计的三种基本结构，三种基本结构是_____。

　　A．递归结构、选择结构、循环结构

　　B．选择结构、过程结构、顺序结构

　　C．过程结构、输入/输出结构、转向结构

　　D．选择结构、循环结构、顺序结构

（2）语句 If x=1 Then y=1，下列说法正确的是_____。

　　A．x=1 和 y=1 均为赋值语句

　　B．x=1 和 y=1 均为关系表达式

C．x=1 为关系表达式，y=1 为赋值语句

D．x=1 为赋值语句，y=1 为关系表达式

（3）下面程序段求两个数中的大数，_____不正确。

A．Max=IIf(x>y,x,y)

B．If x>y Then Max=x Else Max=y

C．Max=x If y>=x Then Max=y

D．If y>=x Then Max=y　　　　Max=x

（4）以下_____是正确的 For…Next 结构。

A．For x=1 To Step 10

　　…

　　Nex x

B．For x=3 To –3 Step –3

　　…

　　Next x

C．For x=1 To Step 10

　　l1：…

　　Next x

　　If i=10 Then Goto l1

D．For x=3 To –3 Step –3

　　…

　　Next y

（5）在单行结构条件语句 If-Then-Else 中，_____。

A．If 后的条件只能是关系表达式或逻辑表达式

B．Else 子句不是可选项

C．Then 后面和 Else 后面只能是一个 Visual Basic 语句

D．Then 后面和 Else 后面可以是多个 Visual Basic 语句

（6）在多分支选择结构的 Case 语句中，"变量值列表"不能是_____。

A．常量值的列表，如 Case 1,3,5

B．变量名的列表，如 Case x,y,z

C．To 表达式，如 Case 10 To 20

D．Is 关系表达式，如 Case Is<20

（7）下面循环语句控制的循环次数是_____。

For i=−5 To 18　Step 3

A．8　　　　　　B．9　　　　　　C．7　　　　　　D．5

（8）有如下程序：

```
Private Sub Command1_Click()
    s = 0
    For i = 1 To 10
        s = s + i\2
    Next i
    Print s; i
End Sub
```

程序运行后输出的结果是_____。

A．55　10　　　B．55　11　　　C．25　11　　　D．25　10

（9）有如下程序：

```
Private Sub Command1_Click()
    s = 0
```

```
      For i= 1 To 6
        For j = −5 To 5
          s = s + 1
        Next j
      Next i
      Print s
    End Sub?
```
程序运行后输出的结果是_____。

   A．66   B．55   C．50   D．17

（10）有如下程序：

```
    Private Sub Command1_Click()
      a$ = "12345"
      b$ = "abcde"
      For i = 1 To 5
        c$ = c$ + Mid$(a, i, 1) + Mid$(b, 6 − i, 1)
      Next i
      Print c$
    End Sub
```
程序运行后输出的结果是_____。

   A．1a2b3c4d5e   B．1e2d3c4b5a   C．5a4b3c2d1e   D．12345abcde

3．思考题

（1）结构化程序设计中有哪几种基本结构？各有什么特点？

（2）循环结构有哪几种基本形式？各自的特点是什么？

（3）分别用 If 语句和 Select Case 语句编写程序处理如下分段函数问题。

$$
\begin{cases}
x^2 + 5x + 7 & x \in [-2, 0] \\
x^3 - 6x - 9 & x \in (0, 1] \\
-2x + 10 & x \in (1, 4) \\
-6 & \text{其他}
\end{cases}
$$

（4）编写程序，用 InputBox 函数输入年份，单击"确定"按钮，即可得到该年份的属相。相关生肖排列是：鼠、牛、虎、兔、龙、蛇、马、羊、猴、鸡、狗、猪。

（5）编写计算 $\sum\limits_{k=1}^{10} k$ 和 10! 的程序，对照说明取初值的重要性。

（6）编写程序计算 1～100 中是 5 或 7 的倍数的数之和。

（7）编程计算 1!+2!+3!+4!+5!+6!的值。

第5章 数组与程序设计

在实际应用中经常要处理具有相同性质的成批数据，如排序、统计等，若用很多个变量，处理使用不方便。如果把这些变量作为一组，并用统一的名字来处理会非常方便，由此引入了数组。在 Visual Basic 中数组是一组具有相同类型的变量集合，它们具有相同的名字，相互之间以不同的下标区分。本章将介绍 Visual Basic 中数组的基本概念，以及数组的输入/输出、排序、查找等基本操作。

5.1 数组

5.1.1 一维数组

在 Visual Basic 中数组必须先声明，后使用。声明一维数组的形式是

  Dim 数组名(下标范围) [As 类型]

其中：

数组名——命名方式与变量相同。

下标范围——形式为（下界 To 上界），下标下界的最小值是−32 768（-2^{15}），上界的最大值是 32 767（$2^{15}-1$），也即一维数组中元素最多有 65 536 个（2^{16}）。如果省略下界，Visual Basic 中默认下界从 0 开始。数组中元素个数有：上界−下界+1 个。

As 类型——用于说明数组的类型，省略则默认为变体类型。

例如：

Dim a(3) as Integer

该语句的含义是定义一个名字为 a 的数组，类型是整型，该数组有 4 个元素。因为 Visual Basic 中默认的情况下，数组的第 1 个元素下标为 0，因此，该数组中的元素分别是 a(0)、a(1)、a(2)和 a(3)。

人们有时习惯下标从 1 开始，此时可以在一个窗体中或公共模块中定义数组下界的起始值为 1，形式为

Option Base 1

也可以在定义中直接写出需要使用的下标范围，例如：

Dim a(1 to 3) as Integer

即指明数组元素的下标从 1 到 3，该数组中有 3 个元素，分别是 a(1)、a(2)和 a(3)。

【例 5.1】在编程中运用数组的概念，输出菲波那奇数列（Fibonacci）前 20 项的各项数据。

具体的程序代码为

```
Private Sub Command1_Click()
Dim a(1 To 20) As Long, k As Integer, n As Integer
a(1) = 1
a(2) = 1
```

```
Print "Data("; 1; ")="; a(1)
Print "Data("; 2; ")="; a(2)
For k = 3 To 20
    a(k) = a(k−1) + a(k−2)
    Print "Data("; k; ")="; a(k)
Next k
n = InputBox("输入你要查看的数据项（<20）")
Print "你要查看的第" & n & "项数据="; a(n)
End Sub
```

本例中一维数组 a 的下界定义为 1 容易理解，而上界为 20，是否可以再大一些呢？通过计算，我们发现如果计算到第 47 项将会溢出。显然数组的范围定义大了有两个问题：一是定义大了却不使用则浪费内存空间；二是容易产生计算的结果过大导致溢出错误。为此使用数组时要注意对下标范围的定义。

5.1.2　多维数组

上面用到的数组只有一个下标，表示线性的一维数据。如果表示像表格一类的二维数据，如一个班级学生的 3 门课程成绩（见表 5.1），或者是更多维的数据就需要用到多维数组。在 Visual Basic 中多维数组就是下标个数超过一个的数组，声明多维数组的形式是

　　　Dim 数组名(下标 1 范围，下标 2 范围 [，下标 3 范围……]) 　[As 类型]

其中：Dim、数组名、下标范围和 As 类型定义同一维数组。

数组维数——定义形式中下标的个数，Visual Basic 中允许的维数不超过 60。

维的大小——对于每一维的大小就是下标范围，上界−下界+1。

数组大小——数组的大小等于各维大小的乘积。

数组存储——数组元素在内存中的排列方式类似于循环嵌套形式，是先外（前）后内（后）的。

表 5.1　学生课程成绩

成　绩 学　号	数 学 成 绩	英 语 成 绩	语 文 成 绩
20105001	67	50	78
20105002	75	52	89
20105003	88	45	90
20105004	98	55	92

例如，表 5.1 中 4 个学生 3 门课程的成绩，可以定义一个二维数组来存放：

　　　Dim score(1 To 4, 1 To 3) as Single

用 score(1,1)，score(1,2)，score(1,3)分别表示学号为 20105001 这个学生的数学成绩、英语成绩和语文成绩。

假设有一个定义数组的语句是

　　　Dim　a(1 To 3, 2 To 3,0 To 2) As Integer

则其含义是定义了一个三维数组，数组名是 a，类型是整型，第一维大小是 3，第二维大小是 2，第三维大小是 3，数组中共有 3*2*3=18 个元素，内存中的排列是

a(1,2,0)→a(1,2,1)→a(1,2,2)→a(1,3,0)→a(1,3,1)→a(1,3,2)→a(2,2,0)→a(2,2,1)→a(2,2,2)→a(2,3,0)→a(2,3,1)→a(2,3,2)→a(3,2,0)→a(3,2,1)→a(3,2,2)→a(3,3,0)→a(3,3,1)→a(3,3,2)

使用 Dim 定义的数组执行时在内存中开辟固定个数的元素空间，也就是说大小是确定的，这样的数组称为"静态数组"。但对于有些应用，我们无法在程序执行前就确定数组大小，如果定义小了，空间不够就会出错，定义大了又浪费空间，Visual Basic 提供了动态数组以解决这个问题。

5.1.3 动态数组

动态数组是指在数组声明时只给出数组名，不给出数组的维数和大小，在使用时用重定义数组语句 ReDim 重新定义数组的维数和大小。这样做的优点是可以根据用户的需求，有效利用内存空间，可以对问题给出更确切的解答。

使用动态数组的方法是：使用 Dim、Private 或 Public 语句声明数组时括号内必须为空，然后在使用数组的过程中用 ReDim 语句指明该数组的维数和大小。例如，使用 Dim 语句声明一个数组如下：

　　　　　Dim stdscore()　　　As　Integer
在过程中再用 ReDim 重定义语句重新配置该数组，如：

　　　　　ReDim stdscore(m)
下面来看一个示例。

【例 5.2】使用重定义数组方式输入学生成绩。

在本例中由于学生的人数和考试科目是可变的，应用时需要使用动态数组，编写的程序段为

```
Option Explicit
Dim stdscore()

Private Sub Command1_Click()
Dim m As Integer, k As Integer, sum As Integer
m = InputBox("请输入学生人数")
ReDim stdscore(m)
For k = 1 To m
stdscore(k) = InputBox("请输入第" & k & 个"学生的成绩")
sum = sum + stdscore(k)
Next k
Print "总人数是"; m, "总成绩是"; sum, "平均成绩是"; sum / m
End Sub
```

这里只输入一门成绩的程序，如果是多门成绩，只要稍加修改即可，如下所示：

```
Private Sub Command2_Click()
Dim m As Integer, n As Integer, k1 As Integer, k2 As Integer
Dim sum As Integer, str As String
```

```
m = InputBox("请输入学生人数")
n = InputBox("请输入考试科数")
ReDim stdscore(m, n)
For k1 = 1 To m
  For k2 = 1 To n
    str = "请输入第" & k1 &  个"学生的" & Chr(13) & Chr(10)
    str = str & "第" & k2 & "科成绩"
      stdscore(k1, k2) = InputBox(str)
      sum = sum + stdscore(k1, k2)
  Next k2
Next k1
Print "总人次数是"; m * n, "总成绩是"; sum, "平均成绩是"; sum / m / n
End Sub
```

需要注意的是：静态数组声明中的下标只能是常量，而重定义语句 ReDim 中的下标可以是有确定值的变量。在过程中可以多次使用 ReDim 语句改变数组的大小和维数；每次使用 ReDim 语句都会使原来数组中的数据丢失，如果在 ReDim 语句后加上参数 Preserve 则可以保留数组中的数据。

5.1.4 数组的应用举例

下面首先来看数组的基本操作，然后例举一些数组的简单应用。

在声明一个数组之后，就可以使用该数组了。使用数组就是对数组元素进行各种操作，如赋值、运算、输入/输出等。在前面的例子中我们看到对数组元素的操作与对简单变量的操作基本一样，但要注意的是，在数组定义时给出了数组名，就意味着该数组是一个整体，但是操作过程一般是针对具体的某个数组元素进行的，在引用数组元素时，要注意下标值应在数组声明时所规定的范围之内，否则将出现下标越界的错误。

1. 数组元素的赋值

（1）用循环结构给数组元素赋值。

如果数据有规律，可以直接用循环结构完成。下面的程序段用循环给一维数组 iA 中的每个元素赋值为其下标的 2 倍，即依次赋值为 2,4,6,8,10……。

```
For i=1 To 20
    iA(i) = i*2
Next i
```

我们再来看一个给二维数组元素赋值的例子。

【例 5.3】请在编码中运用数组的概念，编写程序显示出右侧矩阵的值。

首先设置一个二维的数组 a(1 To 3,1 To 3)，然后用循环语句依次给数组中的元素赋值并显示出来。

```
Private Sub Command1_Click()
Dim a(1 To 3, 1 To 3), i As Integer, j As Integer
For i = 1 To 3
  For j = 1 To 3
```

```
        a(i, j) = 3-Abs(i-j)
        Print a(i, j),    '在一行中依次输出数组元素
    Next j
    Print      '输出第一行元素之后换一行
Next i
End Sub
```

$$\begin{vmatrix} 3 & 2 & 1 \\ 2 & 3 & 2 \\ 1 & 2 & 3 \end{vmatrix}$$

运行界面如图 5.1 所示。

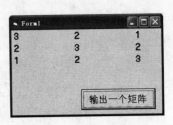

图 5.1　例 5.3 运行界面

（2）用 Array()函数给数组元素赋值。

用循环语句给数组元素逐一赋值，如果要一次性给一个数组赋固定的值，则可以运用函数 Array()。

```
Dim a As Variant, b As Variant, k As Integer
    a = Array(1, 2, 3, 4, 5, 6, 7, 8)
    b = Array("abc", "bcd", "def", "efg", "fgh")
For k = 0 To UBound(a)
    Print "a("; k; ")="; a(k)
Next k
Print
For k = 0 To UBound(b)
    Print "b("; k; ")="; b(k)
Next k
```

本例题中形成的两个数组 a 和 b 的上界都是由数组元素的个数决定的，可以用函数 Ubound(a)和 Ubound(b)来得到上界。

（3）用输入方式给数组元素赋值。

① 使用 InputBox 函数。这种方式在例 5.2 中多次用到，不再多述。

② 使用文本框给数组赋值。本来文本框一次只能输入一个数据，但如果用 Split()函数，就可以一次给多个数组元素赋值，例如：

```
Dim a As Variant, k As Integer
    a = Split(Text1, ",")
    For k = 0 To UBound(a)
    Print "a("; k; ")="; a(k)
    Next k
```

在窗体上设置一个文本框 Text1，执行时在文本框中输入一组数据，数据之间用逗号"，"分隔，则执行后会自动生成一个数组 a。与使用函数 Array()比较，这样做的好处是输入的数据可以动态更改，得到的是变体型数据，可以作为数值来使用。

2. 数组的输出

数组的输出通常是以循环的方式实现的，一维数组用单循环，二维数组用双重循环。如果输出的数组元素过多，需要考虑每行输出的元素个数及在合适的位置上换行等，需要使用 Tab()函数和适当地增加 Print 空语句。例如，输出上三角形式或下三角形式可以用两个循环控制，比如对上面的矩阵按照上三角和下三角形式的输出，其程序分别是

```
For i = 1 To 3
  For j = 1 To 3
    a(i, j) = 3-Abs(i-j)
    If i<=j Then Print Tab(j*5);a(i, j);
  Next j
Print
Next i
```

$$\begin{vmatrix} 3 & 2 & 1 \\ & 3 & 2 \\ & & 3 \end{vmatrix}$$

和

```
For i = 1 To 3
  For j = 1 To 3
    a(i, j) = 3-Abs(i-j)
    If i>=j Then Print Tab(j*5);a(i, j);
  Next j
  Print
Next i
```

$$\begin{vmatrix} 3 & & \\ 2 & 3 & \\ 1 & 2 & 3 \end{vmatrix}$$

5.2 控件数组

5.2.1 控件数组的定义

在 Visual Basic 的界面设计中，有时会用到一些类型相同且功能类似的控件。如果对每一个控件都单独处理，就会做许多麻烦且重复的工作。这时，可以用控件数组来简化程序。

控件数组是由一组设置在同一窗体上、具有相同类型并希望统一处理的控件组成的，它们具有同一个控件名称，具有相同的属性特征。建立控件数组时，给每个元素赋一个唯一的索引号（Index），索引号起始为 0，各控件通过索引号来区分。

控件数组中各个控件相当于普通数组中的各个元素，同一控件数组中各个控件的 Index 属性相当于普通数组中的下标。建立了控件数组之后，控件数组中所有控件共享同一事件过程。也就是说，一组控件数组中元素的事件过程统一写在控件数组名下，使用时根据操作控件的索引号决定执行的是哪一个控件元素的操作。

5.2.2 控件数组的建立

建立控件数组有两种方法：设计时建立和运行时添加。

1. 设计时建立控件数组

在设计时建立的方法如下。

方法一：复制已有的控件并将其粘贴到窗体上。

建立的步骤是

（1）在窗体上添加一个控件 Command1，并设置好该控件的属性，这是控件数组的第一个元素。

（2）选中该控件，使用复制命令得到该控件的复件。

（3）使用粘贴命令粘贴该控件，此时系统会弹出提示信息："已经有一个控件为'Command1'。创建一个控件数组吗？"，单击"是"按钮就创建了控件数组的第二个元素，第一个元素的索引号是 0，新建立的一个控件数组元素的索引号是 1，只要继续粘贴就可以得到更多控件数组元素，索引号顺序后延。

方法二：将窗体上已有的类型相同的多个控件的 Name 属性设置为同一值，然后分别设置其索引值。

【例 5.4】控件数组设计实例。设计 Command1 单击事件的程序段如下，运行结果如图 5.2 所示。

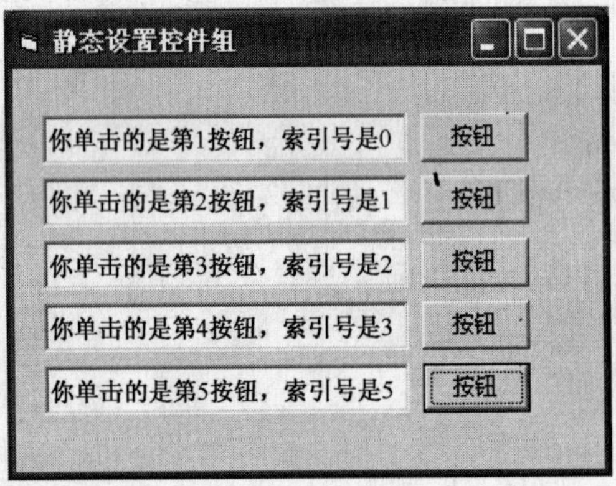

图 5.2 静态设置控件组示例

```
Private Sub Command1_Click(Index As Integer)
Dim i As Integer, str As String
For i = 0 To 4
    If Command1(i) = True Then
        str = "你单击的是第" & i + 1 & "按钮，"
        Text1(i) = str & "索引号是" & Command1(i).Index
    End If
Next i
End Sub
```

用前述的方法一或者方法二在窗体上创建 5 个按钮构成按钮控件数组 Command1 和 5 个文本框构成文本框控件数组 Text1，所以本窗体代码窗口中显示的有 3 个对象，窗体 Form，命令按钮控件数组 Command1，文本框控件数组 Text1。编写的程序中使用循环处理控件数组元素的下标和索引号，提高了程序的处理效率。

2. 运行时添加控件数组

建立的步骤是

（1）在窗体上添加一个控件，并设置该控件的 Index 属性为 0，标识这是控件数组的第一个元素。

（2）在程序执行时使用 Load 加载命令逐个加入，加入时注意安放的位置，需要设置控件的 Top 属性和 Left 属性，而且必须设置控件的 Visible 属性为真才能显示出来。

【例 5.5】运行时生成控件数组设计实例。

应用程序的程序段如下，设计界面和运行结果如图 5.3（a）、（b）所示。

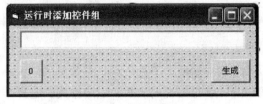 

（a）设计界面　　　　　　　　　　　　　　（b）运行结果

图 5.3　运行时生成控件组示例

```
Private Sub Form_Load()
    sz(0).Visible = False
End Sub


Private Sub Command1_Click()
Dim i As Integer
    sz(0).Visible = True
Command1.Visible = False      '使"生成"按钮自己隐藏为不可见
For i = 1 To 9                '用 For 循环生成控件数组中的其他 9 个按钮
    Load sz(i)
    sz(i).Top = sz(0).Top      '每个按钮的 Top 属性与"0"按钮一样
    sz(i).Left = sz(0).Left + i * 500    'Left 属性逐个加 500 向右排列
    sz(i).Caption = i
    sz(i).Visible = True         '使控件数组 sz 中的控件可见
Next i
End Sub


Private Sub sz_Click(Index As Integer)            '对控件数组编写的事件过程
Dim k As Integer
For k = 0 To 9
    If sz(k) = True Then
        Text1 = Text1 & sz(k).Caption        '按钮的数字显示在文本框 Text1 中
    End If
Next k
End Sub
```

在窗体上添加一个按钮，如图 5.3（a）所示，宽度和高度都设置为 500，Index 属性和 Caption 属性都设置为 0，表示这是控件数组的第一个元素，Name（名称）属性设置为 sz，表示控件数组名称是 sz，窗体的装入过程事件使"0"按钮不可见。

添加另一个按钮，Caption 属性设置为"生成"，控件的名称为 Command1。对"生成"按钮编写的单击事件程序中，用一个 1～9 的 For 循环逐个生成控件数组中的其他 9 个按钮，索引号和标题是 1～9，每个按钮的 Top 属性与"0"按钮一样，Left 属性逐个加 500 向右排列，并使 sz 控件数组中的所有控件可见。"生成"按钮自己隐藏为不可见，否则再次单击"生成"按钮时会因为控件数组存在而出错。

对所生成的控件数组编写的事件过程为单击操作，当用户单击某个按钮时相应的数字就会显示在文本框 Text1 中，单击一些按钮后的结果在图 5.3（b）中显示出来。

5.3 常见算法举例

日常生活中，有一些问题可用 Visual Basic 编写程序解决，下面就举一些常见的例子供大家学习和参考，这些例子包括求极值、求素数、统计字母出现的次数、逆序排列、选择排序、冒泡排序、顺序查找、递归算法。

1．求极值

【例 5.6】随机产生 30 个 3 位正整数，对这组数据求和并找出最大值及所在位置。

Visual Basic 中提供了随机函数 Rnd 可以产生需要的数据，随机函数所产生的是(0，1)内一个不确定的数，而 3 位正整数最小的是 100，最大的是 999，因此这样的随机数生成公式是 100+Int(900*rnd)，解决本问题的程序段如下。

```
Private Sub Form_Click()
Dim a(30) As Integer, sum, k, amax, pmax
Randomize
sum = 0
For k = 1 To 30
  a(k) = 100 + Int(900 * Rnd)
  Print a(k); "   ";
  sum = sum + a(k)
  If k Mod 6 = 0 Then Print
Next k
Print "Sum="; sum
pmax = 1
amax = a(1)
For k = 2 To 30
If a(k) > amax Then
    amax = a(k)
    pmax = k
End If
Next k
Print "The Position is "; pmax, "The Maximum is "; amax
End Sub
```

运行两次后得到的结果如图 5.4 所示。需要说明的是，程序中两个部分，开始时使用的 Randomize，这是激活随机函数种子的语句，如果不用则不管运行多少次程序，结果都是相同的，从而失去了随机函数的意义；另一个是选取最大值的算法部分，用 amax 存放最大值，用 pmax 存放最大值的位置，开始时设置 a(1)为最大值，位置为 1，然后将 amax 与数组中其他元素依次比较，如果数组元素大于 amax 则把数组元素的值赋给 amax，并用 pmax

记录下当前的位置，如此循环直到数组的最后一个元素。

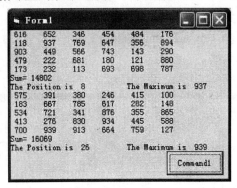

图 5.4　随机生成数组及应用

2．求素数

【例 5.7】判断一个数是否是素数。所谓素数是能且只能被 1 和它本身整除的数。

建立一个简单的窗体，包含两个文本框和一个按钮，第一个文本框用于输入需要判断的正整数，第二个文本框用于输出判断的结果，按钮的单击事件完成执行判断和输出的功能。按钮的程序如下，输出的结果如图 5.5 所示。

```
Private Sub Command1_Click()
Dim m As Integer, k As Integer
m = Val(Text1)
For k = 2 To m−1
    If m Mod k = 0 Then Exit For
Next k
If k = m Then
    Text2 = m & "是素数"
Else
    Text2 = m & "不是素数"
End If
End Sub
```

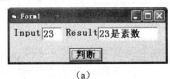

（a）

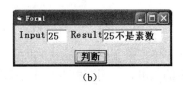

（b）

图 5.5　判断素数的结果

本程序可以优化 For 循环的范围，终值可以是 m/2，甚至是 sqr(m)，想一想为什么？如果把 2 单独处理一次，循环变量增加的步长可以是 2，尝试自己修改程序以提高程序的执行效率。

3．统计字母出现次数

【例 5.8】输入一个字符串，统计英文字母出现的次数，不区分大小写。

新建一个工程文件，在界面上添加一个文本框对象，用于输入字符串；添加一个 Picture

Box 对象用于输出统计的结果。具体的程序如下，运行结果如图 5.6 所示。

```
Private Sub Command1_Click()
Dim Abc(1 To 26) As Integer, c As String, m As Integer
Dim n As Integer, k As Integer
m = Len(Text1)
Picture1.Cls
For k = 1 To 26
    Abc(k) = 0
Next k
For k = 1 To m
    c = UCase(Mid(Text1, k, 1))
    If c >= "A" And c <= "Z" Then
        n = Asc(c)−Asc("A") + 1
        Abc(n) = Abc(n) + 1
    End If
Next k
For k = 1 To 26
    Picture1.Print Chr(k + 64); "="; Abc(k),
    If k Mod 6 = 0 Then Picture1.Print
Next k
End Sub
```

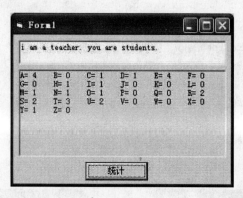

图 5.6　统计字母个数示例

在本程序中定义了一个整型数组 Abc()用来统计 26 个英文字母出现的次数，m 用来存放输入字符串的长度，c 用来截取单个字符，Ucase()把截取的字符转换为大写字母便于统计，输出时用“If k Mod 6 = 0 Then Picture1.Print”控制输出 6 个数据就换一行。

4．逆序排列

如果给定一组数据，希望把这组数据的头尾交换，这样的处理方式称为逆序排列。

【例 5.9】随机产生 10 个两位正整数，把这组数据逆序排列。

解决本问题的程序段如下，运行结果如图 5.7 所示。

```
Private Sub Command1_Click()
Dim a(1 To 10) As Integer, k As Integer, t As Integer
Randomize
```

```
Picture1.Print "原始数据   ";
For k = 1 To 10
    a(k) = 10 + Int(90 * Rnd)
    Picture1.Print a(k);
Next k

Picture1.Print
For k = 1 To 5
    t = a(k)
    a(k) = a(11−k)
    a(11−k) = t
Next k
Picture1.Print "逆序结果   ";
For k = 1 To 10
    Picture1.Print a(k);
Next k
End Sub
```

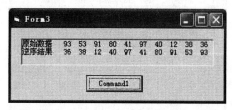

图 5.7　数组元素逆序排列运行结果

　　注意：本程序段用了 3 个 For 循环完成，第一个 For 循环用于产生数组，第二个 For 循环用于交换数组元素的值，第三个 For 循环用于输出交换后的结果。做逆序交换时需要引入中间变量 t 完成两个数组元素值的交换，而在第二个 For 循环中循环控制只执行到数组的一半，想一想为什么？如果执行到底，结果又是什么？

5．选择排序

　　把一组没有次序的数据按照从小到大（升序）或从大到小（降序）重新排列的算法称为排序算法，排序算法很多，常见的有选择法、冒泡法和合并排序等，下面示例的是选择法。

　　【例 5.10】随机产生 6 个 3 位正整数，使用选择排序法对这组数据按照升序排序。

　　解决本问题的程序段如下，运行结果如图 5.8 所示。

```
Private Sub Command1_Click()
Dim a(1 To 6) As Integer, j, k, amin, pmin
Randomize
Picture1.Print "原 始 数 据     ";
For k = 1 To 6
    a(k) = 100 + Int(900 * Rnd)
    Picture1.Print a(k);
Next k
Picture1.Print
```

```
For j = 1 To 5
    Picture1.Print "第"; j; "趟排序结果";
    amin = a(j): pmin = j
    For k = j + 1 To 6
        If a(k) < amin Then
            amin = a(k): pmin = k
        End If
    Next k
    a(pmin) = a(j): a(j) = amin
    For k = 1 To 6
        Picture1.Print a(k);
    Next k
    Picture1.Print
Next j
End Sub
```

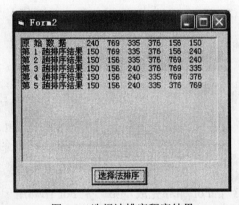

图 5.8　选择法排序程序结果

从输出的结果可以看到

第 1 趟排序：从原始数据的第 1 个元素开始，选择到的最小值是 150，位置是第 6 个，把第 1 个位置的数据 240 放置到第 6 个位置，再把 150 放在第 1 个位置上。

第 2 趟排序：从第 1 趟排序的结果的第 2 个元素开始，选择到的最小值是 156，位置是第 5 个，把第 2 个位置的数据 769 放置到第 5 个位置上，再把 156 放在第 2 个位置上。

依此类推到第 5 趟，就得到排序的结果。如果需要更多的数据，只要改变数组的大小和循环控制变量的终值就可以完成，程序不需要做任何改变。

6．冒泡排序

【例 5.11】随机产生 10 个 3 位正整数，使用冒泡算法对这组数据按照升序排序。

解决本问题的程序段如下，运行输出的结果如图 5.9（a）、（b）所示。

```
Private Sub Command1_Click()
Dim a(1 To 10) As Integer, i As Integer, j As Integer
Dim flag As Integer, t As Integer
Randomize
Text1 = ""
Picture1.Cls
```

```
For i = 1 To 10
    a(i) = 100 + Int(900 * Rnd)
    Text1 = Text1 & a(i) & "    "
Next I
For i = 1 To 9
   flag = 0
   For j = 10 To i + 1 Step −1
     If a(j) < a(j−1) Then
        flag = 1
        t = a(j−1): a(j−1) = a(j): a(j) = t
     End If
   Next j
   If flag = 1 Then
     Picture1.Print "(" & i & ") ";
     For j = 1 To 10
         Picture1.Print a(j);
     Next j
     Picture1.Print
   Else
     Exit For
   End If
Next i
End Sub
```

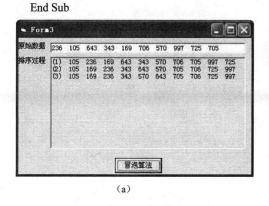
（a）

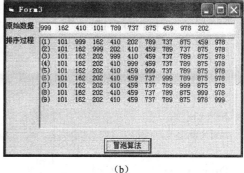
（b）

图 5.9 冒泡算法程序结果

本例中使用判断标志 flag 控制循环结束，结束时采用 Exit For 语句退出循环，每一趟的排序结果都输出在图片框中。

冒泡排序和选择排序都属于简单排序算法。冒泡排序在每一轮的每一次比较之后，如果发现前面的数比后面的数大，就要进行数据交换，数据交换的次数要比选择排序多，而选择排序则是每一轮最多进行一次数据交换。

下面给出了两组不同数据的运行结果，是为了比较算法处理的问题。第一组数据只用了3 趟排序就已经结束，观察数据可以看到：中间数据 643 经过 3 次交换后到达应该所在的位置，是这组数据中交换最多的。第二组数据用满 9 趟排序才结束，观察数据可以看到：第一个数据 999 经过 9 次交换才到达应该所在的位置，是这组数据中交换最多的，特选这样两组比较有特色的数据是想说明，一个算法的好与不好和处理的数据有直接的关系。

7. 顺序查找

【例 5.12】随机产生 100 个 3 位正整数，输入一个数判断是否在产生的数据中，如果有输出所在的位置，没有则输出没有找到的信息。

解决本问题的程序段如下，运行输出的结果如图 5.10 所示。

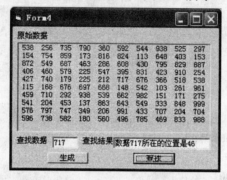

图 5.10　顺序查找算法程序结果

```
Option Explicit
Dim a(1 To 100) As Integer

Private Sub Command1_Click()
Dim k As Integer
Randomize
For k = 1 To 100
    a(k) = 100 + Int(900 * Rnd)
    Picture1.Print a(k);
    If k Mod 10 = 0 Then
        Picture1 Print
    End If
Next k
End Sub

Private Sub Command2_Click()
Dim k As Integer, keyword As Integer
keyword = Text1
For k = 1 To 100
    If keyword = a(k) Then
        Text2 = "数据" & keyword & "所在的位置是" & k
        Exit For
    End If
Next k
If k = 101 Then
    Text2 = "数据" & keyword & "不在产生的数据中！"
End If
End Sub
```

顺序查找算法是把数组中的元素逐个与关键字 keyword 比较找出值相同的元素，找到后程序中用 Exit For 退出循环，此时的循环变量 k 是 1～100 中的一个数。如果没有找到，循环会正常结束，此时循环变量的值是超过终值的 101，所以当 k=101 时就是没有找到该数据，输出提示信息"不在产生的数据中"。

8. 递归算法

【例 5.13】 求 $N!$。

所谓递归，就是在定义的过程中用自身的结构描述自身，这样的定义称做递归定义，编写的程序称做递归程序。通常编写的是递归子过程或递归函数过程，以 $N!$ 为例说明递归的算法如下。

按照定义有：

$N! = N*(N-1)!,(N-1)! = (N-1)*(N-2)!,\cdots,2! = 2*1!$　逐个递推，称做递推过程；

$1!=1$　递推到底，可以执行得到结果的运算；

$2!=2*1!=2, 3!=3*2!=6,\cdots, N!=N*(N-1)!$　逐个回代，称做回归过程。

也就是说，递归过程应该是由 3 部分组成的，并且其结果必须由下一步结果才能得到的"递推过程"，递推到可以计算得到结果的"底限"，由已经得到的计算结果回代到上一步的"回归过程"。

使用递归算法解决本问题的程序段如下，运行输出的结果如图 5.11 所示。

```
Private Sub Command1_Click()
Dim k As Integer, s As Long
    k = Val(Text1)
    s = func(k)
    Text2 = s
End Sub


Private Function func(ByVal n)
If n = 1 Then
    func = 1
  Else
    func = n * func(n-1)
End If
End Function
```

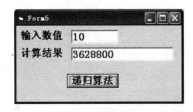

图 5.11　递归算法求 $N!$ 的程序结果

程序中递归求 $N!$ 的函数过程是 func()，函数中 n=1 时 func=1 是底限，而递推和回归的公式都是由 func=n*func(n-1) 语句完成的，递归算法的实现是用到了一种称做"栈"的结构。用栈解决 $N!$ 的工作示意图如图 5.12 所示。

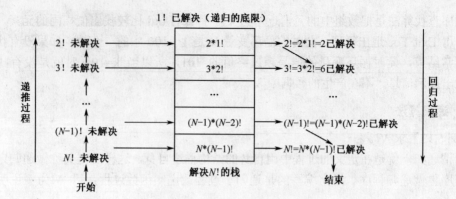

图 5.12　用栈解决 N! 的工作示意图

【例 5.14】用普通方法和递归方法求两个正整数 N 和 M 的最大公约数。

求两个正整数的最大公约数是常见的问题，使用普通方法编制的程序如下。

```
Private Sub Command1_Click()
Dim m As Integer, n As Integer, r As Integer
m = Val(Text1): n = Val(Text2)
Do
r = m Mod n
If r = 0 Then
        Exit Do
    Else
        m = n
        n = r
End If
Loop
Text3 = n
End Sub
```

使用递归算法编写的程序如下。

```
Private Sub Command2_Click()
    Text3 = gys(Val(Text1), Val(Text2))
End Sub


Private Function gys(ByVal n, ByVal m)
Dim r As Integer
r = m Mod n
If r = 0 Then
        gys = n
    Else
        gys = gys(r, n)
End If
End Function
```

运行的结果如图 5.13（a）、（b）所示。

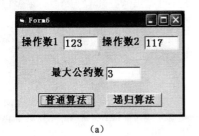 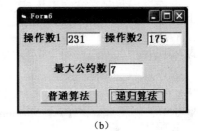

(a)　　　　　　　　　　　　　　(b)

图 5.13　求最大公约数程序的运行结果

习　　题

1．判断题

（1）ReDim 语句可以更改数组维数。　　　　　　　　　　　　　　　（　　）

（2）控件数组的索引属性的 Index 值为 0，而一般控件的 Index 值为空。　　（　　）

（3）控件数组的建立通过 Dim 语句声明，而一般控件不需要声明。　　（　　）

（4）依据数组的大小是否确定可将其分为固定大小数组和动态数组两类。　（　　）

（5）在静态数组的声明中，下标只能是常数，而动态的数组 ReDim 的语句中的下标可以是常量，也可以是有确定值的变量。　　　　　　　　　　　　　　（　　）

2．选择题

（1）如下数组声明语句中，数组 a 包含元素的个数为＿＿＿＿。

Dim a (1 to 3 ,–2 to 2 , 3)

　　A．120　　　　　　B．75　　　　　　C．60　　　　　　D．13

（2）如下数组声明语句，正确的是＿＿＿＿。

　　A．Dim x [2,4] As Integer　　　　B．Dim x (2,1 To 4) As Integer

　　C．Dim x (2,n) As Integer　　　　D．Dim x(2 4)　As Integer

（3）有如下程序：

```
Option Base 1
Private Sub Command1_Click()
    Dim a
    s = 0
    a = Array(3, 4, 8, 9, 14)
    For i = LBound(a) To UBound(a)
        If i Mod 2 = 0 Then s = s + a(i)
    Next i
    Print s; i
End Sub
```

程序运行后输出的结果是＿＿＿＿。

　　A．23　6　　　　B．13　6　　　　C．23　5　　　　D．13　5

（4）用＿＿＿＿属性可唯一标识控件数组中的某一个控件。

　　A．TabIndex　　　B．Name　　　　C．Caption　　　D．Index

（5）下列程序段的执行结果为_____。

```
Dim A(9)，B(4)
For i=1 TO 9
    A(i)=i
Next i
For j=1 To 4
    B(j)=j*20
Next j
A(6)=B(3)
Print "A(6)="；A(6)
```

    A．A(6)=30   B．A(6)=50   C．A(6)=60   D．A(6)=40

（6）在窗体上画一个名称为 Command1 的命令按钮，然后编写如下程序：

```
Private Sub Command1_Click()
Dim arr(1 To 5) As String
For i = 1 To 5
arr(i) = Chr(Asc("A") + (i−1))
Print arr(i)
Next i
End Sub
```

程序运行后，单击命令按钮，则在窗体上输出的内容为_____。

    A．ABCDE   B．abcde   C．出错信息   D．1 2 3 4 5

（7）如下程序运行后的输出结果为_____。

```
Option Base 1
Dim A() As Integer
Private Sub Command1_Click()
Dim i As Integer, j As Integer
    ReDim A(3, 2)
    For i = 1 To 3
        For j = 1 To 2
            A(i, j) = i * 2 + j
        Next j
    Next i
    ReDim Preserve A(3, 4)
    For j = 3 To 4
        A(3, j) = j + 9
    Next j
    Print A(3, 1) + A(3, 4)
End Sub
```

    A．19   B．20   C．21   D．22

（8）如果建立了一个名为 Text1 的文本框控件数组，则以下说法中错误的是_____。

    A．控件数组中每个 Text 控件的名称属性均为 Text1

    B．控件数组中每个 Text 控件的标题（Caption 属性）都一样

    C．控件数组中所有 Text 控件可以使用同一个事件过程

    D．用名称 Text1（下标）可以访问该控件数组中的每个控件

（9）下面说法正确的是_____。

    A．ReDim 语句只能更改数组下标上界

    B．ReDim 语句只能更改数组下标下界

    C．ReDim 语句不能更改数组维数

    D．ReDim 语句可以更改数组维数

（10）运行如下程序，文本框中显示的结果是_____。

```
Private Sub Command1_Click()
    Dim array1(10,10) As Integer
    Dim i,j As Integer
    For i=1 To 3
        For j=2 To 4
            array1(i,j)=i+j
        Next j
    Next i
    Text1.Text=array1(2,3)+array1(3,4)
End Sub
```

    A．12   B．13   C．14   D．15

3．思考题

（1）有一个 3×5 的矩阵，求全部元素的平均值。

（2）设计程序从键盘上输入 3 行 4 列的数组，求出它的每行最大值及其下标。

（3）编程序实现数组插入操作。将通过 InputBox 函数输入的一个数插入到递减的有序数列中，插入后的序列仍有序。

（4）编程序删除具有 20 个元素数组中指定位置的元素，并输出删除后的结果。

（5）运用控件数组设计一个小计算器。要求用 CommandButton 按钮通过控件数组在运行时生成 0~9 个数字按钮以及加、减、乘、除 4 个运算符号，可以进行加、减、乘、除的运算。

第 6 章　Visual Basic 工程元素及多窗体

Visual Basic 的应用程序设计是以工程方式建立的，其工程元素的结构可以用图 6.1 描述。从这个结构中可以看到，一个 Visual Basic 工程文件的内容包含在 3 种不同的模块中：窗体模块、标准模块和类模块。各个模块中不可避免地要用到过程、变量等，其所在的位置不同，起到的作用也不相同，因此必须了解清楚模块和变量的作用域，才能编写出正确的应用程序。本章将介绍有关 Visual Basic 工程元素的基础知识、自定义过程及其作用域等，最后介绍 Visual Basic 应用程序多重窗体的设计方法。

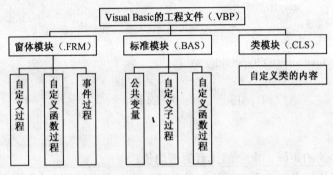

图 6.1　Visual Basic 工程元素结构图

6.1　模块

Visual Basic 将代码存储在 3 种不同的模块中：窗体模块、标准模块和类模块。在这 3 种模块中都可以包含声明（常量、变量的声明）和过程（Sub、Function、Property、Event）。如图 6.2 所示的是一个包含窗体模块、标准模块和类模块的应用程序。

图 6.2　应用程序的工程窗体

6.1.1　窗体模块

窗体模块保存在扩展名为.frm 的文件中。它包含了窗体及其控件的属性设置、窗体变量的说明、事件过程、窗体内的通用过程、外部过程的窗体级声明等。

默认时应用程序中只有一个窗体，前述的所有示例中至少有一个窗体模块，因此至少有一个以.frm 为扩展名的窗体模块文件。

在实际应用中，一个应用程序往往由多个窗体构成。显然，Visual Basic 提供了多重窗体的设计。在多重窗体的应用程序中，会有多个以.frm 为扩展名的窗体模块文件。多窗体实际上是单一窗体的集合，每个窗体之间没有绝对的从属关系，每个窗体都可以有自己的界面和程序代码，以完成不同的功能。

在工程中添加窗体的主要步骤：选择"工程"菜单的"添加窗体"命令或单击工具栏上的"添加窗体"按钮，创建一个新的窗体或把一个属于其他工程的窗体添加到当前工程中。添加之后，就可在工程资源管理器中看到当前的工程中增加了一个窗体。如图 6.2 所示的工程中就有 2 个窗体文件。

6.1.2　标准模块

标准模块保存在扩展名为.bas 的文件中，默认时应用程序中不包含标准模块。标准模块可以包含公有或模块级的变量、常数、外部过程和全局过程的全局声明或模块级声明。默认时，标准模块中的代码是公有的，任何窗体或模块中的事件过程或通用过程都可以调用它。

在工程中添加标准模块的步骤为

（1）从"工程"菜单中执行"添加模块"命令，打开"添加模块"对话框中的"新建"选项卡。

（2）在该对话框中双击"模块"图标，将打开新建标准模块窗口。

（3）在属性窗口修改该模块的"名称"属性，给模块命名。接下来就可以在标准模块的代码窗口中，向模块添加代码。

6.1.3　类模块

类模块保存在扩展名为.cls 的文件中。可在类模块中编写代码建立新对象，这些新对象可以包含自定义的属性和方法，可以在应用程序内的过程中使用。类模块对大多数使用者来说不会经常用到，有兴趣的读者可参阅有关资料。

6.2　过程

Visual Basic 应用程序是由过程组成的，其可以有事件过程和自定义过程。关于事件过程的含义我们已经熟悉，这里主要介绍自定义过程。在应用程序的编写中，有些程序段所实现的功能可能会被反复使用，如果在每次需要同样功能的位置都重复编写一遍程序，显然会增加很多不必要的劳动。Visual Basic 为用户提供了自定义过程的功能，将这些程序段定义成函数或者过程，方便多次调用执行，使得程序简练、模块化，便于调试和维护。

在 Visual Basic 中，自定义过程可分为以下几种：以 Function 保留字开始的为函数过程；以 Sub 保留字开始的为子过程；以 Property 保留字开始的为属性过程；以 Event 保留字开始的为事件过程。下面主要介绍子过程和函数过程的定义、调用及作用域。

6.2.1 过程的定义

1. 使用 Visual Basic 工具定义子过程和函数过程

在 Visual Basic 的"工具"菜单下有"添加过程"命令，但在窗体界面设计时是"灰色"不可用的，只有当打开窗体的代码窗口时该命令才是"黑色"可用的。单击后出现如图 6.3 所示的"添加过程"对话框，在名称栏中输入过程的名字，在类型选项组和范围选项组中选择需要的类型和范围，并确定是否是静态，单击"确定"按钮就在代码窗口中生成一个过程的模板，剩下的工作就是在代码窗口中完成编码任务了。

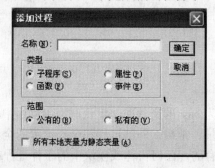

图 6.3 "添加过程"对话框

例如，在名称栏中输入 Pabc，类型选择"子程序"，范围选择"公有的"，设置为静态变量形式，单击"确定"按钮后在代码窗口中出现的模板是

    Public Static Sub Pabc()

    End Sub

如果在名称栏中输入 Fabc，类型选择"函数"，范围选择"私有的"，不选静态变量形式，单击"确定"按钮后在代码窗口中出现的模板是

    Private Function Fabc()

    End Function

可见采用此方法系统会自动显示出自定义子过程和函数过程的形式。用户只要在其中添加自己的代码即可。

2. 使用代码窗口定义子过程和函数过程

除了上述的方法外，用户也可以在代码窗口利用键盘输入。具体的方法是，在代码窗口中把插入点放置在所有过程之外的空行处，直接输入需要的内容即可自定义子过程和函数过程。

自定义子过程的形式为

[Public｜Private] [Static] Sub　子过程名[(参数列表)]
    变量定义
        语句
        [Exit Sub]
        语句
End Sub

自定义函数过程的形式为

[Public|Private] [Static] Function　函数过程名[(参数列表)][As 类型]
　　变量定义
　　　　语句
　　　　函数名 = 返回值表达式
　　　　[Exit Function]
　　　　语句
　　　　函数名 = 返回值表达式
End Function

其中：

过程名——其命名方式同变量命名一样，不能与关键字及已经定义的变量、过程同名。

参数列表——指过程中需要使用的变量列表。过程定义中的参数也称为形式参数、形参或哑元，在定义时是没有值的，而且可以没有参数。如果定义的是无参数子过程，则括号可以省略；但是，如果定义的是无参数函数过程，括号是不可以省略的。

As 类型——指函数返回值的类型，默认时返回的是变体类型。函数体内必须至少出现"函数名 = 返回值表达式"语句一次，函数返回的值是最后一次执行"函数名 = 返回值表达式"语句时表达式的值。

6.2.2　过程的调用

无论是调用子过程还是调用函数过程，都会涉及怎么样调用，调用前需要做什么，调用后得到的结果如何返回到调用的过程。

1．过程调用的方法

子过程和函数过程的调用方式完全不同，使用的语句也完全不同。

（1）子过程调用。子过程调用方式是用独立的 Call 语句或省略 Call 直接使用子过程名，形式是

　　　　Call　子过程名[(参数列表)]　　或
　　　　子过程名　[参数列表]

如果定义的是无参数子过程，则[(参数列表)]方括号中的内容可以省略。子过程的调用结果在子程序执行过程中产生。

（2）函数过程调用。函数过程调用时返回的是一个值，可以用赋值语句接收，也可以直接放到表达式中参加运算。调用函数过程的语句形式是

　　　　变量名 = 函数过程名([参数列表])

要求变量与函数过程的类型相同。如果定义的是无参数函数过程，则([参数列表])方括号中的内容可以省略，外面的( )不能省略，这点和子过程的调用有明显的区别。

（3）调用说明。前面已经提到，调用子过程和函数过程时，需要使用参数，定义过程时使用的参数列表中的变量称为形参或哑元，其有形式而没有具体的值。调用过程时要使用具体的有实际值的参数列表替换定义过程中的形参，这样的参数称为实在参数，简称实参或实元。

调用时的要求如下：

① 实参与形参必须保证元素个数相同，位置和类型一一对应。

② 调用时把实参值传递给形参的操作称为参数传递，有值传递和引用传递两种方式。

③ 当参数是数组时，形参和实参都要保证数组的形式，即数组名后保留( )，但不能加数组的大小和维数。

④ 调用子过程时，当用 Call 关键字调用时，子过程名（实参列表）中的括号必须使用，而直接调用子过程名[实参列表]时，一定不要使用( )，否则会出现语法错误。

⑤ 调用时子过程通过参数带回结果，可以是多个；而函数过程是通过返回语句返回的唯一的值。经常是子过程可以替换函数过程，只要增加一个用于保存结果的参数，反之则不能做到。

2. 参数说明与传递

在调用过程中，一般都是主调过程与被调过程之间有数据传递，主调过程执行到调用被调过程的语句时，将主调过程中的实参传递给被调过程，完成实参与形参的结合，然后执行被调过程，在执行过程中是以形参方式工作的。当被调过程结束执行时，是否能将形参的当前值回代到实参呢？这是不能直接回答的，因为这和被调过程的形参定义有关。按照定义的不同，被调过程的形参定义有引用传递（传地址）和值传递（传值）两种方式。

（1）引用传递。引用传递又称为传地址，是 Visual Basic 系统默认的传递方式，要求传递时实参必须是一个变量，不能是常量或表达式。传递结合的过程是：调用一个过程时，将实参的地址传递给形参，形参使用的是实参的地址，即在内存中两者在一个单元，被调过程中任何对形参的操作实际上也是作用在主调过程的实参上的，因此实参的值会随着形参的改变而改变。

通常情况下使用的实参是字符串或数组时都是使用引用传递的。

（2）值传递。如果不希望处理后改变实参的值，就应该使用值传递。使用值传递的方式是在子过程或函数过程定义时在需要做值传递的形参前加上说明——值传递的关键字"ByVal"。加了这个说明后，传递结合的过程是：调用一个过程时，将实参的值传递给形参，形参在使用时形成自己的存储单元，被调过程中任何对形参的操作都与主调过程的实参没有关系，当被调过程结束时，形参占用的存储单元自动被清除，不会传递任何信息给实参。

使用值传递提高了程序的可靠性，避免了各过程间的相互影响，增强了过程的独立性。在做值传递时，对实参没有要求，可以是常量和表达式。

【例 6.1】举例说明值传递和引用传递的区别。

下面定义了两个过程，左边的是值传递方式的调用，右边的是引用传递方式的调用，执行的程序内容完全相同，只有定义形参中的传递方式不同，可是执行下面的两个按钮的单击事件过程，结果却完全不同。子过程 swap1 和 swap2 都是想交换 a 和 b 两个变量的值，但值传递 swap1( )不可以，而引用传递 swap2( )是可以的。

```
Sub swap1(ByVal a, ByVal b)          Sub swap2(a, b)
Dim t                                Dim t
t = a: a = b: b = t                  t = a: a = b: b = t
End Sub                              End Sub
```

```
Private Sub Command1_Click()          Private Sub Command2_Click()
Dim a, b                              Dim a, b
a = 1: b = 2                          a = 1: b = 2
Print a, b                            Print a, b
    Call swap1(a, b)                      swap2  a, b
Print a, b                            Print a, b
End Sub                               End Sub
```

从上面的陈述可以看到子过程和函数过程的共同点：它们都是为完成某个功能而编写的一段程序，使用时被其他过程调用。

子过程和函数过程的区别：子过程更多地是考虑执行的过程，结果体现在执行过程中，不带有返回结果，调用时使用 Call 语句。函数过程强调的是返回的结果，因此具有类型，调用时需要使用相同类型的变量接收函数的返回值或在表达式中应用函数，函数过程不能单独作为一条语句执行。

简单地说，如果要有一个返回值，则习惯使用函数过程。若无返回值或返回多个值，则使用子过程，通过实参与形参的结合带回结果。一般来说，一个函数过程可以被一个子过程代替，代替时只需改变函数过程定义的形式，并在子过程的形参中增加一个地址传递的形参来传递结果。但是，如果想用一个函数过程去代替一个子过程，有时是不容易实现的。

6.3 变量作用域

前面提及了 Visual Basic 工程文件中的 3 种模块：窗体模块、标准模块和类模块。在这些模块中不可避免地要用到变量，变量所在的位置不同，起到的作用也不相同，因此必须清楚变量的作用范围。

在陈述变量的作用范围之前，我们先来回顾变量声明（变量声明也称变量定义）的格式，我们已经知道，变量的声明分为显式声明和隐式声明。

显式声明变量的格式：

Public|Private|Dim|Static 变量名［AS 类型］

隐式声明变量的格式：未进行上述的声明而直接使用，为 Variant 类型，赋值后由值的类型决定变量的类型。

在以上声明变量的格式中，用了不同的关键字，在实际的运用中变量声明的位置以及所用的关键字的不同将决定变量的有效作用范围，即变量可以被访问的范围，在 Visual Basic 中称为变量的作用域。从变量的作用域来分，变量可以分为局部变量、窗体/模块级变量和全局变量。

6.3.1 局部变量

局部变量是指在过程内声明的变量，或不声明直接使用的变量，它只能在本过程中使用，即局部变量的作用域在定义变量的过程内部使用。当过程执行时才会在内存中为变量开辟存储单元，过程结束时所有的内存单元都将被释放。也就是说，局部变量随着过程的调用执行而产生，在过程执行中被使用，此时发挥作用，过程结束时，局部变量就消失了。

使用局部变量的好处是保持了封闭性，编写事件过程时不必考虑外部的影响，即使不同的过程之间使用了相同的变量名，也不会引起冲突，这非常有利于程序的设计与调试。

6.3.2 窗体/模块级变量

窗体/模块级变量是指在"通用声明"段中用 Dim 或用 Private 关键字声明的变量，其作用域可被本窗体/模块的任何过程访问。

窗体级变量随着窗体的加载而生成，只要窗体不被卸载就一直占用内存的单元，可见窗体级变量的生命周期比局部变量的生命周期长。由于窗体中的每一个过程都可以使用窗体级变量，所以单独地拿出一个事件过程来看窗体级变量的变化有时是不确定的，必须综合考虑到其他事件过程对窗体级变量的处理情况。

【例 6.2】局部变量和窗体级变量示例。

在界面上设计 2 个按钮，用左边的按钮输入学号和姓名，然后单击右边的按钮，把刚才输入的学号和姓名显示在文本框中。本示例的设计界面如图 6.4 所示。

```
Dim m As String                    '在通用声明中定义窗体级变量 m

Private Sub Input_Click()          '输入学号和姓名
    n = InputBox("请输入一段文字", "输入对话框")
    m = m & n
End Sub

Private Sub Display_Click()        '显示学号和姓名
    Text1.Text = m
End Sub
```

图 6.4　运行界面

在本例中如果没有在通用声明中定义变量 m，请想一想运行的结果将如何显示？

6.3.3 全局变量

全局变量是指在"通用声明"段中用 Public 关键字声明的变量，其作用域可被本应用程序的任何过程或函数访问。如果是一个多窗体的工程，则需要在多个窗体之间使用同一个变量，并且在各窗体中都可以赋值并带回到其他窗体中，这样即使需要设置全局变量，也可以在公共标准模块的"通用声明"段中用 Public 语句声明全局变量。

全局变量在执行工程时可以一直保存下去，直到工程结束为止，可见全局变量的生命周期贯穿于整个工程的执行过程。

【例6.3】全局变量示例。

新建一个工程文件，该工程文件有 2 个窗体和一个模块，窗体名称分别为 FrmMain 和 FrmOutput，界面如图 6.5 所示。在窗体 FrmMain 中输入学号和姓名，单击"输入成绩"按钮，根据屏幕提示依次输入成绩，然后单击"计算成绩"按钮，进入窗体 FrmOutput，显示出平均分和总成绩。

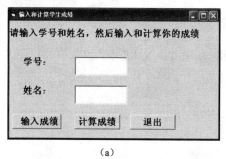
（a）

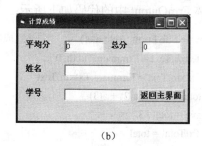
（b）

图 6.5　运行界面

设计步骤如下：

（1）新建一个工程文件，将窗体 Form1 的名称设置为 FrmMain。

（2）添加窗体。选择"工程"菜单的"添加窗体"命令，添加　个新的窗体，并将其名称设置为 FrmOutput。

（3）在窗体 FrmMain 中添加 3 个标签控件和 2 个文本框控件，把它们的 Caption 属性分别设置为如图 6.5（a）所示。添加 3 个命令按钮，其 Caption 属性值分别是"输入成绩"，"计算成绩"和"退出"，名称分别是"Inputscore"，"Calscore"和"Exit"。

（4）在窗体 FrmOutput 中添加 4 个标签控件和 4 个文本框控件，把它们的 Caption 属性分别设置为如图 6.5（b）所示。添加 1 个命令按钮，其 Caption 属性是"返回主界面"，名称是"CmdRtn"。

（5）设置启动窗体。选择"工程"菜单的"属性"命令，单击"通用"按钮，选中"通用"选项卡，单击"启动对象"列表框的向下按钮，选择 FrmMain 作为启动窗体。

（6）添加模块。选择"工程"菜单的"添加模块"命令，添加一个模块，并将其保存为 Cal.bas。

（7）编写代码。

在模块中定义全局变量：

```
Public a(1 To 3) As Single        '声明全局变量数组 a，存放输入的成绩
```

窗体 FrmMain 中的代码如下所示：

```
Private Sub inputscore_Click()      '输入成绩
For i = 1 To 3
a(i) = InputBox("请输入你的第" & i & "门课程的成绩")
Next i
End Sub

Private Sub calscore_Click()        '显示窗体 FrmOutput
```

```
    Frmmain.Hide
    FrmOutput.Show
End Sub

Private Sub Exit_Click()          '退出
    End
End Sub
```

窗体 FrmOutput 中的代码如下所示：

```
Private Sub Form_Activate()          '计算成绩并显示在 Text 文本框中
    Txtxh.Text = Frmmain.Txtxh.Text
    Txtxm.Text = Frmmain.Txtxm.Text
    total = a(1) + a(2) + a(3)
    ave = total / 3
    TxtTotal = total
    TxtAve = ave
End Sub

Private Sub CmdRtn_Click()          '返回
    Frmmain.Show
    FrmOutput.Hide
End Sub
```

（8）保存该工程文件为 eg6-3.vbp，窗体分别保存为 FrmMain.frm，FrmOutput.frm，模块保存为 Cal.bas。

在本例中，如果把在模块中定义变量的语句，放在窗体 FrmMain 中，程序是否可以运行，如果不可以运行，那么如何修改，为什么？如果可以运行，结果如何？

需要说明的是，如果在一个工程中出现了不同级别的变量同名的情况，就需要清楚各级别之间的优先级。Visual Basic 系统规定，作用域小的变量优先级高于作用域大的变量优先级，使用时需要知道同名变量所代表的含义。

如果在优先级高的变量作用域内使用优先级低的同名变量，则需要在变量名字前加上窗体名或工程名，标识其是一个优先级低的变量。

6.3.4　变量的生存期

前面所述的变量的作用域是指变量的作用范围，是一个空间概念。从变量的作用时间来看，变量有生存期，生存期是指变量从定义到消亡所经历的作用时间，也就是变量能"活"多久，这是一个时间概念，两者的关系是密不可分的。从生存期来看，变量可以分为动态变量和静态变量。

1. 动态变量

在前述声明变量的格式中，在声明中没有用到 Static 关键字的就是动态变量。动态变量在每次调用过程时都会重新初始化。

2．静态变量

在前述声明变量的格式中，由关键字 Static 声明的变量为静态变量。静态变量的值在整个程序的运行中可以一直保留，而动态变量每次调用过程时都会重新初始化。

局部变量会随着过程的结束而消失，如果希望下次执行这个过程时能够找到原来执行时生成的值，怎么办呢？如果用全局变量则可以保证值的存在，但全局变量会在其他位置上被改变，也无法保证值的准确性，其解决方法是使用静态变量。

Visual Basic 系统在内存中设有一块静态存储区，过程执行时会把静态变量存放在静态存储区中，局部变量存放在动态存储区中。静态存储区中的单元一旦生成，只有当工程结束时才会被清除掉，但又不同于全局变量，静态变量只能被定义的过程所使用，不会被其他过程所改变，具有一定的私有性。

表 6.1 中列出的以上几种变量的使用状况便于比较和理解。

表 6.1　变量声明、作用域与生存期

	局 部 变 量	窗体/模块级变量	全 局 变 量
声明方式	Dim，Static	Dim，Private	Public
声明位置	过程中	窗体/模块"通用声明"	窗体/模块"通用声明"
窗体内其他过程存取	不可	可以	可以
其他窗体的过程存取	不可	不可	可以
生成时间	过程执行时	窗体加载时	工程开始时
结束时间	过程结束时	窗体卸载时	工程结束时
优先级	高	中	低

变量的作用域，生存期，及其在过程中定义的位置是密切相关的，它们都将影响到程序的运行结果。下面是一个简单的例子。

【例 6.4】 在窗体上添加 2 个文本框 Text1、Text2 和一个命令按钮，在命令按钮中输入如下代码，查看运行结果并分析。

```
Public y As Integer

Private Function fa(x As Integer) As Integer
x = x + y
y = x + y
fa = x + y
End Function

Private Function fb(x As Integer, y As Integer) As Integer
fb = 2 * x + y
End Function

Private Sub command1_click()
Dim x As Integer
x = 2
Text1.Text = fa(x)
```

```
Text2.Text = fb(fa(x), y)
Print "x="; x, "y="; y
End Sub
```

当第一次单击和第二次单击命令按钮后，x 和 y 的值分别是 4，6，22，36。因为 x 定义在 Private Sub command1_click()里面，属于局部变量，每次单击按钮的时候，x 都重新赋初始值 2，当运算结束后，x 就消亡了，等到下次再单击按钮时，x 又从 2 开始了。而 y 是全局变量，其作用域是这个工程文件，生命周期和整个程序一样，也就是说，只要这个程序开始运行，这个变量就存在了，y 的值一直被保留着，每单击一次按钮，y 的值都在原来的基础上继续计算下去，而不像 x 那样每次都重新赋初值。

6.3.5 过程的作用域

根据定义过程位置的不同，按照作用域区分过程有两种：窗体/模块级过程和全局级过程。

1. 窗体/模块级过程

窗体/模块级过程是指加 Private 关键字的过程，只能被定义的窗体/模块中的过程调用。之所以称为窗体/模块级过程，是因为这样的过程仅仅在这个窗体/模块内部有效，在窗体/模块之外使用是没有作用的，也就是说其作用域是该过程所在的窗体/模块。

2. 全局级过程

全局级过程是指加 Public 关键字（默认）的过程，之所以称为全局级过程，是因为这样的过程可供该应用程序的所有窗体和标准模块中的过程调用。

通常使用标准模块的目的是为多个窗体提供公有内容，需要在多个窗体中使用的内容都要尽可能地放置在标准模块中。标准模块作为公共部分为整个工程提供服务。通常情况下，在标准模块中定义的内容都是全局性的，因此默认的定义类型都是 Public，可以在任何时间和任何位置上使用。

和变量的作用域一样，这里也需要说明的是，如果在一个工程中出现了不同级别的过程同名的情况，与变量的使用方式相同，系统规定各级别之间的优先级别作用域小的过程的优先级高于作用域大的过程，使用时应避免使用同名过程。

表 6.2 中列出了两种不同级别过程的定义和使用情况。

表 6.2 过程声明与作用域

	窗体/模块级		全 局 级	
	窗体	标准模块	窗体	标准模块
声明方式	Private	Private	Public	Public
声明位置	窗体中	标准模块中	窗体中	标准模块中
生成时间	窗体加载时	工程开始时	窗体加载时	工程开始时
结束时间	窗体卸载时	工程结束时	窗体卸载时	工程结束时

	窗体/模块级		全 局 级	
	窗体	标准模块	窗体	标准模块
能否被本模块 其他过程调用	能	能	能	能
能否被本应用程序 其他模块调用	不能	不能	能，但必须在过程名前加窗体名。例如： Call 窗体名.Xing（实参表）	能，但过程名必须唯一，否则需要加标准模块名。例如： Call 标准模块名.Xing （实参表）

6.4 多重窗体

6.4.1 多窗体界面设计

在实际应用中，一个应用程序往往由多个窗体构成，因此，Visual Basic 提供了多重窗体的设计。在多重窗体的应用程序中，每个窗体都可以有自己的界面和程序代码，用于完成不同的功能。

1. 窗体的添加

当在一个工程中要添加一个窗体时，可以选择"工程"菜单的"添加窗体"命令或单击工具栏上的"添加窗体"按钮，创建一个新的窗体或把一个属于其他工程的窗体添加到当前工程中。

2. 设置启动对象

Visual Basic 程序运行时，首先执行的对象称为启动对象。默认情况下，第一个创建的窗体被指定为启动对象，即启动窗体。若要指定其他窗体为启动窗体，则要使用工程菜单中的属性命令。具体方法为

（1）选择"工程"菜单的"属性"命令，出现如图 6.6 所示的"工程属性"对话框。
（2）单击"通用"按钮，选中"通用"选项卡。

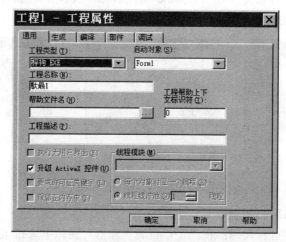

图 6.6 "工程属性"对话框

（3）单击"启动对象"列表框的向下按钮，选择作为启动窗体的窗体名称。

（4）单击"确定"按钮，启动窗口设置完毕。

3．显示和隐藏窗体

（1）Show 方法：用来显示一个窗体，它兼有加载和显示窗体两种功能。其形式如下：

[窗体名称].Show [模式]

其中："模式"用来确定窗体的状态，有 0 和 1 两个值。若"模式"为 1，表示窗体是"模式型"（Model）的，用户无法将鼠标移到其他窗口，也就是说，只有在关闭该窗体后才能对其他窗口进行操作。若"模式"为 1，表示窗体是"非模式型"（Modeless）的，可以对其他窗口进行操作。"模式"的默认值为 0。"窗体名称"默认时为当前窗口。

（2）Hide 方法：用来将窗体暂时隐藏起来，并没有从内存中删除。其形式为

[窗体名称]. Hide

其中："窗体名称"默认时为当前窗口。

【例 6.5】设计一个由 3 个窗体组成的"古诗词欣赏"应用程序。窗体 1（form1 窗体）为主界面，在窗体 2（form2 窗体）中显示宋词"丰乐庭游春"，在窗体 3（form3 窗体）中显示唐诗"山行"。

设计方法如下：

① 创建窗体 1。

新建一个工程。设置窗体的 Caption 属性值为"古诗词欣赏"，按如图 6.7（a）所示在窗体中添加 1 个"标签"和 3 个"命令按钮"，其按钮的 name 属性值为 cmd1、cmd2、cmd3。

② 创建窗体 2。

选择"工程"菜单的"添加窗体"命令，在随后出现的"添加窗体"对话框中选择"新建"选项卡，选中"窗体"选项，单击"打开"按钮。设置窗体的 Caption 属性值为"丰乐庭游春"，fontsize 属性值为 18，fontname 属性值为"楷体"。在窗体右下角添加一个"命令按钮"，其 name 属性值为 cmdreturn，窗体 2 界面如图 6.7（b）所示。

③ 创建窗体 3。

选择"工程"菜单的"添加窗体"命令，再添加一个窗体。设置窗体的 Caption 属性值为"山行"，fontsize 属性值为 18，fontname 属性值为"隶书"。在窗体右下角添加一个"命令按钮"，其 name 属性值为 cmdreturn，窗体 3 界面如图 6.7（c）所示。

图 6.7 "古诗欣赏"主界面

④ 编写各窗体的事件过程代码。

form1 窗体的事件过程代码：在"工程资源管理器"窗体中选择 form1 窗体，单击"查看代码"按钮，编写如下事件过程代码。

```
Private Sub cmd1_Click()
    Form2.Show
    Form1.Hide
End Sub
Private Sub cmd2_Click()
    Form3.Show
    Form1.Hide
End Sub
Private Sub cmd3_Click()
    End
End Sub
```

form2 窗体的事件过程代码：选中 form2 窗体代码窗口，编写如下事件过程代码。

```
Private Sub Form_Activate()     '当激活 form2 窗体时执行该事件过程
    Print Tab(6); "丰乐庭游春"
    Print Tab(6); "(宋)欧阳修"
    Print
    Print Tab(4); "红树青山日欲斜，"
    Print Tab(4); "长郊草色绿无崖。"
    Print Tab(4); "游人不管春将老，"
    Print Tab(4); "来往庭前踏落化。"
End Sub
Private Sub cmdreturn_Click()
    Cls
  Form1.Show
    Form2.Hide
End Sub
```

Form3 窗体的事件过程代码：选中 form3 窗体代码窗口，编写如下事件过程代码。

```
Private Sub Form_Activate()
    Print Tab(6); "山行"
    Print Tab(6); "(唐)杜牧"
    Print
    Print Tab(4); "远上寒山石径斜，"
    Print Tab(4); "白云生处有人家。"
    Print Tab(4); "停车坐爱枫林晚，"
    Print Tab(4); "霜叶红于二月花。"
End Sub
Private Sub cmdreturn_Click()
    Cls
  Form1.Show
    Form3.Hide
End Sub
```

⑤ 单击工具栏上的"启动"按钮运行该应用程序，出现如图 6.8（a）所示的主窗体。
若单击"丰乐庭游春"命令按钮，则出现如图 6.8（b）所示的窗体。若单击"山行"命

令按钮，则出现如图 6.8（c）所示的窗体。

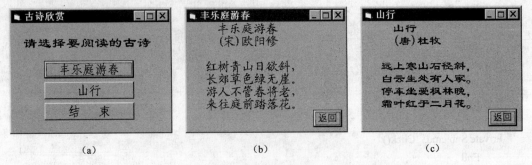

（a）　　　　　　　　　（b）　　　　　　　　　（c）

图 6.8　运行界面

6.4.2　多文档界面设计

Windows 操作系统主要有两种界面，一种是单文档界面，另一种是多文档界面。单文档界面在程序运行时只能打开一个文档。例如，Windows 操作系统下的记事本（Notepad.exe）应用程序，只能打开一个文档，想要打开另一个文档，必须先关闭已打开的文档，如图 6.9 所示。

图 6.9　单文档界面示例

多文档界面在程序运行时可以同时打开多个文档。例如，Windows 操作系统下的 Microsoft Excel 文字编辑器，它就能同时显示多个文档，如图 6.10 所示，在 Excel 中包含了 2 个文档窗体。

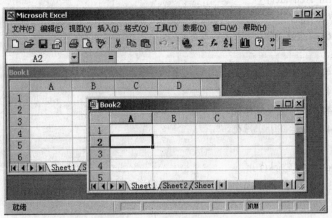

图 6.10　多文档界面示例

Visual Basic 中的 MDI 窗体也是多文档窗体，在 MDI 窗体中可以包含若干个 MDI 子窗体，称为多文档界面。

1．Visual Basic 多文档界面的设计

（1）多文档界面的建立。

要创建多文档界面可以选择"工程"菜单的"添加 MDI 窗体"命令，即可生成一个 MDI 窗体。该窗体的默认名称为 MDIForm1，其颜色比标准窗体略深，如图 6.11 所示。值得注意的是，当用户在工程中添加了一个 MDI 窗体后，则"工程"菜单中的"添加 MDI 窗体"命令显示为浅灰色，此时用户不能再添加 MDI 窗体，也就是说一个 Visual Basic 的工程只能拥有一个 MDI 窗体。

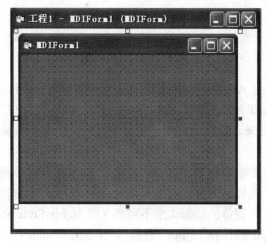

图 6.11　MDIForm1 窗体

在 Visual Basic 中，大部分的控件不能放置在 MDI 窗体中，在此窗体中只能放置菜单、具有 Align 属性的控件和具有不可见界面的控件。如果需要在 MDI 窗体中放置控件，则其方法为：先在 MDI 窗体上添加一个图片框（图片框拥有 Align 属性），再在图片框中画控件，这样相当于把 MDI 窗体分为两部分，上半部分即拥有图片框的部分用来放控件。

（2）创建 MDI 子窗体。应先创建一个新窗体（或者打开一个存在的窗体），然后将它的 MDIChild 属性设置为 True。此时该窗体为 MDI 子窗体。

创建 MDI 子窗体时的两点说明：

① 在设计时，子窗体不是限制在 MDI 窗体区域之内的，可以在 MDI 子窗体上添加控件、设置属性、编写代码以及设计子窗体功能，就像在 Visual Basic 标准窗体中做的那样。

② 通过查看窗体的 MDIChild 属性或检查"工程资源管理器"窗体，可以确定窗体是否是一个 MDI 子窗体。如果该窗体的 MDIChild 属性值设置为 True，则它是一个子窗体。此外，在 Visual Basic 的"工程资源管理器"中为 MDI 窗体与 MDI 子窗体显示了特定的图标，如图 6.12 所示。

（3）编写程序代码。建立了 MDI 父窗体、子窗体后，就可以根据要求编写程序代码，其过程与单一窗体相同。

（4）加载 MDI 窗体与子窗体。在 MDI 应用程序中，由于加载子窗体时，其父窗体（MDI 窗体）会自动加载并显示，所以，当子窗体被设置为默认的启动窗体时，程序运行后子窗体和 MDI 窗体两者都会加载。而加载 MDI 窗体时，其子窗体并不会随着 MDI 窗体的加载而自动加载，因此当设置 MDI 窗体为启动窗体时，程序运行后只有 MDI 窗体被加载，若要加载子窗体则应使用 Show 方法。

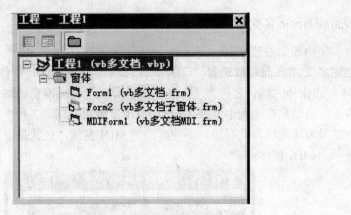

图 6.12　多文档窗体的图标

此外，MDI 窗体中的 AutoShowChildren 属性可用来设定子窗体加载时自动显示（True）或自动隐藏（False）。如果加载隐藏状态的 MDI 子窗体，可以使它们处于隐藏状态直至用 Show 方法把它们显示出来。这就允许在子窗体变成可见之前更新标题、位置和菜单等各种细节。

（5）设置子窗体的大小和位置。如果 MDI 子窗体具有大小可变的边框（即 Border-Style=2），在其装载时，初始的高度、宽度和位置，取决于 MDI 窗体的大小，而不是设计时子窗体的大小。当 MDI 子窗体的边框大小不可变（即 BorderStyle=0，1，或 3）时，则装载时将使用设计时的 Height 属性和 Width 属性。如果设置 AutoShowChildren 为 False，则在 MDI 子窗体载入以后，把它设为可见状态之前，可以改变其位置。

2．MDI 的属性、事件和方法

MDI 应用程序所使用的属性、事件和方法与单一窗体程序没有区别，但增加了专门用于 MDI 的 MdiChild 属性、Arrange 方法以及 QueryUnload 事件等。

（1）MdiChild 属性。MdiChild 属性用于设置一个窗体是否被作为 MDI 子窗体在一个 MDI 窗体内部显示。如果属性值为 True 则窗体为子窗体，若取值为 False 不作为子窗体，默认值为 False。在运行时该属性是只读的。

（2）ScrollBars 属性。ScrollBars 属性用于设置一个 MDI 窗体是否有水平滚动条或垂直滚动条。在运行时该属性是只读的。当值为 True 时，表示窗体有一个水平或垂直滚动条或两者都有；若取值为 False，则窗体没有滚动条。

（3）WindowState 属性。WindowState 属性可以取 3 种值：若取值为 0（默认值）表示正常显示窗体；取值为 1 表示最小化，即将窗体缩小为一个图标；取值为 2 表示最大化，即将窗体充满屏幕，在 MDI 应用程序中子窗体将充满 MDI 父窗体。

该属性可以在属性窗口或程序中进行设置。

（4）Arrange 方法。Arrange 方法用于重排 MDI 窗口中的子窗体或图标。其格式为

MDI 窗体.Arrange　方式

其中："MDI 窗体"是需要重新排列的 MDI 窗体的名字，在该窗体内有子窗体或图标；"方式"是指定重排 MDI 窗体中子窗体或图标的方式。共有 4 种取值：取值为 0，表示层叠排列所有非最小化的 MDI 子窗体；取值为 1，表示水平平铺所有非最小化的 MDI 子窗体；取值为 2，表示垂直平铺所有非最小化的 MDI 子窗体；取值为 3，表示重排最小化的 MDI

子窗体。

（5）QueryUnload 事件。在一个窗体或应用程序关闭之前触发该事件。

当 MDI 窗体被卸载时，QueryUnload 事件首先被 MDI 窗体调用，然后再被每一个打开的子窗体调用。由于 QueryUnload 事件在窗体卸载之前被调用，因此可以在事件过程中编写代码，使得用户能够在窗体卸载前保存那些被修改的窗体。

3．多文档界面的几点说明

（1）在程序运行时，MDI 窗体及其子窗体的一些特性：

① 所有子窗体均显示在 MDI 窗体的工作区域内。像其他窗体一样，用户能移动子窗体和改变子窗体的大小，不过，它们被限制于这一工作区域内。

② 当一个子窗体最小化时，它的图标出现在 MDI 窗体上而不是在用户的桌面上。当最小化一个 MDI 窗体时，此 MDI 窗体及其所有子窗体将由一个图标来代表。

③ 子窗体未最大化时，每个子窗体都有自己的标题。如果最大化一个子窗体，它的标题会与 MDI 窗体的标题组合在一起并显示于 MDI 窗体的标题栏上。

④ 如果活动子窗体有菜单，则菜单将显示在 MDI 窗体的菜单栏中，而不是显示在子窗体中。

（2）MDI 窗体应用程序菜单的使用。在 MDI 应用程序中，菜单可以建立在父窗体上，也可以建立在子窗体上。当一个子窗体为活动窗体时，如果该子窗体有菜单，则子窗体的菜单将取代 MDI 窗体菜单条上的菜单。如果没有活动的子窗体或者子窗体上没有菜单，则显示 MDI 父窗体的菜单。

（3）Dim 语句。在 MDI 应用程序中，使用 Dim 语句可以增加子窗体。其格式为

Dim <对象变量> As [New] <对象名或对象类型>

该语句用来声明图形对象，包括窗体和控件。其中"对象名"是已存在的窗体或控件名称，"对象类型"是以前未指定的新对象。如果使用 New 来声明对象变量，则在第一次引用该变量时新建该对象的实例，因此不必使用 Set 语句来给该对象引用赋值。

Dim 语句只被用来声明图形对象，只有执行了 Set、Load 和 Show 指令后才能显示该对象。

例如：

Dim Newchild As New Form1

Newchild.Show

第一条语句创建了一个 Form1 的新窗体，只有在执行了 Show 方法后才能显示该窗体。

（4）指定活动子窗体或控件。如果 MDI 窗体中含有多个子窗体，有时需要知道使用的是哪一个窗体，则可以使用 MDI 窗体的 ActiveForm 属性，该属性可以返回具有焦点的或者最后被激活的子窗体。但要注意的是，当访问 ActiveForm 属性时，至少应有一个 MDI 子窗体被加载或可见，否则会返回一个出错信息。

当一个窗体中含有多个控件时，也需要指定哪个控件是活动的，可以用 ActiveControl 属性，该属性能返回活动子窗体上具有焦点的控件。

4．多文档窗体示例

【例 6.6】设计一个多文档窗体，可以实现如下功能：

（1）用一普通窗体作为封面窗体，当单击鼠标右键时出现两个弹出菜单项："继续"和

"结束"，选择"继续"则调用 MDI 窗体；选择"结束"则结束程序的运行。

（2）MDI 窗体有两个主菜单："文件"和"窗口"。

其中，"文件"菜单拥有两个子菜单："新建"和"退出"。"新建"子菜单的功能是：新建一个 MDI 子窗体，该子窗体上有一个 Multiline 属性值为 True 的文本框；"退出"子菜单的功能是：退出当前窗体，返回到封面窗体。"窗口"主菜单拥有 3 个子菜单，分别为"层叠排列"、"水平平铺"和"垂直平铺"。

设计步骤如下：

（1）创建封面窗体。封面窗体是整个程序的初始界面，应有一定的艺术性，设计完成后的封面窗体如图 6.13 所示。

图 6.13　封面窗体

封面窗体拥有两个标签框：图像框和"弹出菜单"。

（2）创建 MDI 窗体。选择"工程"中的"添加 MDI 窗体"命令，创建一个名称为"MDIForm1"的 MDI 窗体，再在窗体上添加菜单。设计后的 MDI 窗体如图 6.14 所示。

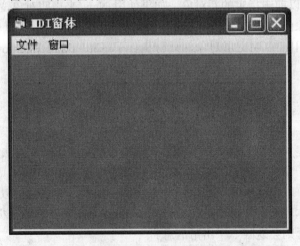

图 6.14　MDI 窗体

其中，"文件"菜单拥有两个子菜单："新建"和"退出"。"窗口"主菜单拥有 3 个子菜单，分别为"层叠排列"、"水平平铺"和"垂直平铺"。

（3）创建 MDI 子窗体。选择"工程"中的"添加窗体"命令，创建一个名称为"Form2"的新窗体，将窗体的 MdiChild 属性值设置为 True，并在该窗体上添加一个 Multiline 属性值为 True 的文本框。设计后的 MDI 子窗体如图 6.15 所示。

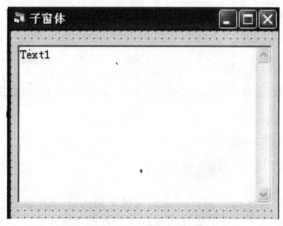

图 6.15　MDI 子窗体

设计完成后在"工程资源管理器"中显示了 MDI 窗体与 MDI 子窗体的特定图标，如图 6.12 所示。

（4）封面窗体（Form1）的程序代码。

```
Private Sub Image1_MouseDown(Button As Integer, Shift As Integer, X As Single, Y As Single)
    If Button = 2 Then
        PopupMenu 弹出菜单, 2
    End If
End Sub


Private Sub 继续_Click()
    Form1.Hide
    MDIForm1.Show
End Sub


Private Sub 结束_Click()
    Unload Me
    End
End Sub
```

（5）MDI 窗体（MDIForm1）的程序代码。

```
Private Sub 新建_Click()
    Dim newchild As New Form2
    newchild.Show
End Sub


Private Sub 退出_Click()
    Unload Me
    Form1.Show
End Sub
```

```
Private Sub 层叠排列_Click()
    MDIForm1.Arrange 0
End Sub

Private Sub 垂直平铺_Click()
    MDIForm1.Arrange 2
End Sub

Private Sub 水平平铺_Click()
    MDIForm1.Arrange 1
End Sub
```

（6）程序的运行。程序运行后，在封面窗体上单击鼠标右键可以显示弹出菜单，选择"继续"进入 MDI 窗体，在 MDI 窗体中选择"文件"菜单中的"新建"可以创建多个文档窗口（即多个 MDI 子窗体），如图 6.16 所示。

图 6.16 MDI 窗体有多个文档窗口

分别选择"窗口"菜单中的"水平平铺"和"垂直平铺"可以水平或垂直排列 MDI 窗体中的文档窗口，如图 6.17 所示。

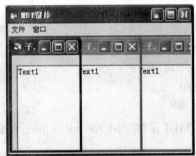

图 6.17 "水平平铺"和"垂直平铺"

习 题

1. 判断题

（1）窗体/模块级变量只能用 Private 关键字声明。   （   ）

（2）过程中的静态变量是局部变量，当过程再次被执行时，静态变量的初值是上一次过程调用后的值。   （   ）

（3）Function 函数过程和 Sub 过程一样可用 Call 语句来调用。　　　　（　　）

（4）在 Form1 窗体通用声明部分声明的变量，在 Form2 过程不一定能访问。　（　　）

（5）在同一模块，不同过程中声明相同变量名，两者表示不同的变量。　　（　　）

（6）Visual Basic 6.0 程序的运行可以从 Main ( )过程启动，也可以从某个窗体启动。

（　　）

（7）Visual Basic 是一个典型的多窗口的集成开发环境。　　　　　　　（　　）

（8）在多重窗体的应用程序中，多个窗体共用同一个代码窗口来完成窗体事件过程设计。

（　　）

2．选择题

（1）编写了一个名为 S1 的子过程，为了方便一个工程中的多个窗体调用 S1 子过程，应该将其放在_____中。

    A．窗体模块　　　　　B．标准模块　　　　　C．类模块　　　　　D．工程

（2）在过程中定义的变量，若希望在离开该过程后，还能保存过程中局部变量的值，则应使用_____关键字在过程中定义局部变量。

    A．Dim　　　　　　　B．Private　　　　　　C．Public　　　　　D．Static

（3）标准模块文件的扩展名为_____。

    A．.frm　　　　　　　B．.res　　　　　　　C．.cls　　　　　　D．.bas

（4）一个工程必须包含的文件的类型是_____。

    A．*.vbp , *.frm　　　B．*.vbp , *.cls,　　　C．*.bas , *.ocx　　　D．*.frm , *.bas

（5）在过程定义中，Private 表示_____。

    A．此过程可以被其他过程调用

    B．此过程不可以被任何其他过程调用

    C．此过程只可以被本工程中的其他过程调用

    D．此过程只可以被本窗体模块中的其他过程调用

（6）在过程定义中用_____表示形参的传值。

    A．Var　　　　　　　B．ByDef　　　　　　C．ByVal　　　　　D．Value

（7）下面子过程语句说明正确的是_____。

    A．Function A1%(f1%)　　　　　　　B．Function A1(ByVal n%)

    C．Sub A1(ByVal n%())　　　　　　　D．Sub A1(n%) As Integer

（8）以下说法错误的是_____。

    A．函数过程没有返回值　　　　　　　B．子过程没有返回值

    C．函数过程可以带参数　　　　　　　D．子过程可以带参数

（9）Sub 过程与 Function 过程最根本的区别是_____。

    A．两种过程参数的传递方式不同

    B．Sub 过程可以用 Call 语句直接使用过程名调用，而 Function 过程不可以

    C．Sub 过程不能返回值，而 Function 过程能返回值

    D．Function 过程可以有形参，Sub 过程不可以

（10）下列程序代码的执行结果为_____。

```
Private Sub Command1_Click()
```

```
Dim x As Integer, y As Integer
x = 15
y = 32
Call aa(x, y)
Print x; y
End Sub
Public Sub aa(ByVal n As Integer, m As Integer)
n = n Mod 10
m = m / 10
End Sub
```
A. 15 3   B. 15 32   C. 2 32   D. 2 3

3. 思考题

（1）请编写一个函数，通过它能交换两个变量的值。

（2）定义一个函数 Fact(n)，求 $N!$。

（3）请设计一个包含多窗体的文件，要求运行时从键盘输入 N，然后求出 $N!$，并把计算的结果显示出来。

（4）调用过程时参数的传递方式有几种，各有什么特点，请举例说明。

（5）请设计一个工程文件说明窗体级变量和全局变量的区别。

（6）在程序中使用 Show 方法是否会引发 Load 事件？

第 7 章　Visual Basic 常用标准控件

Visual Basic 语言在其系统中采用了面向对象、事件驱动的编程机制，巧妙地把 Windows 的编程复杂性封装起来，提供了一系列编程控件。Visual Basic 中可使用的控件有许多，基本分为 3 类：标准控件、ActiveX 控件和可插入对象。

Visual Basic 工具箱内的标准控件有 20 个，又称内部控件。设计人员在应用标准控件时，只需在工具箱内拖动所需的标准控件到窗体中，然后对控件进行属性的设置即可，极大地方便了窗体界面的设计。标准控件中的标签框、文本框和命令按钮已经在第 2 章有所介绍，本章将介绍工具箱中其余的大部分标准控件，有单选按钮、复选框、框架、列表框、组合框、计时器、滚动条、图形控件等。

7.1　单选按钮、复选框、框架

7.1.1　单选按钮（OptionButton）

单选按钮用于建立一系列的选项供用户选择，一般情况是成组出现的。在这些选项中，用户一次只能并且必须选择其中的一个选项；同时，当选择一个选项时，其他选项自动关闭。为了将单选按钮编成一个组，可以采用如下方法：① 将单选按钮放入同一个框架；② 将单选按钮放入同一个图片框；③ 将单选按钮放在同一个窗体上。

单选按钮除了具有控件一般拥有的常用属性外，还有几个与其他控件使用不一样的重要属性，介绍如下。

（1）Caption 属性：单选按钮边上的文本标题，可以在按钮的右边显示，也可以在按钮的左边显示，由 Alignment 属性决定其显示位置。

（2）Alignment 属性：决定单选按钮标题的显示位置。

0——Left Justify：默认值，其显示方式为单选按钮在左边，按钮的标题文字在右边；

1——Right Justify：非默认值，显示方式为单选按钮在右边，其标题文字在左边。

（3）Style 属性：决定单选按钮的样式是标准的还是图形的。

0——Standard：单选按钮为标准形式，其标题上只能显示文字，不能显示图形。当单选按钮被选中时，在按钮的圆圈中添加上一个黑点，如图 7.1 所示。

1——Graphical：此时单选按钮为非标准形式，在其表面既可以显示文字，也可以显示图形。也就是说，当单选按钮的 Style 属性值设为 1 时，其外观将改变（外观类似于命令按钮），在其标题上可以用 Caption 属性设置标题的文字，也可以用 Picture 属性给单选按钮添加上图形。当单选按钮未被选中时，按钮显示为凸起形状；当单选按钮被选中时，按钮显示为凹陷形状，如图 7.1 所示。

（4）Value 属性：单选按钮最重要的属性，它决定单选按钮是否被选中。当取值为 True 时，单选按钮的中间有一个黑色的实心点或显示为凹陷状，表示被选中；当取值为 False 时，单选按钮的中央为一个空心的圆或显示为凸起形状，表示未被选中。

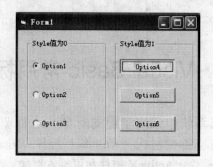

图 7.1 单选按钮的形状

以上介绍了单选按钮的几个特殊的属性，除了这些属性需要读者了解外，读者也可了解一些单选按钮的常用事件。单选按钮的事件也不少，如 Click 事件、DblClick 事件等。当单击单选按钮时发生 Click 事件，通常不需要编写 Click 事件过程，因为当用户单击单选按钮时，会自动改变按钮的状态。

【例 7.1】设计一个应用程序，当输入圆半径时可以计算圆周长和圆面积，界面如图 7.2 所示。

图 7.2 设计界面

设计步骤如下：

① 新建一个工程，设置窗体的 Caption 属性值为"单选按钮练习"。

② 在窗体上添加 2 个单选按钮、1 个文本框、3 个标签框和 1 个命令按钮。按图 7.2 所示设置单选按钮、文本框、标签框和命令按钮的属性，并将命令按钮的 Name 属性改为"计算"。

③ 编写"计算"按钮的事件过程代码。

```
Private Sub 计算_Click()
  Dim s As Single
      If Option1.Value = True Then
          s = 2 * 3.14169 * Text1.Text
          Label2.Caption = "圆周长为:"
          Label3.Caption = Format(s, "0.000")
      Else
          s = 3.14169 * Text1.Text * Text1.Text
          Label2.Caption = "圆面积为:"
          Label3.Caption = Format(s, "0.000")
      End If
  End Sub
```

④ 运行该应用程序，在文本框内输入 5，选择"计算圆周长"单选按钮并单击"计算"按钮，出现如图 7.3（a）所示的界面；再选择"计算圆面积"单选按钮，并单击"计算"按钮，出现如图 7.3（b）所示的界面。

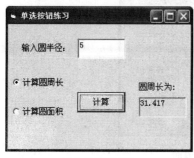

(a) 计算圆周长   (b) 计算圆面积

图 7.3　运行界面

7.1.2　复选框（CheckBox）

复选框和单选按钮一样，也可以用来建立一系列供用户选择的选项，一般为成组出现。但与单选按钮不同的是，在这些选项中用户一次可以选择多个选项或一个也不选，如图 7.4 所示。

复选框与单选按钮一样也有 Caption、Alignment、Style、Value 等重要属性，它们的功能与单选按钮基本类似，只有 Value 属性有所区别。复选框的 Value 属性决定复选框是否被选定，有 3 个值可以选择：

0——Unchecked 为默认值，表示未选定，此时复选框按钮方框内为空或为凸起状，如图 7.4 所示。

1——Checked 表示选定。此时复选框按钮方框内出现一个"√"或为凹陷状，如图 7.4 所示。

2——Grayed 表示复选框不可使用，此时复选框为灰色。

图 7.4　复选框的形状

当然复选框也有许多事件，但常用的为 Click 事件和 KeyPress 事件，这两个事件是在用户单击和按键时激发的。复选框的主要方法为 SetFocus 方法。

【例 7.2】设计一个选择性别和爱好的应用程序，界面如图 7.5 所示。

设计步骤如下：

① 新建一个工程，设置窗体的 Caption 属性为"复选框练习"。

② 在窗体上添加 2 个单选按钮、3 个复选框、1 个文本框、3 个标签框和 1 个命令按钮。按图 7.5 所示设置单选按钮、复选框、文本框、标签框和命令按钮的属性。

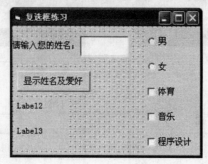

图 7.5　设计界面

③ 编写"显示姓名及爱好"按钮的事件过程代码。

```
Private Sub Command1_Click()
    Label2.AutoSize = True: Label3.AutoSize = True
    Label2.FontBold = True: Label3.FontBold = True
    If Option1.Value Then
        Label2.Caption = Text1.Text & "，性别：" & Option1.Caption
    Else
        Label2.Caption = Text1.Text & "，性别：" & Option2.Caption
    End If
    Label3.Caption = "    爱好："
    If Check1.Value = 1 Then
        Label3.Caption = Label3.Caption & Check1.Caption & " "
    End If
    If Check2.Value = 1 Then
        Label3.Caption = Label3.Caption & Check2.Caption & " "
    End If
    If Check3.Value = 1 Then
        Label3.Caption = Label3.Caption & Check3.Caption & " "
    End If
End Sub
```

④ 运行该应用程序，在文本框内输入张三，按图 7.6 所示选择单选按钮、复选框，单击"显示姓名及爱好"按钮，出现如图 7.6 所示的界面。

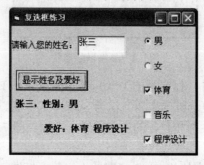

图 7.6　运行界面

7.1.3 框架（Frame）

　　框架是一种容器控件，用框架可将一个窗体上的控件分成若干组。框架作为一种容器，在框架容器内的控件可以和框架一起显示、隐藏、移动和删除。但一个控件要成为框架内的控件，必须做到：① 绘制框架内控件时，先在窗体上绘制框架，然后再在框架里面画控件；② 画控件时必须单击工具箱上的控件对象，再在框架里面绘制控件。用双击工具箱控件对象的方法在框架上生成的控件不属于框架内控件，即它不会同框架一起显示、隐藏、移动和删除等。

　　框架也有许多其他控件所拥有的属性，但最常用的属性有 Caption、Enabled、Visible 等。

　　（1）Caption 属性：设置框架的标题名称。如果 Caption 属性为空字符，则框架为封闭的矩形框。

　　（2）Enabled 属性：默认值为 True。若将框架的 Enabled 属性值设为 False，则程序运行时该框架在窗体中的标题为灰色，表示框架内所有控件均被屏蔽，不允许用户对其进行操作。

　　（3）Visible 属性：默认值为 True。若将框架的 Visible 属性值设为 False，则在程序运行时该框架及其内部的控件全部被隐藏，用户不可见。

　　【例 7.3】设计一个选课程序，界面如图 7.7 所示。其功能为：在文本框内输入姓名，选择学历和选修课程，当单击"确定"按钮后，出现一提示信息框显示学生的姓名、学历和选修的课程。

　　设计步骤如下：

　　① 新建一个工程，设置窗体的 Caption 属性为"选课程序"。

　　② 按图 7.7 所示添加 2 个框架、1 个文本框、1 个标签框和 1 个命令按钮，再在学历框架内添加 2 个单选按钮，选修课程框架内添加 4 个复选框，并按图 7.7 所示设置框架、单选按钮、复选框、文本框、标签框和命令按钮的属性。

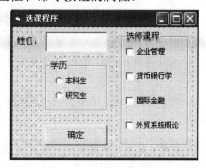

图 7.7　设计界面

　　③ 编写"确定"按钮的事件过程代码。

```
Private Sub Command1_Click()
    Dim Person As String
    Person = Text1.Text
    If Option1.Value = True Then
        Person = Person + ": " + "本科生，"
    Else
        Person = Person + ": " + "研究生，"
    End If
```

```
        Person = Person + "选修的课程有："
        If Check1 = 1 Then Person = Person + " " + Check1.Caption
        If Check2 = 1 Then Person = Person + " " + Check2.Caption
        If Check3 = 1 Then Person = Person + " " + Check3.Caption
        If Check4 = 1 Then Person = Person + " " + Check4.Caption
        MsgBox Person, vbInformation, "显示选修课程"
    End Sub
```

④ 运行该应用程序，在文本框内输入"蒋丽丽"，按如图 7.8（a）所示的界面选择单选按钮、复选框，单击"确定"按钮，出现如图 7.8（b）所示的 MsgBox 对话框。

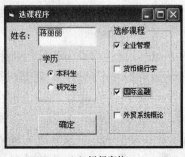 

（a）运行窗体　　　　　　　　　　　　　（b）MsgBox 对话框

图 7.8　运行界面

7.2　列表框、组合框

7.2.1　列表框（ListBox）

列表框控件也是 Visual Basic 常用的控件。列表框最主要的用途是让用户从其列表项中选择一个或多个选项，但用户不能直接在列表框中修改列表项的内容。当列表框中有较多的选项而不能全部显示时，Visual Basic 会自动地在列表框中加入滚动条，以便用户上下翻阅。

单选按钮除了具有控件一般拥有的常用属性外，还有几个与其他控件使用不一样的重要属性。与其他控件相比，列表框具有特殊用途的属性比较多，下面将逐一介绍这些属性。

（1）List 属性：一个字符串数组，用来设置列表框中列表项的内容。List 数组的下标是从 0 开始的，也就是说，第一个列表项为 List（0）、第二个列表项为 List（1），依次类推，最后一项为 List（Listcount-1）。List 属性既可以在设计时通过属性窗口设置，如图 7.9（a）所示，其对应的列表项在列表框中的显示如图 7.9（b）所示，也可以在程序运行时设置或读取它的值，下面的 Form_Load() 事件过程即为一例。

```
    Private Sub Form_Load()
        For i = 5 To 19
            List1.List(i) = "05030" & i + 1
        Next i
    End Sub
```

当该事件过程运行后，可以得到如图 7.9（c）所示的窗体，又增加了 15 项列表项。

 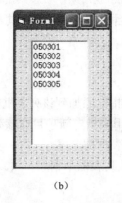 

（a） （b） （c）

图 7.9 List 属性设置示例

（2）Listcount 属性：用于记录列表框中列表项的数目，即记录 List 数组已有的元素数目，Listcount-1 表示 List 数组的最大下标。该属性不允许用户直接进行修改，它是由系统根据列表项的增减自动修改的。

（3）Listindex 属性：用于记录当前选择的列表项的下标（索引值）。列表框中第一项的下标为 0，第二项的下标为 1，随后的项依此类推，如果没有选中任何列表项，则此属性值为-1。该属性不能在属性窗口中设置。

（4）Selected 属性：也是一个数组，它的各个元素分别与列表中的列表项相对应，其功能为记录列表项是否被选择。当它的某个元素的值为 True 时，表示与此元素相对应的列表项已经被选择；而它的某个元素的值为 False 时，表示与此元素相对应的列表项没有被选择。该属性不能在属性窗口中设置。

（5）Sorted 属性：决定在程序运行期间列表框的列表项是否按顺序排列显示。如果 Sorted 为 True，则列表项按字母顺序排列显示；如果 Sorted 为 False，则列表项按加入的先后顺序排列。该属性只能在属性窗口中设置。

（6）Text 属性：用于得到当前被选中的列表项的正文。程序设计时在属性窗口中不能设置此属性。

（7）MultiSelect 属性：用于确定是否能在列表框中进行复选以及如何进行复选。

0——None：不允许复选。

1——Simple：简单复选。用鼠标单击或按空格键，可在列表中选中或取消选中项。

2——Extended：扩展复选。按 Shift 键并单击鼠标或按 Shift 键以及一个箭头键，将在以前选中项的基础上扩展选择到当前选中项。按 Ctrl 键并单击鼠标，可在列表中选中或取消选中项。

列表框的事件主要包括 Click、DblClick、GotFocus 和 LostFocus 等控件的通用事件。一般情况下，不用编写 Click 事件，因为当用户单击某一列表项时，系统会自动地加亮所选择的列表项，所以只需要编写 DblClick 事件过程，用于读取 Text 属性值，以决定被选中的列表项内容。

（8）ItemData 属性：一个数组，其大小与列表项的个数相同。ItemData 属性的每个元素存储对应列表项的某种特性，每个列表项对应一个数值。

（9）NewIndex 属性：返回刚加入到列表框的列表项的下标值。

列表框有几个常用的方法：AddItem、RemoveItem 和 Clear，当需要在程序中添加和删除列表项时经常用到这几种方法。

（1）AddItem 方法：用于将项目添加到列表框。其形式为

对象.AddItem item[, index]

其中：

对象为列表框的名字。

item 为字符串表达式，它用来指定添加到该列表框的项目。

index 是可选的，为整数。它用来指定新项目在该列表框中的位置，首项的 index 从 0 开始。若省略此参数，则添加到列表框的末尾。

（2）RemoveItem 方法：用于从列表框中删除一项。其形式为

对象.RemoveItem index

对象为列表框的名字。

index 为一个整数，它表示要删除的项在列表框中的序号，从 0 开始，但必须小于 Listcount−1。

（3）Clear 方法：用于清除列表框中的全部内容。其形式为

对象.Clear

执行 Clear 方法后，Listcount 被重新设置为 0。

【例 7.4】设计一个应用程序，其界面如图 7.10 所示。其程序功能要求为：① 当按文本框的回车符或单击文本框下面的"添加"按钮时，文本框中的内容可添加到列表框 1 中；② 双击列表框 1 中列表项或单击列表项再单击"选课"按钮，列表项可添加到列表框 2 中；③ 双击列表框 2 中列表项或选中多项再单击"删除课程"按钮，可删除列表框 2 中的一个或多个列表项。

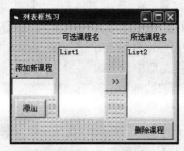

图 7.10　设计界面

设计步骤如下：

① 新建一个工程，设置窗体的 Caption 属性为"列表框练习"。

② 按图 7.10 所示，添加 2 个列表框、1 个文本框、3 个标签框和 3 个命令按钮。按表 7.1 所示设置列表框和命令按钮的属性值。

表 7.1　列表框和命令按钮的属性值

控 件 名 称	Name	MultiSelect	Caption
列表框	List1	0——None	无
列表框	List2	2——Extended	无
命令按钮	添加	无	添加
命令按钮	选课	无	>>
命令按钮	删除课程	无	删除课程

③ 编写事件过程代码。

```
Private Sub Form_Load()
    With List1
        .AddItem "高等数学"
        .AddItem "大学英语"
        .AddItem "数字逻辑"
        .AddItem "离散数学"
        .AddItem "VB 程序设计"
        .AddItem "数据结构"
    End With
End Sub


Private Sub Text1_KeyPress(KeyAscii As Integer)    '按 Enter 键将文本框内容添加到列表框
    If KeyAscii = 13 Then
        List1.AddItem Text1.Text
        Text1.Text = ""
    End If
End Sub


Private Sub 添加_Click()              '按添加按钮文本框内容添加到列表框
    List1.AddItem Text1.Text
    Text1.Text = ""
End Sub


Private Sub List1_DblClick()          '双击 List1 中课程名并添加到 List2 中
    List2.AddItem List1.List(List1.ListIndex)
End Sub
Private Sub 选课_Click()
    List2.AddItem List1.List(List1.ListIndex)
End Sub
Private Sub List2_DblClick()          '双击 List2 中课程名删除一项
    List2.RemoveItem List2.ListIndex
End Sub


Private Sub 删除课程_Click()           '删除选中的多项
    Dim a As Boolean, b As Integer
    b = List2.ListIndex
    For i = List2.ListCount − 1 To 0 Step −1
        a = True
        If List2.Selected(i) = True Then
            List2.RemoveItem List2.ListIndex
            a = False
        End If
        If a = True And List2.ListIndex < b Then
```

$$List2.ListIndex = List2.ListIndex - 1$$

    End If

   Next i

  End Sub

④ 运行该应用程序，界面如图 7.11 所示。在文本框中输入新课程名称后，按 Enter 键或单击文本框下面的"添加"按钮，在可选课程列表中增加一项；当双击可选课程列表内某课程名时，所选课程列表中添加一项；双击所选课程删除一项，选中多项再单击"删除课程"按钮，可删除多项。

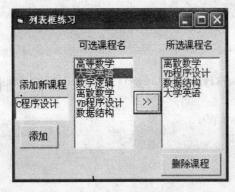

图 7.11   运行界面

7.2.2   组合框（ComboBox）

组合框是组合了文本框和列表框的特性而形成的一种控件，其大部分属性与列表框相同。组合框在列表框中列出可供用户选择的选项，当用户选定某项后，该项内容自动装入文本框中。组合框有三种不同的风格，即下拉式组合框、简单组合框和下拉式列表框，使用哪种形式的组合框由 Style 属性决定。

0——Dropdown Combo：为下拉式组合框。包括一个下拉式列表和一个文本框。可以从列表中选择或在文本框中输入。

1——Simple Combo：为简单组合框。包括一个文本框和一个不能下拉的列表。可以从列表中选择或在文本框中输入。简单组合框的大小包括编辑和列表两部分，当简单组合框的列表部分不能显示全部选项时，系统会自动加上一个垂直滚动条。

2——Dropdown List：为下拉式列表框。这种样式仅允许从下拉式列表中选择，而不能在文本框中输入。

【例 7.5】设计一个应用程序，界面如图 7.12 所示。程序要求为：当"书籍"未被选定时，购书框内的其他控件禁止使用；书籍单价由随机函数产生（10～99 元），并存放于一个数组内；单击"确定"按钮，可以在列表框中显示用户所购书的名称、数量和金额。

设计步骤：

① 新建一个工程，设置窗体的 Caption 属性为"购书程序"。

② 按图 7.12 所示，在窗体上添加 1 个框架、1 个列表框和 1 个命令按钮，在框架中添加 1 个复选框、3 个标签框、1 个组合框（为下拉式组合框）和 2 个文本框；按图 7.12 所示设置窗体上控件的属性。

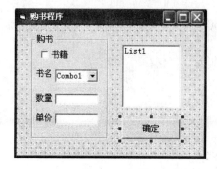

图 7.12　设计界面

③ 编写事件过程代码。

```
Dim dj(100) As Integer

Private Sub Form_Load()
    Combo1.Enabled = False
    Text1.Enabled = False
    Text2.Enabled = False
    Combo1.AddItem "数据结构"
    Combo1.AddItem "软件工程"
    Combo1.AddItem "操作系统"
    Combo1.AddItem "离散数学"
    For i = 0 To 3
        dj(i) = Int(10 + Rnd * 90)
    Next i
End Sub

Private Sub Check1_Click()
 If Check1 = 1 Then
            Combo1.Text = Combo1.List(0)
            Combo1.Enabled = True
            Text1.Enabled = True
            Text2.Enabled = True
        Else
            Combo1.Enabled = False
            Text1.Enabled = False
            Text2.Enabled = False
        End If
End Sub

Private Sub Combo1_Click()
    Select Case Combo1.ListIndex
        Case 0
            Text2 = dj(0)
        Case 1
```

```
            Text2 = dj(1)
        Case 2
            Text2 = dj(2)
        Case 3
            Text2 = dj(3)
    End Select
End Sub
Private Sub Command1_Click()
    List1.AddItem "书名：" & Combo1.Text
    List1.AddItem "数量：" & Text1.Text
    List1.AddItem "金额：" & Text2.Text * Text1.Text  & "元"
End Sub
```

④ 运行该应用程序，界面如图 7.13 所示。先选中"书籍"复选框，再在窗体中选择书名，并输入数量，单击"确定"按钮后，列表框中显示书名、数量和金额。

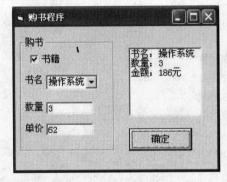

图 7.13　运行界面

【**例 7.6**】设计一个应用程序，界面如图 7.14 所示。程序功能为：将列表框所显示的数据分为 3 个系列，分别加到下拉式组合框、简单组合框和下拉式列表框中；当添加完毕后，在组合框中选出所需项目并显示在另一个列表框中。

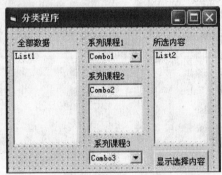

图 7.14　设计界面

设计步骤：

① 新建一个工程，设置窗体的 Caption 属性为"分类程序"。

② 在窗体上添加 2 个列表框、3 个组合框、5 个标签框和 1 个命令按钮。按图 7.14 所示设置属性，其中 Combo1、Combo2 和 Combo3 的 Style 属性分别为 0、1 和 2。

③ 编写事件过程代码。

```vb
Option Explicit
Const 系列1 = 1
Const 系列2 = 2
Const 系列3 = 3


Private Sub Form_Load()
    With List1
        .AddItem "大学英语"
        .ItemData(.NewIndex) = 系列1
        .AddItem "大学英语口语"
        .ItemData(.NewIndex) = 系列1
        .AddItem "大学英语听力"
        .ItemData(.NewIndex) = 系列1
        .AddItem "Pascal 程序设计"
        .ItemData(.NewIndex) = 系列2
        .AddItem "高等数学"
        .ItemData(.NewIndex) = 系列3
        .AddItem "线性代数"
        .ItemData(.NewIndex) = 系列3
        .AddItem "数学分析"
        .ItemData(.NewIndex) = 系列3
        .AddItem "大学英语阅读"
        .ItemData(.NewIndex) = 系列1
        .AddItem "VB 程序设计"
        .ItemData(.NewIndex) = 系列2
        .AddItem "C 程序设计"
        .ItemData(.NewIndex) = 系列2
    End With
    Command1.Visible = False
End Sub


Private Sub List1_DblClick()
    Select Case List1.ItemData(List1.ListIndex)
        Case 系列1
            Combo1.AddItem List1.List(List1.ListIndex)
            List1.RemoveItem List1.ListIndex
        Case 系列2
            Combo2.AddItem List1.Text
            List1.RemoveItem List1.ListIndex
        Case 系列3
            Combo3.AddItem List1.Text
            List1.RemoveItem List1.ListIndex
    End Select
    If Combo1.List(0) <> "" Then Combo1.Text = Combo1.List(0)
```

```
        If Combo2.List(0) <> "" Then Combo2.Text = Combo2.List(0)
        If Combo3.List(0) <> "" Then Combo3.Text = Combo3.List(0)
        If List1.List(List1.ListIndex + 1) = "" Then
            Command1.Visible = True
        End If
    End Sub

    Private Sub Command1_Click()
        List2.Clear
        List2.AddItem Combo1.Text
        List2.AddItem Combo2.Text
        List2.AddItem Combo3.Text
    End Sub
```

④ 运行该应用程序，出现如图 7.15（a）所示界面；依次双击数据列表框，当添加完毕后，在组合框中选择所需项目，单击"显示选择内容"按钮，出现如图 7.15（b）所示界面。

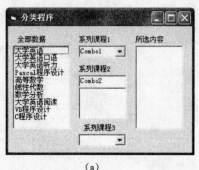
（a）

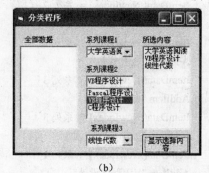
（b）

图 7.15　运行界面

7.3　计时器、滚动条

7.3.1　计时器（Timer）

计时器控件通过 Timer 事件，可以有规律地隔一段时间执行一次事件过程代码。

计时器控件的属性不多，与其他控件不同的，并且最常用的属性是 Interval 属性。另外还有一个计时器的 Enabled 属性。

（1）Interval 属性：可以设定 Timer 事件触发的时间间隔，其时间间隔以 ms 为单位，取值范围为 0～65 535 ms。一般设为 1 000 ms，以便每秒触发一次 Timer 事件。

（2）Enabled 属性：也是较常用的属性，该属性决定计时器控件是否能对时间的推移做出响应。若将 Enabled 设置为 False，此时计时器控件无效，即 Timer 事件不会触发；当 Enabled 设置为 True 时，计时器控件有效。

计时器的事件只有一个，即 Timer 事件。Timer 事件的触发时间是从 Interval 属性的设置值开始的，以后每隔这样一个时间段，就触发一次 Timer 事件。需要说明的是，当 Interval 属性值为 0 时，计时器无效。

【例 7.7】设计一个应用程序，界面如图 7.16 所示。当程序运行时在单击窗体输入姓名后，标签框 1 中文字"您好！××"从右向左移动，标签框 2 中文字"欢迎学习 Timer 控件"从左向右移动，且文字颜色每秒随机改变一次。

设计步骤：

① 新建一个工程，设置窗体的 Caption 属性为"计时器控件示例"。

② 按图 7.16 所示，在窗体上添加 3 个标签框和 3 个计时器，按界面所示设置 Label2 的 Caption 属性值。

图 7.16 设计界面

③ 编写事件过程代码。

```
Private Sub Form_Load()
    Label1.AutoSize = True: Label3.AutoSize = True
    Label1.FontSize = 18: Label3.FontSize = 15
    Label1.BackStyle = 0: Label3.BackStyle = 0
    Label1.Visible = False: Label3.Visible = False
    Timer1.Interval = 500
    Timer2.Interval = 1000
    Timer3.Interval = 100
    Timer1.Enabled = False
    Timer2.Enabled = False
    Timer3.Enabled = False
End Sub

Private Sub Form_Click()
    a = InputBox("请输入您的姓名：")
    Label1.Visible = True
    Label3.Visible = True
    Label1 = "您好！" & a
    Label3 = " 欢迎学习 Timer 控件"
    Timer1.Enabled = True
    Timer2.Enabled = True
    Timer3.Enabled = True
    Label2.Visible = False
End Sub

Private Sub Timer1_Timer()
```

```
        Label1.Left = Label1.Left − 100
        If Label1.Left < 0 Then
            Label1.Left = Form1.Width
        End If
    End Sub

    Private Sub Timer2_Timer()
        Randomize
        Label1.ForeColor = RGB(Rnd * 255, Rnd * 255, Rnd * 255)
        Label3.ForeColor = RGB(Rnd * 255, Rnd * 255, Rnd * 255)
    End Sub

    Private Sub Timer3_Timer()
        Label3.Left = Label3.Left + 100
        If Label3.Left > ScaleWidth Then
            Label3.Left = 0
        End If
    End Sub
```

④ 运行该应用程序，单击窗体输入姓名后，出现如图 7.17 所示界面。文字在窗体中移动，且每秒颜色随机改变一次。

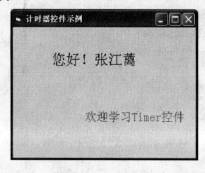

图 7.17　运行界面

7.3.2　滚动条

在项目列表很长或者信息量很大时，可以使用滚动条（HScrollBox，VScrollBox）来提供简便的定位，模拟当前所在的位置。滚动条还可以作为输入设备，或者速度、数量的指示器来使用。

Visual Basic 中的滚动条可分为水平滚动条（HScrollBox）和垂直滚动条（VScrollBox）两种。无论哪种滚动条，其两端都各有一个滚动箭头，中间拥有一个可滑动的滑块。

（1）滚动条常用属性。

Value 属性：记录滑块在滚动条内当前位置的值。

Max 和 Min 属性：用来设置滚动条 Value 值的最大值和最小值。水平滚动条的滑块在最左端表示最小值 Min，由左往右移动时，Value 值随之递增，到最右端是最大值 Max。垂直滚动条的滑块在最上端表示最小值 Min，由上向下移动 Value 值随之递增，到最下端为最大值 Max。

LargeChange 属性：设置每当鼠标在滚动条内单击时，滑块增（减）的 Value 属性值。

SmallChange 属性：设置每当鼠标单击滚动条两端的箭头时，滑块增（减）的 Value 属性值。

（2）常用事件。

Change 事件：在滑块进行滚动或通过代码改变 Value 属性值时发生。

Scroll 事件：当在滚动条内拖动滑块时触发该事件。

【例 7.8】设计一个应用程序，界面如图 7.18 所示。用水平滚动条表示速度〔（1～100）km/h〕，垂直滚动条表示时间（1～100 h），当时间和速度发生变化时自动计算距离。

设计步骤：

① 新建一个工程，设置窗体的 Caption 属性为"计算距离程序"。

② 按图 7.18 所示，在窗体上添加 1 个水平滚动条、1 个垂直滚动条、5 个标签框和 3 个文本框，并按图 7.18 所示设置各控件的属性。另外滚动条的属性按表 7.2 所示设置。

图 7.18　设计界面

表 7.2　滚动条的属性

控 件 名 称	属 性 名	属 性 值
HScroll1	Max	100
HScroll1	Min	0
VScroll1	Max	100
VScroll1	Min	0

③ 编写事件过程代码。

```
Private Sub Form_Load()
    Text1.Text = 0 & " h": Text2.Text = 0 & " km/h": Text3.Text = 0 & " km"
End Sub


Private Sub HScroll1_Change()
    Text2.Text = HScroll1.Value & " km/h"
    Text3.Text = Str(HScroll1.Value * VScroll1.Value) & " km"
End Sub


Private Sub HScroll1_Scroll()
```

```
            Text2.Text = HScroll1.Value & " km/h"
            Text3.Text = Str(HScroll1.Value * VScroll1.Value) & " km"
    End Sub

    Private Sub VScroll1_Change()
            Text1.Text = VScroll1.Value & " h"
            Text3.Text = HScroll1.Value * VScroll1.Value & " km"
    End Sub

    Private Sub VScroll1_Scroll()
            Text1.Text = VScroll1.Value & " h"
            Text3.Text = HScroll1.Value * VScroll1.Value & " km"
    End Sub
```

④ 运行该应用程序，随着滚动条的变化将自动计算距离，如图 7.19 所示。

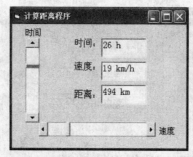

图 7.19　运行界面

请读者删除 Change()事件过程或删除 Scroll()事件过程后再运行程序，观察程序运行时的变化，总结 Change()事件与 Scroll()事件的区别。

【例 7.9】设计一个应用程序，初始界面如图 7.20 所示。其功能要求为：① 可以根据不同的日期格式显示日期，要求拥有的日期格式为"年/月/日"、"月/日/年"和"日/月/年"；② 根据 12 或 24 小时制显示时间；③ 还有一个最大计时为 60 s 的计时秒表。

图 7.20　设计界面

设计步骤：

① 新建一个工程，设置窗体的 Caption 属性为"计时秒表"。

② 按图 7.20 所示，设计界面和属性，其中 Combo1 为下拉列表框。

③ 编写事件过程代码。

```vb
Option Explicit
Dim seconds As Integer
Private Sub Form_Load()
        '设置运行初始状态
        Text1.Text = Date$
        Text2.Text = Time$
        Combo1.Text = " 年/月/日"
        Combo1.AddItem " 年/月/日"
        Combo1.AddItem " 月/日/年"
        Combo1.AddItem " 日/月/年"
        Option2.Value = True
        Frame3.Visible = False
        Form1.Height = 3800
        Timer1.Interval = 1000
        Timer2.Interval = 1000
        Timer2.Enabled = False
        HScroll1.Min = 0
        HScroll1.Max = 60
End Sub

Private Sub Timer1_Timer()
    '根据所选的显示格式，每秒刷新日期和时间的显示内容
    If Option1.Value = True Then
        Text2.Text = Format(Now, "hh:mm:ss AM/PM")
    Else
        Text2.Text = Format(Now, "hh:mm:ss")
    End If
    Select Case Combo1.ListIndex
        Case 0
            Text1.Text = Format(Now, "yyyy/mm/dd")
        Case 1
            Text1.Text = Format(Now, "mm/dd/yyyy")
        Case 2
            Text1.Text = Format(Now, "dd/mm/yyyy")
        Case Else
            Text1.Text = Format(Now, "yyyy/mm/dd")
    End Select
End Sub
Private Sub Check1_Click()
        '设置计时秒表有效
        Frame3.Visible = True
        Form1.Height = 5500
End Sub
```

```
Private Sub Command1_Click()
    '开始计时
    seconds = 0
    Text3.Text = seconds
    Timer2.Enabled = True
    Call Timer2_Timer
End Sub
Private Sub Timer2_Timer()
    '由 Timer2 计时器控制，实现秒表功能
    seconds = seconds + 1
    Text3.Text = seconds & "秒"
     HScroll1.Value = seconds
End Sub
Private Sub Command2_Click()
    '关闭 Timer2 计时器，停止秒表计时
    Timer2.Enabled = False
End Sub
Private Sub Command3_Click()
    End
End Sub
```

④ 运行该应用程序，出现如图 7.21 所示界面，可以在窗体中改变日期和时间格式。

⑤ 若用户需要用秒表功能，只需选中"使用计时秒表"复选框，其界面如图 7.22 所示。

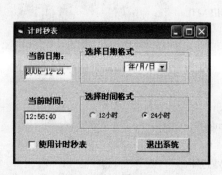

图 7.21　运行界面 1

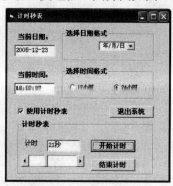

图 7.22　运行界面 2

习　题

1. 判断题

（1）滚动条控件也可作为用户输入数据的一种方式。　　　　　　　　　　　（　　）

（2）Picture 图片框既可用来显示图片和绘制图形，也可用 Print 方法来显示文字。

　　　　　　　　　　　　　　　　　　　　　　　　　　　　　　　　　　（　　）

（3）当定时器控件的 Interval 属性值设置为 0 时，会连续不断地激发 Timer 事件。

　　　　　　　　　　　　　　　　　　　　　　　　　　　　　　　　　　（　　）

（4）当复选框的 Value 属性为 True 时，复选框被选中。 （ ）

（5）滚动条控件 Change 事件的发生不是在拖动滚动条滑块的过程中，而是在拖动过程结束时。 （ ）

（6）定时器控件只能响应 Timer 事件。 （ ）

（7）如果要每隔 2s 产生一个 Timer 事件，则 Interval 属性应设置为 2000。 （ ）

（8）窗体、框架、图片框、图像框都是容器对象。 （ ）

2．选择题

（1）复选框的 Value 属性为 1 时，表示＿＿＿＿。

    A．复选框未被选中   B．复选框被选中

    C．复选框内有灰色的钩形符号   D．复选框操作有错误

（2）下列＿＿＿＿途径在程序运行时不能将图片添加到窗体、图片框或图像框的 Picture。

    A．使用 LoadPicture 方法   B．对象间图片的复制

    C．通过剪贴板复制图片   D．使用拖放操作

（3）命令按钮、单选按钮、复选框上都有 Picture 属性，可以在控件上显示图片，但需要通过＿＿＿＿来控制。

    A．Appearance 属性   B．Style 属性

    C．DisabledPicture 属性   D．DownPicture 属性

（4）CLS 叫清除窗体或图形框中＿＿＿＿的内容。

    A．Picture 属性设置的背景图案   B．在设计时放置的控件

    C．程序运行时产生的图形和文字   D．A～C 全部

（5）在下面关于窗体事件的叙述中，错误的是＿＿＿＿。

    A．在窗体的整个生命周期中，Initialize 事件只触发一次

    B．在用 Show 显示窗体时，不一定发生 Load 事件

    C．每当窗体需要重画时，肯定会触发 Paint 事件

    D．Resize 事件是在窗体的大小有所改变时被触发的

（6）设计时将添加到图片框或图像框的图片数据保存在＿＿＿＿内。

    A．窗体的 Frm 文件   B．窗体的 Frx 文件

    C．图片的原始文件   D．编译后创建的 Exe 文件

（7）当在滚动条内拖动滚块时触发＿＿＿＿事件。

    A．KeyUp   B．KeyPress   C．Change   D．Scroll

（8）设置框架的＿＿＿＿属性值为 False，其标题会变为灰色，框架中所有的对象均被屏蔽。

    A．Enabled   B．Caption   C．Name   D．Visible

（9）当组合框的 Style 属性设置为＿＿＿＿时，该组合框称为下拉式列表框。

    A．0   B．1   C．2   D．3

（10）计时器控件的 Interval 属性可以设定 Timer 事件触发的时间间隔，其时间间隔以＿＿＿＿为单位。

    A．ms   B．s   C．min   D．h

3. 思考题

（1）单选按钮与复选框的 Value 属性有什么区别？

（2）框架的作用是什么？如何在框架中建立控件？在建立过程中应注意什么？

（3）组合框和列表框的主要区别是什么？

（4）写出在组合框和列表框中添加一项、删除一项和清除所有项的方法。

（5）组合框有几种样式？用什么属性来设置？各有什么特点？

（6）计时器控件的事件是什么？什么情况下有效？

（7）计时器控件 Interval 属性值的单位是什么？当它的值为 0 时表示什么含义？

（8）Visual Basic 的图形控件有哪些？图形框和图像框在使用时有什么区别？

第 8 章 Visual Basic 菜单、通用对话框和文件访问

Visual Basic 语言是 Microsoft 公司开发的、基于 Basic 的可视化的程序设计语言。在图形用户界面的应用程序中的对话框、菜单是用户使用程序的主要界面，而 Visual Basic 也能方便地设计其应用程序的 Windows 标准对话框、菜单等。另外，计算机处理的大量数据通常是以文件形式存放的，用户经常要进行文件的存取操作，同样在 Visual Basic 中常用文件进行数据的输入/输出。本章将介绍 Visual Basic 的通用对话框 CommonDialog 控件、菜单编辑器、文件操作的基本知识及文件系统控件等。

8.1 菜单

在 Windows 环境下，几乎所有的应用软件都是通过菜单实现各种操作功能的。用 Visual Basic 开发应用程序时，当程序功能比较简单时，一般通过控件来实现；而当要开发一个复杂的应用程序时，则应使用菜单，Visual Basic 提供了菜单设计技术。

菜单分为两种基本类型：下拉式菜单和弹出式菜单。下拉式菜单位于应用程序窗口上方，称之为菜单栏，由若干主菜单项组成，单击某主菜单项，可下拉出该主菜单包含的菜单项，如图 8.1 所示。弹出式菜单是用户在某对象上单击鼠标右键时弹出的菜单，常称为快捷菜单。

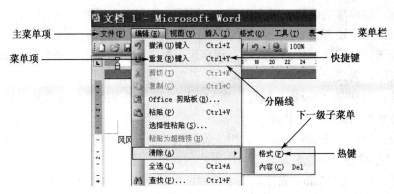

图 8.1 下拉式菜单的结构

菜单中每个菜单项（主菜单项和子菜单项）都是一个控件对象，与其他对象一样，它具有定义它的外观与行为的属性。菜单控件只包含一个事件，即 Click 事件，当用鼠标单击菜单控件时，将调用该事件。

在 Visual Basic 中，下拉式菜单和弹出式菜单的设计都要用到菜单编辑器，下面首先介绍菜单编辑器。

8.1.1 菜单编辑器

Visual Basic 提供了菜单编辑器，可以用来方便地设计下拉式菜单和弹出式菜单。

执行【工具】→【菜单编辑器】命令，或用鼠标右键单击窗体，在快捷菜单中选择【菜单编辑器】命令都可以打开菜单编辑器，如图 8.2 所示。

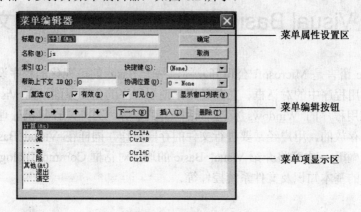

图 8.2　菜单编辑器

菜单编辑器由 3 部分组成，分别是：菜单属性设置区、菜单编辑按钮和菜单项显示区。

1. 菜单属性设置区

菜单属性设置区用于输入和修改菜单项，并设置菜单项的属性。

（1）标题：对应于 Caption 属性，设置菜单项的显示标题，即在菜单中显示的字符。可以在标题中为菜单项设置热键，方法是在热键字母前加上符号"&"，则显示菜单时该字母下有一下画线，例如，图 8.2 中的"计算"菜单项设置热键为"S"，程序运行时按"ALT+S"组合键即可打开"计算"菜单。菜单中的分隔线的标题设置为一短画线，即"-"。

（2）名称：菜单项的名称，对应于 Name 属性。在程序中通过名称引用菜单项。

（3）索引：用于设置菜单控件数组的下标，相当于控件数组的 Index 属性。

（4）快捷键：设置菜单项的快捷键。程序运行时，按快捷键即可执行相应的菜单命令，而不必打开菜单。需说明的是，主菜单项不能设置快捷键。

（5）复选：对应于 Checked 属性，当勾选该项后，相应的菜单项前加上记号"√"，表示该菜单项命令当前处于活动状态。

（6）有效：对应于 Enabled 属性，用于设置菜单项是否可用。当某菜单项的该属性值为 False 时，该菜单项将呈灰色显示，不响应用户的操作。

（7）可见：对应于 Visible 属性，用于设置菜单项是否可见。

2. 菜单编辑按钮

菜单编辑按钮有 7 个，用于对菜单项进行升降级和插入、删除等操作。

（1）左、右箭头按钮：用来改变菜单项的层次，层次用内缩符号（4 个点）表示，一个内缩符号表示 1 层，最多可有 6 层。前面没有内缩符号的就是主菜单项。

（2）上、下箭头按钮：用来在菜单项显示区移动菜单项的位置。

（3）下一个：设置下一个新的菜单项。

（4）插入：用于插入一个新菜单项。菜单项显示区选择一菜单项，单击该按钮将在选择的菜单项前插入一新菜单项。

（5）删除：在菜单项显示区选择一菜单项，单击该按钮将删除该菜单项。

3．菜单项显示区

菜单项显示区位于菜单编辑器的下部，输入的菜单项在这里显示出来，通过内缩符号清楚地显示出各菜单项的层次关系。

8.1.2 下拉式菜单

在 Visual Basic 中建立下拉式菜单非常方便，下面通过一个实例来说明如何建立下拉式菜单。

【**例 8.1**】设计一个用菜单实现加、减、乘、除功能的简单计算器，程序界面如图 8.3 所示；菜单结构和属性设置见表 8.1。

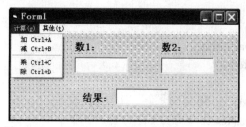

图 8.3 程序界面

表 8.1 菜单结构和属性设置

菜单层次	标　题	名　称	组　合　键
主菜单项 1	计算（&s）	js	无
子菜单项 1	加	jia	Ctrl+A
子菜单项 2	减	jian	Ctrl+B
分隔线	-	fg	无
子菜单项 3	乘	cheng	Ctrl+C
子菜单项 4	除	chu	Ctrl+D
主菜单项 2	其他（&t）	qt	无
子菜单项 1	退出	tui	无
子菜单项 2	清空	qk	无

1．建立控件

窗体上需建 6 个控件：3 个标签和 3 个文本框。它们的属性设置见表 8.2。

表 8.2 控件属性设置

名称（Name）	Caption	Text	Enabel
Label1	数 1		True
Label2	数 2		True
Label3	结果		True
Text1		空	True
Text2		空	True
Text3		空	False

2．建立菜单

打开菜单编辑器，参照表 8.1 设置各菜单项的标题、名称和组合键，设计完成后的菜单设计器窗口如图 8.2 所示，单击"确定"按钮，完成菜单的建立。

3．为菜单项编写事件代码

除了分隔线外，菜单项只有 Click 事件，下面给出该例各菜单项的单击事件代码。

加、减、乘、除四个菜单项的代码如下：

```
Private Sub jia_Click()
  Text3 = Val(Text1) + Val(Text2)
  Label3.Caption = "两数和："
End Sub
Private Sub jian_Click()
  Text3 = Val(Text1) − Val(Text2)
  Label3.Caption = "两数差："
End Sub
Private Sub cheng_Click()
  Text3 = Val(Text1) * Val(Text2)
  Label3.Caption = "两数积："
End Sub
Private Sub chu_Click()
  Text3 = Val(Text1) / Val(Text2)
  Label3.Caption = "两数商："
End Sub
```

清空和退出两个菜单项的代码如下：

```
Private Sub qk_Click()
  Text1 = ""; Text2 = "": Text3 = ""
  Text1.SetFocus
End Sub
Private Sub tui_Click()
  End
End Sub
```

【例 8.2】设计一个输入和计算学生成绩的应用程序，由 3 个窗体组成。窗体 1（frmmain 窗体）为主界面，窗体 2（frminput 窗体）为输入学生成绩的界面，窗体 3（frmoutput 窗体）为计算学生平均成绩和总分的界面。

设计步骤：

（1）创建窗体 1。

① 设置窗体的 name 属性值为 frmmain，Caption 属性值为"输入和计算学生成绩"，fontsize 属性值为 16。

② 按如图 8.4 所示在窗体 1 中添加两个"标签"、两个"文本框"和两个菜单项，其中，"系统"菜单中有两个子菜单："清除"和"退出"；"输入和计算"菜单中有两个子菜单："输入成绩"和"计算成绩"。两个"文本框"的 name 属性值依次为 txtxh 和 txtxm，菜

单项的属性见表8.3。

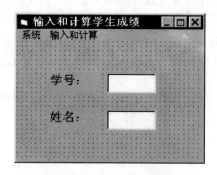

图 8.4　窗体 1 用户界面

表 8.3　菜单项属性值

标　题	名　　称
系统	system
清除	clear
退出	exit
输入和计算	inpinfo
输入成绩	input
计算成绩	output

（2）创建窗体 2。

① 选择"工程"菜单的"添加窗体"命令，在"添加窗体"对话框中选择"新建"选项卡，选中"窗体"选项，单击"打开"按钮。

② 设置窗体的 name 属性值为 frminput，Caption 属性值为"输入成绩"，fontsize 属性值为 12。

③ 如图 8.5 所示，在窗体中添加 6 个"标签"、6 个"文本框"和 1 个"命令按钮"，6 个"文本框"的 name 属性值依次为 txtpascal、txtbasic、txtfortran、txtc、txtxh 和 txtxm，"命令按钮"的 name 属性值为 cmdreturn。

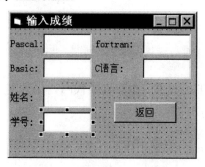

图 8.5　窗体 2 用户界面

（3）创建窗体 3。

① 选择"工程"菜单的"添加窗体"命令，在随后出现的"添加窗体"对话框中选择"新建"选项卡，选中"窗体"选项，单击"打开"按钮。

② 设置窗体的 name 属性值为 frmoutput，Caption 属性值为"计算成绩"，fontsize 属性值为 12。

③ 如图 8.6 所示，在窗体中添加 4 个"标签"、4 个"文本框"和 1 个"命令按钮"，4 个"文本框"的 name 属性值依次为 txtaverage、txttotal、txtxh 和 txtxm，"命令按钮"的 name 属性值为 cmdreturn。

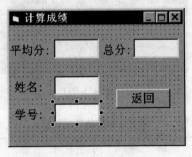

图 8.6　窗体 3 用户界面

（4）编写 frmmain 窗体中各对象的事件过程代码。

```
Private Sub clear_Click()
    txtxh.Text = ""
    txtxm.Text = ""
End Sub


Private Sub exit_Click()
    End
End Sub


Private Sub input_Click()
    frmmain.Hide
    frminput.Show
End Sub


Private Sub output_Click()
    frmmain.Hide
    frmoutput.Show
End Sub
```

（5）编写 frminput 窗体中各对象的事件过程代码。

```
Private Sub Form_Activate()
    txtxh.Text = frmmain.txtxh.Text
    txtxm.Text = frmmain.txtxm.Text
End Sub


Private Sub cmdreturn_Click()
    frmmain.Show
    frminput.Hide
End Sub
```

（6）编写 frmoutput 窗体中各对象的事件过程代码。

```
Private Sub Form_Activate()
    Dim s1 As Integer, s2 As Integer, s3 As Integer, s4 As Integer, s As Integer
    txtxh.Text = frmmain.txtxh.Text
    txtxm.Text = frmmain.txtxm.Text
    s1 = Val(frminput.txtpascal.Text)
    s2 = Val(frminput.txtbasic.Text)
    s3 = Val(frminput.txtfortran.Text)
    s4 = Val(frminput.txtc.Text)
    s = s1 + s2 + s3 + s4
    txtaverage.Text = s / 4
    txttotal.Text = s
End Sub
Private Sub cmdreturn_Click()
    frmmain.Show
    frmoutput.Hide
```

（7）单击工具栏中的"启动"按钮运行应用程序，在"输入和计算学生成绩"窗体中输入学号和姓名（具体学号和姓名自拟）。

（8）单击"输入和计算"菜单的"输入成绩"命令，在"输入成绩"窗体中依次输入 4 门课程的成绩（具体成绩自拟）。单击"返回"按钮，返回"输入和计算学生成绩"窗体。

（9）单击"输入和计算"菜单的"计算成绩"命令，在"计算成绩"窗体中显示 4 门课程的平均分和总分。单击"返回"按钮，返回"输入和计算学生成绩"窗体。

（10）单击"系统"菜单的"退出"命令，退出应用程序。

8.1.3　弹出菜单

弹出式菜单是用户在某对象上用鼠标右键单击鼠标时弹出的菜单，也称快捷菜单，在 Windows 应用程序中应用非常广泛，提供了一种快捷的操作方式。在 Visual Basic 中建立弹出式菜单分两步：首先建立菜单，然后再用 PopupMenu 方法显示菜单。

1．建立菜单

与建立下拉式菜单一样，建立弹出式菜单也是使用菜单编辑器，唯一不同的是，必须把主菜单项的 Visible 属性设置为 False，即在菜单编辑器中不选中"可见"复选框。

2．用 PopupMenu 方法显示弹出式菜单

要显示弹出式菜单需调用窗体的 PopupMenu 方法，其使用形式为

[窗体名.] PopupMenu 菜单名，标志参数，X，Y

这里，除了菜单名是必需的外，其他参数都是可选的。菜单名是指主菜单项名；如果在当前窗体显示弹出式菜单，就可省略窗体名；X，Y 指定弹出式菜单在窗体上显示的位置，需与标志参数配合使用；标志参数是一个数值或符号常量，用来指定弹出式菜单的位置和行为，它的取值见表 8.4 和表 8.5。位置参数和行为参数可以单独使用，也可以一起使用。一起使用时，用"Or"运算符连接。

表 8.4　位置参数

位 置 参 数	值	描　述
vbPopupMenuLeftAlign	0	弹出式菜单的左边定位于 X（默认）
vbPopupMenuCenterAlign	4	弹出式菜单以 X 为中心
vbPopupMenuRightAlign	8	弹出式菜单的右边定位于 X

表 8.5　行为参数

行 为 参 数	值	描　述
vbPopupMenuLeftButton	0	只能使用鼠标左键选择弹出式菜单命令
vbPopupMenuRightButton	2	使用鼠标左键或右键都能选择弹出式菜单命令

　　调用 PopupMenu 方法显示弹出式菜单的程序代码一般放在对象的 MouseUp 或者 Mouse Down 事件中，在事件中检测用户是否单击了鼠标右键。具体代码参照例 8.3。

　　【例 8.3】设计一个具有弹出式菜单的应用程序，程序界面如图 8.7 所示。窗体上有一个多行文本框（Text1），用鼠标右键单击文本框，弹出菜单设置文本框的字体。

　　设计步骤如下：

　　（1）建立用户界面，并设置对象属性。

　　（2）打开菜单编辑器窗口输入各菜单项，完成输入后的菜单编辑器窗口如图 8.8 所示。特别注意图中主菜单项"字体"的名称为 ziti，它的"可见"复选框没选。

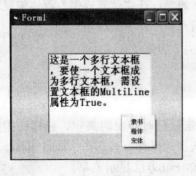

图 8.7　程序界面

图 8.8　在菜单编辑器的设计结果

　　（3）编写事件代码。显示弹出菜单的程序代码放在文本框的 MouseDown 事件中，代码如下：

```
Private Sub Text1_MouseDown(Button As Integer, Shift As Integer, X As
Single, Y As Single)
  If Button = 2 Then                ' Button = 2 表示单击了鼠标右键
    PopupMenu ziti                  ' ziti 为主菜单项名
  End If
End Sub
```

　　各菜单项的 Click 事件代码非常简单，这里不再给出，请用户自行完成。

8.2 通用对话框（CommonDialog）

8.2.1 通用对话框概述

Windows 环境下的应用程序（如 Office 软件）都有一些诸如打开文件、保存文件、字体设置等对话框。这些对话框成为 Windows 的标准对话框。Visual Basic 提供的 Common Dialog 控件就是用来在 Visual Basic 中创建这些对话框的。这些标准对话框包括打开（Open）、另存为（Save）、颜色（Color）、字体（Font）、打印机（Printer）和帮助（Help）对话框。

通用对话框不是 Visual Basic 的标准控件，而是一种 Active X 控件，使用时要先把它添加到工具箱上，其方法是：执行"工程"→"部件"命令，打开如图 8.9 所示的"部件"对话框，勾选"Microsoft Common Dialog Control 6.0（SP3）"项，单击"确定"按钮，通用对话框控件即被添加到工具箱上，如图 8.10 所示。

图 8.9 "部件"对话框   图 8.10 添加了"通用对话框"控件的工具箱

在应用程序中要使用 CommonDialog 控件，可将其添加到窗体上。在设计时，Common Dialog 控件是以图标的形式显示在窗体中的，可放置在窗体任意位置，且不能改变其大小；程序运行时，窗体上并不会自动显示通用对话框，需要在程序中通过设置通用对话框 Action 属性或 Show 方法，才能调出所需的对话框。Action 属性或 Show 方法对应的对话框类型如表 8.6 所示。

表 8.6 Action 属性或 Show 方法

Action 属性	Show 方法	所显示的对话框
1	ShowOpen	"打开"对话框
2	ShowSave	"另存为"对话框
3	ShowColor	"颜色"对话框
4	ShowFont	"字体"对话框
5	ShowPrinter	"打印"对话框
6	ShowHelp	"帮助"对话框

需要说明的是，通用对话框仅用于应用程序和用户之间进行信息交互，不能真正实现打开文件、保存文件、颜色设置、字体设置、打印等操作，要实现这些功能，还需要通过编写

程序解决。

8.2.2 "打开"和"另存为"对话框

"打开"对话框是当通用对话框的 Action 属性为 1 时或用 ShowOpen 方法显示的对话框，"保存"对话框是 Action 属性为 2 时或用 ShowSave 方法显示的对话框，这两种对话框为用户提供了一个标准的文件打开和保存界面。图 8.11 为"打开"对话框，"保存"对话框与其相似。因为它们都是对文件操作，有许多共同的属性，故放在一起介绍。

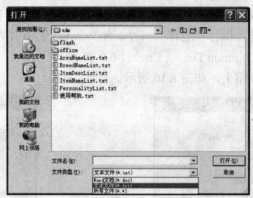

图 8.11 "打开"对话框

"打开"和"另存为"对话框具有如下属性。

（1）FileName 属性：用于设置和返回用户所选的文件名（包含路径）。

（2）FileTitle 属性：在设计时无效，程序运行时返回用户所选的文件名，它与 FileName 属性不同，不包含路径。

（3）Fileter 属性：过滤文件类型，用于设置文件类型列表框提供的文件类型列表。

该属性的设置格式为

文件描述|文件类型|文件描述|文件类型…

例如，如果想要在"打开"对话框的文件类型列表框中显示如图 8.11 所示的 3 种文件类型，则 Fileter 属性应设置为

Word 文档(*.doc)|*.doc|文本文件(*.txt)|*.txt|所有文件(*.*)|*.*

（4）FileIndex 属性：指定文件类型列表框中的初始选择。该属性值为数值型，第一项（默认设置）为 1。

（5）InitDir 属性：指定"打开"或"保存"对话框中的初始目录。若不设置该属性，默认为当前路径。

（6）DefaultExt 属性："保存"对话框独有的属性，用于设置保存文件的默认扩展名。

需要注意的是，以上属性的设置都必须放在使用 Action 属性和 Show 方法显示对话框之前，否则设置无效。

【例 8.4】设计一个应用程序，界面如图 8.12 所示。"文件"菜单下有"打开"（Open）和"保存"（Save）两个菜单项；"格式"菜单下有"颜色"（Color）和"字体"（Font）两个菜单项；Text1 是一个多行文本框。程序运行后，当用户单击"打开"菜单项时，就弹出"打开"对话框，选择一个文件后，单击"确定"按钮，在文本框中显示选择的文件名（包含路径）；

当用户单击"保存"菜单项时，就弹出"另存为"对话框。两个对话框的初始目录都是"D:\xdm"，文件类型设置与图 8.11 一样，"另存为"对话框的默认保存文件类型是.txt 文件。

（a）设计界面

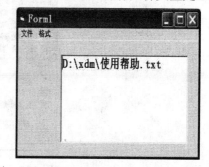
（b）执行"打开"菜单命令后的界面

图 8.12　程序界面

本例首先进行界面设计：包括建立菜单和添加通用对话框控件（CommonDialog1）和文本框控件（Text1），并设置属性。这些较为简单，不再详述。下面给出程序代码。

"打开"菜单项的程序代码如下：

```
Private Sub open_Click()
    CommonDialog1.InitDir = "D:\xdm"
    CommonDialog1.Filter = "Word 文档(*.doc)|*.doc|文本文件(*.txt)|*.txt|
                                        所有文件(*.*)|*.*"
    CommonDialog1.FilterIndex = 2
    CommonDialog1.ShowOpen          '此句也可用：CommonDialog1.Action=1
    Text1 = CommonDialog1.FileName
End Sub
```

"保存"菜单项的程序代码如下：

```
Private Sub save_Click()
CommonDialog1.InitDir = "D:\xdm"
CommonDialog1.Filter = "Word 文档(*.doc)|*.doc|文本文件(*.txt)|*.txt
                                所有文件(*.*)|*.*"
    CommonDialog1.FilterIndex = 2
    CommonDialog1.DefaultExt = "txt"
    CommonDialog1.ShowSave          '此句也可用：CommonDialog1.Action=2
End Sub
```

"打开"对话框和"另存为"对话框，都仅提供了一个打开文件和保存文件的用户界面，并不能实现文件的打开和保存，要实现打开文件和保存文件的功能，还需通过编程来实现，具体代码参见 8.3 节中的例 8.8。

8.2.3　"颜色"对话框

"颜色"对话框用来设置颜色，当设置通用对话框的 Action 属性为 3 或调用 ShowColor 方法时将显示"颜色"对话框，如图 8.13 所示。

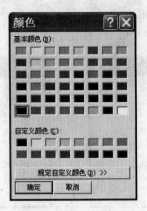

图 8.13 "颜色"对话框

"颜色"对话框的一个主要属性是 Color 属性,它返回选择的颜色。

【例 8.5】为例 8.4 的"颜色"菜单项编写事件代码,实现功能:单击该菜单项,弹出"颜色"对话框,设置文本框中文字的颜色。

"颜色"菜单项的程序代码如下:

```
Private Sub color_Click()
    CommonDialog1.ShowColor
    Text1.ForeColor = CommonDialog1.Color
End Sub
```

8.2.4 "字体"对话框

当设置通用对话框的 Action 属性为 4 或调用 ShowFont 方法时将显示"字体"对话框,如图 8.14 所示。"字体"对话框用来设置文字的字体、字形、大小、颜色等格式。

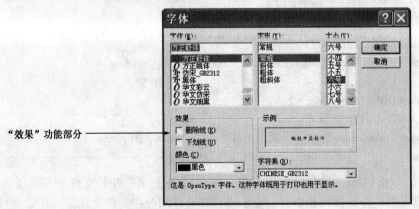

图 8.14 "字体"对话框

"字体"对话框的主要属性有如下 3 种。

(1) Flag 属性:在显示"字体"对话框前必须先设置 Flag 属性。该属性用来设置对话框中可供选择的字体类型以及在对话框左下角是否有"效果"功能部分。Flag 属性的设置值见表 8.7。常数 cdlCFEffects 不能单独使用,应与其他常数进行"Or"运算一起使用,因为它的作用仅仅是在对话框中显示"效果"功能部分。

表 8.7　Flag 属性的设置

常　　数	值	说　　明
cdlCFScreenFonts	&H1	显示屏幕字体
cdlCFPrinterFonts	&H2	显示打印机字体
cdlCFBoth	&H3	显示屏幕和打印机字体
cdlCFEffects	&H100	显示"效果"功能部分

（2）Font 属性集：包括 FontName（字体）、FontSize（字体大小）、FontBold（粗体）、FontItalic（斜体）、Fontstrikethru（删除线）、FontUnderline（下画线）。

（3）Color 属性：字体颜色。要使用该属性，必须使 Flags 含有 cdlCFEffects。

【例 8.6】为例 8.4 的"字体"菜单项编写事件代码，实现功能：单击该菜单项，弹出"字体"对话框，设置文本框中文字的字体。

"字体"菜单项的程序代码如下：

```
Private Sub font_Click()
CommonDialog1.Flags = cdlCFBoth Or cdlCFEffects
CommonDialog1.ShowFont
Text1.FontName = CommonDialog1.FontName
Text1.FontSize = CommonDialog1.FontSize
Text1.FontBold = CommonDialog1.FontBold
Text1.FontItalic = CommonDialog1.FontItalic
Text1.FontUnderline = CommonDialog1.FontUnderline
Text1.ForeColor = CommonDialog1.color
End Sub
```

8.3　文件访问

文件是存储在外存储器（如磁盘）上的一组相关信息的集合，每个文件都有文件名，通过文件名对文件进行访问。文件按内容可分为两类：程序文件和数据文件。程序文件存储的是程序，包括源程序和可执行程序，例如，Visual Basic 中的窗体文件（.Frm）、C 语言源程序（.C）、可执行文件（.Exe）等都是程序文件。数据文件存储的是程序运行所需要的各种数据，例如，文本文件（.Txt），word 文档（.Doc）等是数据文件。本节讨论的主要是指数据文件。

8.3.1　文件概述

1. 记录

文件是由记录组成的。记录是计算机处理数据的基本单位，由若干个相互关联的数据项（称为字段）组成，字段又是由字符组成的。例如，存放学生成绩的文件中，每个学生的学习成绩等信息是一条记录，它由学号、姓名、各科成绩等组成，见表 8.8。

表 8.8　记录

学　号	姓　名	数 学 成 绩	语 文 成 绩	英 语 成 绩
20070785	王小毛	78	89	74

2．文件访问模式和分类

计算机访问文件的方式称为访问模式，Visual Basic 提供了三种访问文件的模式：顺序访问模式、随机访问模式和二进制访问模式。按照访问模式可以把文件分为 3 类：顺序文件、随机文件、二进制文件。

（1）顺序访问模式。顺序访问模式的规则最简单，在对文件进行读/写操作时，都从第 1 条记录开始按"顺序"进行到最后一条记录，不可以跳跃式访问。顺序文件的文件组织比较简单，但数据维护困难，为了修改文件中的某条记录，必须把整个文件读入内存，修改完后再重新写入磁盘。

顺序访问模式专门用于处理文本文件，每一行文本相当于一条记录，每条记录可长可短，记录与记录之间用"换行符"来分隔。

（2）随机访问模式。随机访问模式要求文件中的每条记录的长度都是相同的，每个记录都有一个记录号标志，记录与记录之间不需要特殊的分隔符号，只要给出记录号，就可以直接访问某一记录。其优点是存取速度快，更新容易；缺点是占空间较大，数据组织较复杂。

（3）二进制访问模式。二进制文件直接把二进制码存放在文件中，没有什么格式，以字节数来定位数据，允许程序按所需的任何方式组织和访问数据，也允许对文件中各字节数据进行存取和访问。

3．文件的操作

在 Visual Basic 中对数据文件的操作分 3 步进行。

（1）打开（或新建）文件。一个文件必须先打开或建立后才能对其操作。文件打开后，系统专门在内存中为文件开辟了一个数据存储区域，称为文件缓冲区。每个文件缓冲区都有一个编号，称为文件号。文件号就代表文件，对文件的所有操作都是通过文件号进行的。

（2）进行读/写操作。读操作是把数据文件（存放在外存上）中的数据读入到内存中的过程，写操作则是把内存中的数据保存到数据文件中。

（3）关闭文件。文件操作完成后一定要关闭文件，这样才能保证数据缓冲区中的数据都会写入到文件中，不会发生丢失数据的情况。

8.3.2　顺序文件

采用顺序访问模式访问的文件就是顺序文件。从本质来说，顺序文件其实就是 ASCII 文件，可以用记事本打开和编辑。

1．打开文件

打开文件的命令是 Open，格式为
Open 文件名 For 模式 As [#] 文件号
说明：

（1）文件名可以是字符串常量也可以是字符串变量。

（2）模式指定操作类型，可以是下面三种形式之一。

　　Output：对打开的文件进行写操作。

　　Input：对打开的文件进行读操作。

　　Append：在打开的文件末尾追加记录。

（3）文件号是一个介于 1～511 的整数，打开一个文件时需要指定一个文件号，这个文件号就代表该文件，直到文件关闭后这个号才可以被其他文件所使用。在打开的文件比较多的时候可以利用 FreeFile()函数自动获得下一个可以利用的文件号，以避免使用相同的文件号。

例如，语句 Open "D:\xdm\aaa" For Output As #1 的意思是：打开 D:\xdm 下的 aaa 文件供写入数据，文件号为#1。

需要特别指出的是，当打开顺序文件进行 Input 操作时，该文件必须已经存在，否则，会产生一个错误；而当打开一个不存在的文件作为 Output 或 Append 操作时，Open 语句会首先创建该文件，然后再打开它。

2．关闭文件

文件的读/写操作完成后应关闭文件，关闭文件可确保数据缓冲区的数据都写入到文件中，不会发生数据丢失。关闭文件使用 close 语句，其格式为

　　　Close [[#]文件号[，[#]文件号]…

例如，语句 Close #1，#2，#3 是关闭 1 号、2 号和 3 号文件。

如果 Close 后省略了文件号，则关闭所有打开的文件。

3．写操作

将数据写入到顺序文件的命令有两个：Print #语句和 Write # 语句。

（1）Print # 语句。

格式：Print #文件号，[表达式列表]

Print #语句的功能是把"表达式列表"的数据写入到文件号对应的文件中。以前我们经常用到 Print 方法，Print #语句与 Print 方法的功能是类似的，Print 方法所"写"的对象是窗体、打印机、图片框；而 Print #语句所"写"的对象是文件。

例如，语句 Print #1，a,b,c 的作用是把三个变量 a、b、c 的值写入到文件号为 1 的文件中；而语句 Print a,b,c 则是把变量 a、b、c 的值"写"到窗体上。

与 Print 方法一样，在 Print #语句中表达式之间可以用分号或逗号分隔，也可以使用 Spc()函数和 Tab()函数，它们的含义与 Print 方法中的含义相同；同样，如果 Print #语句后没有表达式的话，则向文件中写入一个空行。

在实际应用中，经常要把文本框的内容以文件的形式保存到磁盘上，程序如下：

```
Open"D:\xdm\aa.txt" For Output As #1
Print #1,Text1.Text        '把文本框的内容一次性写入文件
Close #1
```

（2）Write # 语句。

格式：Write #文件号，[表达式列表]

Print #与 Write #的功能基本相同，它们的区别是，Write #是以紧凑格式存放的，在文件中数据间自动插入逗号，并给字符串加上双引号。

【例 8.7】用 Print # 语句和 Write # 语句把数据写入文件中，并比较输出结果。

```
Private Sub Form_Click()
    x = 13
    y = 45
    z = x + y
    Open "d:\xdm\test.txt" For Output As #1
    Print #1, "用 Print #写"
    Print #1, "x="; x, "y="; y, "z="; z
    Print #1, "x="; x; "y="; y; "z="; z
    Print #1,
    Write #1, "用 Write #写"
    Write #1, "x="; x, "y="; y, "z="; z
    Close #1
End Sub
```

以上程序运行后，在 D:\xdm 文件夹中就建立了一个 test.txt 文件，用记事本打开该文件，其内容如图 8.15 所示。

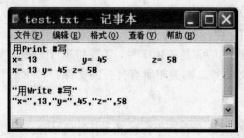

图 8.15　Print # 语句和 Write # 语句输出比较

4．读操作

读操作是将文件中的数据读入到内存中，读操作常用的语句有：Input #语句和 Line Input # 语句。

（1）Input #文件号，变量列表。

作用：从文件中读出数据项，并分别赋给指定的变量。例如，语句

　　　　Input #1，a,b,c

的功能是：从 1 号文件中读出 3 个数据项，分别把它们赋给 a、b、c 三个变量。

说明：

① 变量列表由一个或多个变量组成，这些变量既可以是数值型或字符型的变量，也可以是数值型或字符型的数组元素，从数据文件中读出的数据赋给这些变量。文件中数据项的类型应与 Input #语句中变量的类型匹配。

② 在用 Input #语句把读出的数据赋给变量时，将忽略前导空格、回车或换行符，把遇到的第一个非空格、非回车和非换行符作为数据的开始，遇到空格、回车或换行符则认为数据结束；换句话说，如果一个数据文件中的数据项要用来给一些变量赋值，那么文件中的数据项应用空格分开或回车换行分开。

（2）Line Input #文件号，字符串变量。

作用：用于从顺序文件中读出一行数据，并将读出的数据赋给指定的字符串变量，读出的数据中不包含回车符或换行符。

这里注意，Input #语句和 Line Input #语句的区别：Input #语句读取的是文件中的数据项，而 Line Input #语句读的是文件中的 1 行。

例如，实际应用中经常要把一个文本文件中的内容在文本框中显示出来，这时就可用 Line Input #语句将文本文件的内容一行一行读出并显示，具体参见例 8.7。

下面介绍与读文件有关的两个函数。

（1）EOF（文件号）函数。EOF 函数的功能是检查记录指针是否到达文件末尾，到达文件末尾时，函数返回值为 True，否则返回值为 False。读顺序文件时需要利用 EOF 函数判断是否读到文件末尾，避免因试图在文件结尾处进行读而产生错误。

（2）LOF（文件号）函数。LOF 函数的功能是返回文件的字节数，例如，LOF（1）返回 1 号文件的长度，如果返回值为 0，则表示该文件是一个空文件。

5．应用举例

【例 8.8】完善例 8.4 程序：程序运行时，单击"打开"菜单项，在弹出的"打开"对话框里选择一文本文件，会在文本框（Text1）中显示该文件的内容；在文本框中对内容进行编辑修改后，单击"保存"菜单项，将文本框的内容以文件名 bb.txt 存盘。

"打开"菜单项的程序代码如下：

```
Private Sub open_Click()
    CommonDialog1.InitDir = "D:\xdm"
    CommonDialog1.Filter = "Word 文档(*.doc)|*.doc|文本文件(*.txt)|*.txt|所有文件(*.*)|*.*"
    CommonDialog1.FilterIndex = 2
    CommonDialog1.ShowOpen                '此句也可用：CommonDialog1.Action=1
    Text1 = ""
    Open CommonDialog1.FileName For Input As #1    '打开文件进行读操作
    Do While Not EOF(1)                            '判断是否到文件尾
        Line Input #1, inputch                     '读一行数据送入变量 inputch
        Text1 = Text1 + inputch + vbCrLf           '将读出的一行数据添加到文本框中
    Loop
    Close #1
End Sub
```

说明：文本框应是多行文本框，即设置文本框的 Multiline 属性为 True。程序中 vbCrLf 是常量，表示回车换行。

"保存"菜单项的程序代码如下：

```
Private Sub save_Click()
    CommonDialog1.InitDir = "D:\"
    CommonDialog1.Filter = "Word 文档(*.doc)|*.doc|文本文件(*.txt)|*.txt|所有文件(*.*)|*.*"
    CommonDialog1.FilterIndex = 2
    CommonDialog1.DefaultExt = "txt"
    CommonDialog1.ShowSave                '此句也可用：CommonDialog1.Action=2
    Open CommonDialog1.FileName For Output As #1    '打开文件进行写操作
```

```
      Print #1, Text1                              '将 text1 的内容写入文件
      Close #1
   End Sub
```

【例 8.9】编写程序，程序运行界面如图 8.16 所示。两个文本框名称分别是 Text1 和 Text2，都是多行文本框，并且开始都是空的。单击"读入"按钮（Command1）从文件 int1.txt 中读出 50 个数据给数组 a 赋值，并把它们显示在 Text1 中；单击"排序"按钮（Command2）将这 50 个数按由小到大排序，并显示在 Text2 中；单击"保存"按钮（Command3）将 Text2 的内容写到文本文件 out1.txt 中。

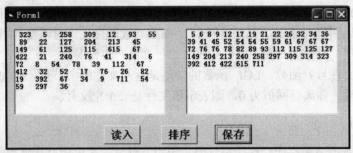

图 8.16　例 8.9 程序运行界面

做本例前首先要把 int1.txt 文件准备好，可打开"附件"中的"记事本"程序，在其中输入 50 个数，输入的数据可用空格或逗号分割，也可按 Enter 键，用文件名 int1.txt 保存。

程序代码如下：

```
Dim a(1 To 50) As Integer        '在通用声明处声明窗体级数组
' "读入"按钮的代码
Private Sub command1_Click()
   Dim i As Integer, ch As String
   Open "int1.txt" For Input As #1
   ch = ""
   For i = 1 To 50
      Input #1, a(i)
      ch = ch + Str(a(i)) + "   "
   Next i
   Close #1
   Text1.Text = ch
End Sub
' "排序"按钮的代码（选择法排序）
Private Sub Command2_Click()
   n = 50
   For i = 1 To n - 1
      iMin = i
      For j = i + 1 To n
            If a(j) < a(iMin) Then iMin = j
      Next j
      t = a(i):    a(i) = a(iMin):    a(iMin) = t
```

```
        Next i
        For i = 1 To 50
          Text2 = Text2 + Str(a(i))
        Next i
      End Sub
      ' "保存"按钮的代码
      Private Sub Command3_Click()
        Open "out1.txt" For Output As #1
        Print #1, Text2.Text
        Close #1
      End Sub
```

8.3.3　随机文件

随机文件的记录是定长的，因此只要给出要访问的记录号，就能找到记录的位置对其进行访问，而不需要像顺序文件一样按顺序进行。对随机文件的读/写操作主要分 4 个步骤：自定义数据类型、打开文件、读/写数据和关闭文件。

1. 自定义数据类型

对随机文件的访问是以记录为单位进行的，因此对记录进行操作前必须在程序中定义变量，变量要定义成随机文件中一条记录的类型，而一条记录一般由多个数据项组成，每个数据项有不同的类型和长度。因此变量的类型应采用自定义类型。所以可首先在标准模块中用"Type…End Type"定义一个用户自定义类型，然后在程序中把用来存放记录的变量定义成该自定义类型。

例如，一个记载学生基本信息的文件，每个学生是一条记录，由学号、姓名、性别和班级 4 个字段组成，可定义一个名为 Student 的用户自定义类型，代码如下：

```
    Type student
        xh As String * 8
        xm As String * 10
        xb As String * 2
        bj As String * 12
    End Type
```

这样，每个记录中"学号"字段是 8 字节，"姓名"字段是 10 字节，"性别"是 2 字节，"班级"是 12 字节，一个记录的长度为 32 字节。

2. 随机文件的打开和关闭

打开随机文件的语句为

Open 文件名　For Random As [#] 文件号 [Len=记录长度]

该语句与顺序文件中的 Open 语句相同，只是打开方式为 Random。记录长度默认为 128 字节，每个记录的长度是各字段字节数相加。如果指定的记录长度比文件记录的实际长度短，则会产生一个错误；如果比实际的记录长，则会浪费磁盘空间。

关闭随机文件的语句与关闭顺序文件语句一样：Close #文件号

3. 随机文件的读/写

从随机文件中读出记录的语句为

Get [#]文件号, [记录号], 变量名

Get 命令的作用是从磁盘文件中将一条由记录号指定的记录内容读入记录变量中; 记录号是大于 1 的整数, 表示对第几条记录进行操作, 如果忽略不写, 则表示当前记录的下一条记录。

向随机文件写入记录的语句为

Put [#]文件号, [记录号], 变量名

Put 命令的作用是将一个记录变量的内容, 写入所打开的磁盘文件指定的记录位置; 记录号是大于 1 的整数, 表示写入的是第几条记录, 如果忽略不写, 则表示在当前记录后插入一条记录。

4. 应用举例

【例 8.10】编写程序, 程序运行界面如图 8.17 所示。单击"添加记录"按钮, 通过"输入"对话框连续输入 5 个同学的基本信息。单击"显示记录", 输入记录号, 在窗体上打印记录号指定的记录。

图 8.17 例 8.10 程序运行界面

程序代码如下:

```
'在标准模块中定义记录类型
Type student
    xh As String * 8
    xm As String * 10
    xb As String * 2
    bj As String * 12
End Type
'在通用声明段处定义记录变量
Dim stu As student
' "添加记录"按钮代码
Private Sub Command1_Click()
    Open "d:\stufile" For Random As #1 Len = Len(stu)    '打开随机文件
    For i = 1 To 5
    With stu              '用 with 语句将输入数据赋给记录变量
      .xh = InputBox("输入学号")
      .xm = InputBox("输入姓名")
      .xb = InputBox("输入性别")
      .bj = InputBox("输入班级")
```

```
        End With
        Put #1, , stu                    '写记录
        Next i
        Close #1                         '关闭文件
    End Sub
    ' "显示记录"按钮代码
    Private Sub Command2_Click()
        Open "d:\stufile" For Random As #1 Len = Len(stu)   '打开随机文件
        k = InputBox("输入记录号")                          '输入要显示记录的记录号
        Get #1, k, stu                                      '读记录
        Print stu.xh, stu.xm, stu.xb, stu.bj                '在窗体上显示记录
        Close #1
    End Sub
```

本程序有两点说明：

① 第一次运行本程序时应先执行"添加记录"操作，建立 stufile 文件。

② 在打开随机文件的语句中有两个 Len，等号左边的 Len 是 Open 语句中的子句，而等号右边的 Len 是函数，功能是求记录类型变量的长度。

8.3.4　二进制文件

二进制文件是最原始的文件类型，直接把二进制码存放在文件中，没有什么格式，以字节数来定位数据，允许程序按所需的任何方式组织和访问数据，也允许对文件中各字节数据进行存取和访问。

打开和关闭二进制文件仍然是 Open 语句和 Close 语句，Open 语句的格式为

Open 文件名 For Binary As [#] 文件号

其中，For Binary 表示以二进制模式打开文件。

对二进制文件的访问与随机文件类似，其读/写语句也是 Get 和 Put，区别是二进制文件的访问单位是字节，随机文件的访问单位是记录。在二进制文件访问中，可以把文件指针移到文件的任何地方，刚开始打开文件时，文件指针指向第 1 字节，以后随文件处理命令的执行而移动。文件一旦打开，就可以同时进行读/写操作。

习　　题

1．判断题

（1）在程序中设置一个菜单项是否可用的方法是设置其 Enabled 属性。　　　　（　　）

（2）在使用"字体"对话框前必须先设置 Flags 属性。　　　　　　　　　　　（　　）

（3）一个菜单项是不是一个分隔条，由其 Name 属性决定。　　　　　　　　（　　）

（4）如果一个菜单项的 Visible 属性值为 False，则它的子菜单也不会显示。　（　　）

（5）Visual Basic 中可以用方法 PopupMenu 来显示弹出菜单。　　　　　　　（　　）

（6）在 Visual Basic 中，除工具箱中的标准控件外，用户也可以通过"工程"菜单的"部件"命令来装入 Windows 中注册过的其他控件按钮到工具箱。　　　　　　（　　）

（7）使用通用对话框控件时，当在程序中设置了 Action 属性或调用了某个 Show 方法时，就可以打开一个标准的 Windows 对话框。 （　　）

（8）文件是指存放在内部存储介质上的数据和程序等。 （　　）

（9）文件按照其存取方式及其组成结构可以分为两种类型：文本文件和随机文件。
（　　）

（10）在 Open 语句中用 Append 方式所打开的文件必须已经存在，否则会出现运行错误。
（　　）

2．选择题

（1）允许在菜单项的左边设置打钩标记，下面_____的论述是正确的。

    A．在标题项中输入&然后打钩　　　　　B．在索引项中输入"√"

    C．在复选项中输入"√"　　　　　　　　D．在有效项中输入"√"

（2）在菜单设计时，在某菜单项的 Caption 中一个字母前加"&"符号的含义是_____。

    A．设置该菜单项的"访问键"，即该字母带有下画线，可以通过键盘操作，如按组合键 Ctrl+带下画线的字母键选择该菜单项

    B．设置该菜单项的"访问键"，即该字母带有下画线，可以通过键盘操作，如按组合键 Alt+带下画线的字母键选择该菜单项

    C．设置该菜单项的"访问键"，即该字母带有下画线，可以通过键盘操作，如按组合键 Shift+带下画线的字母键选择该菜单项

    D．在此菜单项前加上选择标记

（3）以下叙述中错误的是_____。

    A．下拉式菜单和弹出式菜单都用菜单编辑器建立

    B．在多窗体程序中，每个窗体都可以建立自己的菜单系统

    C．除分隔线外，所有菜单项都能接收 Click 事件

    D．如果把一个菜单项的 Enabled 属性设置为 False，则该菜单项不可见

（4）以下语句用于打开一个顺序文件 Open"C:\MyFile.txt"For OutPut，但是该语句的一个重要错误是没有_____。

    A．指定打开方式　　　　　　　　　　　B．指定文件号

    C．指定打开文件名　　　　　　　　　　D．指定文件类型

（5）Visual Basic 根据计算机访问文件的方式将文件分成 3 类，其中不包括_____。

    A．顺序文件　　　　　　　　　　　　　B．UNIX 文件

    C．二进制文件　　　　　　　　　　　　D．随机文件

（6）设菜单中有一个菜单项为"Open"。若要为该菜单命令设计访问键，即按 Alt+O 组合键时，能够执行"Open"命令，则在菜单编辑器中设置"Open"命令的方式是_____。

    A．把 Caption 属性设置为&Open　　　　B．把 Caption 属性设置为 O&pen

    C．把 Name 属性设置为&Open　　　　　D．把 Name 属性设置为 O&pen

（7）以下关于文件的叙述中，错误的是_____。

    A．顺序文件中的记录一个接一个地顺序存放

    B．随机文件中记录的长度是随机的

    C．执行打开文件的命令后，自动生成一个文件指针

D．LOF 函数返回给文件的字节数

（8）执行语句 Open"Tel.dat"For Random As#1Len=50 后，对文件 Tel.dat 中的数据能够执行的操作是_____。

    A．只能写，不能读   B．只能读，不能写

    C．既可以读，也可以写   D．不能读，不能写

（9）假定在窗体上建立一个通用对话框，其名称为 CommonDialog1，用下面的语句可以建立一个对话框：

CommonDialong1.Action = 4

与该语句等价的语句是_____。

    A．CommonDialong1.ShowOpen   B．CommonDialong1.ShowFont

    C．CommonDialong1.ShowColor   D．CommonDialong1.ShowSave

（10）下列选项不正确的是_____。

    A．每个菜单项都是一个对象，所以也有属性和事件

    B．菜单项的属性可以在属性窗口中设置

    C．每个菜单项都只有一个 Click 事件

    D．所有的菜单项都可以设置快捷键

3．思考题

（1）菜单有哪两类？如何建立弹出式菜单？

（2）如何在"打开"对话框中过滤多种文件类型？

（3）如何将通用对话框控件添加到工具箱上？

（4）通用对话框包括哪些对话框？如何在程序运行时显示所需的对话框？

（5）在程序设计中，数据文件有什么作用？数据文件的一般结构是什么？

（6）在 Visual Basic 中访问数据文件有哪几种方式？它们的区别是什么？

（7）Print #语句和 Write#语句向文件中写入数据的结果有什么区别？

（8）如何将文本框中的数据保存到顺序文件中？

（9）在用 Line Input #语句读取数据时，如何确定是否到了文件尾？

（10）用随机访问方式创建的随机文件是否可以用顺序方式去读取文件中的记录？

（11）为什么文件读/写完成后必须用 Close 语句将其关闭？

第 9 章　Visual Basic 图形操作

Visual Basic 提供了丰富的图形功能，不仅提供了图形控件来显示和绘制图形，还提供了一些创建图形的方法，通过这些方法可在窗体、图形框或打印机上绘制图形。Visual Basic 提供的图形控件主要包括图形框（PictureBox）、图像框（Image）、形状（Shape）和画线工具（Line）。图形方法主要有：Line、Circle、Pset 等，为方便作图，还提供了系统坐标系，同时也允许用户自定义坐标系。本章将介绍 Visual Basic 的图形控件和用于绘图的几个方法。

9.1　图形控件

9.1.1　图形框和图像框

图形框 PictureBox 和图像框 Image 都可以用来显示图形，且支持相同的图形格式，它们可显示的图形格式有位图、图标、图元文件、增强型图元文件、JPEG 和 GIF 文件。此外，图形框还可作为其他控件的容器，并支持图形方法。

1. 图形框 PictureBox

通过设置图形框的 Picture 属性就可将图片加载到图形框中，该属性既可以在设计时在属性窗口设置，也可以在运行时设置，这时需使用 LoadPicture 函数。例如，在图形框 Picture1 中显示图形 "d:\图片\001.jpg" 的语句为

Picture1.Picture = LoadPicture("d:\图片\001.jpg")

如果要在程序运行时清除图形框中的图形，可使用不指定文件名的 LoadPicture 函数。例如，

Picture1.Picture = LoadPicture()

默认地，加载到图形框中的图形保持其原始尺寸，这意味着如果图形比控件大，则超过的部分将被剪裁掉，要使图形框自动调整大小以显示完整图形，可将其 AutoSize 属性设置为 True。这样图形框将自动调整大小以便与显示的图片匹配。

图形框控件也可以用做其他控件的容器，像框架控件一样，可以在图形框上加上其他控件。这些控件随图形框移动而移动，它们的 Top 属性和 Left 属性是相对图形框而言的，与窗体无关。

此外，图形框像窗体一样支持图形方法，可通过 Print、Line、Pset、Circle 等方法在图形框中输出文字和图形。这部分内容将在 9.3 节中详细介绍。

2. 图像框 Image

图像框也有 Picture 属性，用来设置显示的图片，其 Picture 属性的设置方法与图形框的 Picture 属性的设置方法完全一样。图像框没有 AutoSize 属性，但是它有 Stretch 属性。

Stretch 属性用于伸展图像。当 Stretch 属性值为 True 时，加载到图像框的图形会自动调整大小，以适应图像框的大小，图形有可能会失真。当 Stretch 属性值为 False 时，再设计状

态，图像框可自动调整大小以便与图形匹配，而在运行时图像框大小不会改变，加载的图形或被剪裁（图形大于图像框时）或显示在图像框左上角（图形小于图像框时）。

与图形框不同的是，图像框只能用来显示图形，不能作为其他控件的容器，也不具有图形方法。

【例9.1】利用图像框控件和时钟控件制作骏马飞奔动画。

本例骏马飞奔动画是由 7 幅静止画面组成的，通过时钟控件控制它们依次出现，形成动画效果。程序设计界面如图 9.1（a）所示，窗体上有一个图像框控件（Image1）和一个时钟控件（Timer1）。图 9.1（b）是程序运行时的一个画面。

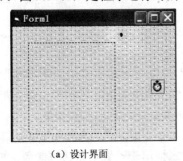
（a）设计界面

（b）运行界面

图 9.1　例 9.1 程序界面

程序代码如下：

```
Private Sub Form_Load()
    Image1.Stretch = True
End Sub
Private Sub Timer1_Timer()
    Static n%
    n = n + 1
    Select Case n
      Case 1
        Image1.Picture = LoadPicture(App.Path + "\骏马飞奔动画序列\11.gif")
      Case 2
        Image1.Picture = LoadPicture(App.Path + "\骏马飞奔动画序列\12.gif")
      Case 3
        Image1.Picture = LoadPicture(App.Path + "\骏马飞奔动画序列\13.gif")
      Case 4
        Image1.Picture = LoadPicture(App.Path + "\骏马飞奔动画序列\14.gif")
      Case 5
        Image1.Picture = LoadPicture(App.Path + "\骏马飞奔动画序列\15.gif")
      Case 6
        Image1.Picture = LoadPicture(App.Path + "\骏马飞奔动画序列\16.gif")
      Case 7
        Image1.Picture = LoadPicture(App.Path + "\骏马飞奔动画序列\17.gif")
    End Select
    If n = 7 Then n = 0
End Sub
```

上面程序的运行效果只是骏马在原地奔跑，请读者思考如何完善程序以便让骏马从窗体左边奔跑到窗体右边。

9.1.2 画线工具和形状控件

1. 画线工具 Line

画线工具 Line 在工具箱上显示为 ，该控件的功能是在窗体上画直线，它的主要属性是 X1、X2、Y1、Y2，这些属性确定了直线起点和终点位置坐标，这些属性既可以在设计状态设置，也可以在程序运行时设置。

2. 形状控件 Shape

形状控件 Shape 在工具箱上显示为 ，该控件用于绘制常用的基本图形。它的主要属性是 Shape，Shape 属性的取值范围为 0～5，对应的图形依次为矩形、正方形、椭圆、圆、圆角矩形和圆角正方形。该属性在程序设计状态和程序运行时都可设置。

除了 Shape 属性外，这里再简单介绍其他几个主要属性：BorderWidth 属性用于设置形状边框的宽度，默认值为 1 像素；BorderColor 属性用于设置形状边框颜色；FillStyle 属性和 FillColor 属性用于设置形状的填充样式和填充颜色。例如，要用形状控件在窗体上显示一个蓝色的实心圆，就需要设置其 Shape 属性为 3。BorderColor 属性和 FillColor 属性都为蓝色，FillStyle 属性值为 0（实填充）。

【例 9.2】程序的设计界面如图 9.2（a）所示，窗体上有一个形状控件（Shape1）和一个组合框（Combo1），组合框的列表项目为 0、1、2、3、4、5，程序运行时，从组合框选择一个值，形状控件按此值改变形状。例如选择 2，形状控件变成椭圆，如图 9.2（b）所示。

（a）设计界面

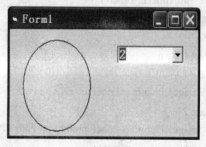
（b）运行界面

图 9.2　例 9.2 程序界面

程序代码如下：

```
Private Sub Form_Load()
    Combo1.AddItem "0"
    Combo1.AddItem "1"
    Combo1.AddItem "2"
    Combo1.AddItem "3"
    Combo1.AddItem "4"
    Combo1.AddItem "5"
End Sub
Private Sub Combo1_Click()
```

```
Shape1.Shape = Combo1.Text
End Sub
```

9.2 绘图基础

使用画线工具和形状控件只能绘制直线和简单的图形，要绘制复杂的图形就需使用窗体和图形框的图形方法。在使用图形方法绘图前还需了解一些绘图基础：坐标系统和绘图属性。

9.2.1 坐标系统

在窗体上和图形框上都可以绘制图形，为了能够定位图形绘制的位置，就需要有一个坐标系统。

Visual Basic 提供了默认的坐标系，默认的坐标原点在对象的左上角，水平向右为 X 轴的正向，垂直向下为 Y 轴的正向，默认的刻度单位是缇（twips：1/1440 英寸）。图 9.3 说明了窗体和图形框的默认坐标系。

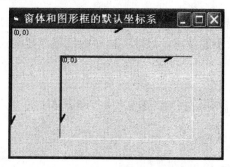

图 9.3 窗体、图形框默认坐标系

使用 Visual Basic 提供的默认坐标系统作图显然在大多数情况下是不方便的，好在 Visual Basic 允许用户自定义坐标系统。用户可根据自己的需要设置坐标原点的位置、坐标轴的方向以及坐标的刻度单位。

窗体和图形框的 Scale 方法是用户自定义坐标系最简便的方法。其语法如下：

[对象.] Scale[(x1,y1)–(x2,y2)]

其中，

（1）对象可以是窗体、图形框或打印机。当对象是当前窗体时可省略。

（2）(x1,y1)、(x2,y2)分别指示所定义对象的左上角和右下角的坐标值。

（3）如果 Scale 方法不带参数，则取消用户自定义坐标系，恢复默认坐标系。

例如，语句 Scale（–200，150）–（200，–150）自定义的坐标系如图 9.4 所示。

在这里有必要对窗体或图形框的 ScaleWidth 属性和 ScaleHeight 属性做一解释，ScaleWidth 是窗体或图形框的内部水平度量单位数，ScaleHeight 属性是窗体或图形框的内部垂直度量单位数。使用 Scale 方法自定义坐标系后，它们的值为

ScaleWidth=x2–x1

ScaleHeight=y2–y1

所以，当改变坐标轴的方向后，ScaleWidth 属性和 ScaleHeight 属性可以是负数。

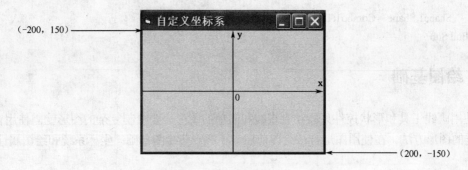

(−200, 150)

(200, −150)

图9.4 自定义坐标系

9.2.2 绘图属性

在 Visual Basic 中，窗体、图形框和打印机对象都有一些与绘制图形有关的属性，使用这些属性可设置绘图的位置、线宽和线型、颜色、封闭图形的填充样式等。

1. 当前坐标

当前坐标指示当前输出文字和绘图的位置，由对象的 CurrentX 属性和 CurrentY 属性决定。这两个属性在设计阶段不能使用，只能在程序中设置，其格式如下：

[对象.] CurrentX=x

[对象.] CurrentY=y

当对象为当前窗体时可默认。例如，图 9.4 中打印窗体上的 "0"、"x"、"y" 的代码如下：

```
CurrentX = 6 : CurrentY = −6
Print "0"
CurrentX = 190 : CurrentY = 30
Print "x"
CurrentX = 12 : CurrentY = 150
Print "y"
```

需要说明的是，当使用 Cls 方法后，CurrentX 和 CurrentY 的属性值为 0，即当前坐标回到坐标原点。

2. 线宽和线型

窗体、图形框和打印机对象的 DrawWidth 属性给出在这些对象上画线的宽度或画点的大小。DrawWidth 属性的单位是像素，最小值是 1，默认值也是 1。

窗体、图形框和打印机对象的 DrawStyle 属性给出在这些对象上画线的形状。该属性的取值范围是 0~6 的整数。含义分别为：0—实线（默认值）、1—虚线、2—点线、3—点画线、4—双点画线、5—透明线、6—内实线。

注意，只有当 DrawWidth 属性为 1 时，DrawStyle 属性的设置值才起作用。DrawWidth 属性大于 1 时，只能产生实线。

【例 9.3】在窗体上画不同线宽和线型的直线，产生如图 9.5 所示的结果。

程序代码如下：

```
Private Sub Form_Click()
    For i = 1 To 7
```

```
        DrawWidth = i                         '设置线宽
        Line (100, 200 * i)–(2000, 200 * i)      '画直线
    Next i
    DrawWidth = 1                               '线宽为 1 时 DrawStyle 属性才能产生线型
    For i = 0 To 6
        DrawStyle = i                              '设置线型
        Line (2200, 200 * (i + 1))–(4000, 200 * (i + 1))   '画直线
    Next i
End Sub
```

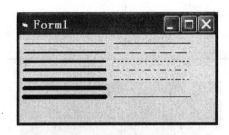

图 9.5　例 9.3 运行界面

3．绘图颜色

在窗体、图形框上输出文字或绘图的颜色是由窗体或图形框的 ForeColor 属性决定的。在设计阶段该属性值设置比较简单，只要在属性窗口中单击该属性就可以直接利用调色板选择颜色；而在程序中要设置颜色就没有这么直观了。在程序中可通过如下方法设置颜色。

（1）RGB 函数。RGB 函数是常用的颜色函数，该函数通过红、绿、蓝三基色混合产生某种颜色，其语法格式为

　　　　RGB（红，绿，蓝）

3 个参数红，绿，蓝的取值范围都是 0～255 的整数。例如，RGB（0,0,0）返回黑色，RGB（255,0,0）返回红色，RGB（255,255,255）返回白色。从理论上讲，用三基色混合可产生 256×256×256 种颜色，但实际显示受到显示硬件的限制。

例如，下面程序段运行后，会把窗体的背景色设置为黑色，并在窗体上打印红色的"你好"两字。

```
BackColor = RGB(0, 0, 0)
ForeColor = RGB(255, 0, 0)
Print "你好"
```

上面程序代码中对象名省略，指当前窗体。

（2）QBColor 函数。QBColor 函数沿用早期的 Quick Basic 所使用的 16 种颜色，其语法格式为

QBColor（颜色码）

参数颜色码的取值范围是 0～l5 的整数，共有 16 种颜色，对应关系见表 9.1。

（3）Visual Basic 颜色常量。Visual Basic 系统还提供了常用颜色的颜色常量，这些常量是由前缀 vb 后面再加上相应颜色的英文单词组成的，例如，红色是 vbRed，黄色是 vbYellow。

【例 9.4】将窗体的背景色设置为黑色，在窗体上随机打印 50 个星号"*"，星号的颜色通过 RGB 和 Rnd 函数随机产生。程序运行界面如图 9.6 所示。

表 9.1 颜色码和颜色对应表

颜 色 码	颜　　色	颜 色 码	颜　　色
0	黑	8	灰
1	蓝	9	亮蓝
2	绿	10	亮绿
3	青	11	亮青
4	红	12	亮红
5	品红	13	亮品红
6	黄	14	亮黄
7	白	15	亮白

图 9.6 例 9.4 的运行界面

程序代码如下：

```
Private Sub Form_Click()
    BackColor = vbBlack            '设置窗体背景色为黑色
    For i = 1 To 50
        CurrentX = ScaleWidth * Rnd
        CurrentY = ScaleHeight * Rnd    '利用随机函数随机设置打印位置
        ForeColor = RGB(255 * Rnd, 255 * Rnd, 255 * Rnd)    '利用随机函数产生随机颜色
        Print "*"
    Next i
End Sub
```

4．封闭图形的填充样式和色彩

窗体和图形框的 FillStyle 属性决定了在窗体和图形框中绘制的封闭图形的填充样式，该属性的取值范围是 0～7 的整数，即有 8 种填充样式，属性值对应的填充样式如图 9.7 所示。而封闭图形的填充色彩则由 FillColor 属性决定。

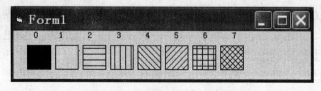

图 9.7 FillStyle 属性值对应的填充样式

9.3　图形方法

使用图形控件一般只能绘制简单的图形，如要绘制丰富的图形则需要使用图形方法。Visual Basic 提供的图形方法主要包括画直线和矩形的 Line 方法、画圆的 Circle 方法，以及画点的 Pset 方法等。窗体、图形框和打印机对象都具有这些图形方法，使用这些方法可以在这些对象上画图。9.2.2 节中介绍的绘图属性就作用于这些方法。

9.3.1　Line 方法

Line 方法用于画直线和矩形，其格式为

[对象.] Line [Step] [(x1,y1)] − [Step](x2,y2) [,颜色] [,B[F]]

说明：

（1）对象可以是窗体、图形框或打印机，默认时指当前窗体。

（2）(x1,y1)表示直线的起点坐标或矩形的左上角坐标，如果省略，则为对象的当前坐标（CurrentX,CurrentY），若前面有关键字 Step，则表示起点坐标是相对于当前坐标的相对值；（x2,y2）表示直线的终点坐标或矩形的右下角坐标。例如：

Line（300,300）−（2000,2000）表示从（300,300）到（2000,2000）画一条直线。

Line −（2000,2000）表示从当前坐标位置到（2000,2000）画一条直线。

（3）颜色用于指定画线的颜色或矩形的边框颜色，默认时使用对象的 ForeColor 属性指定的颜色。

（4）B 表示画矩形；F 必须与参数 B 一起使用，表示矩形以矩形边框的颜色实填充，F 默认时，则矩形的填充由对象的 FillColor 属性和 FillStyle 属性决定。例如：

Line（300, 300）−（1000, 2000），vbRed, BF 表示画一个红色实填充矩形，矩形左上角坐标为（300, 300），右下角坐标为（1000, 2000）。

（5）使用 Line 方法画线后，当前坐标为直线终点坐标。

【例 9.5】编程实现如图 9.7 所示的在窗体上绘制图形的功能。

程序代码如下：

```
Private Sub Form_Click()
    Print "    0      1      2      3      4      5      6      7"
    For i = 0 To 7
        FillStyle = i
        Line (300 + i * 600, 300)–(800 + i * 600, 800), , B    'B 前的两个逗点，表示颜色默认
    Next i
End Sub
```

【例 9.6】用 Line 方法在窗体上绘制函数 $f(x)=x^3+2x+5$ 在[0，2]区间的积分面积区域。程序运行界面如图 9.8 所示。

程序代码如下：

```
Private Sub Form_Click()
    Scale (−1, 20)–(3, −5)          '定义窗体坐标系
    Line (−1, 0)–(3, 0)            '画 x 轴
    Line (0, 50)–(0, −5)          '画 y 轴
```

```
For x = 0 To 2 Step 0.001
    y = x ^ 3 + 2 * x + 5
    Line (x, 0)-(x, y)                    '画直线填充积分面积区域
Next x
End Sub
```

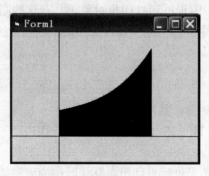

图 9.8   例 9.6 程序运行结果

9.3.2   Circle 方法

Circle 方法用来画圆、椭圆、圆弧和扇形。其格式为

[对象.]Circle [Step] (x,y) 半径 [,颜色][, 起始点][, 终止点] [,长短轴比例]

说明：

（1）对象可以是窗体、图形框等对象，默认时指当前窗体。

（2）(x,y)表示圆、椭圆或圆弧的圆心坐标，若前面有关键字 Step，则表示坐标是相对于当前坐标的相对值。

（3）半径表示圆、椭圆或圆弧的半径。例如：

Circle（1000, 1000），500, vbBlue 表示画一个半径为 500 的蓝色圆，圆心坐标为（1000, 1000）。

（4）颜色表示画圆、椭圆或圆弧的颜色，默认时使用对象的 ForeColor 属性指定的颜色。

（5）起始点和终止点用于控制画圆弧或扇形时的起始角度和终止角度，单位为弧度，取值在 $0\sim2\pi$；起点的默认值是 0；终点的默认值是 2π。当在起点、终止点前加一负号时，表示画出圆心到圆弧的径向线，即画扇形。例如：

语句 Circle（2000, 2000），500, , 1.57, 3.14 将画一段圆弧，

而语句 Circle（2000, 2000），500, , −1.57, −3.14 画出的是一扇形。

（6）长短轴比例用于指定画椭圆时的长、短轴纵横比，默认值为 1，表示画圆。例如：

Circle（2000, 2000），500, , , , 2 画出的是一长、短轴纵横比为 2 的椭圆。

（7）使用 Circle 方法时，如果中间的参数默认，分隔的逗号不能省。例如，上面画椭圆的例子中省掉了颜色、起始点、终止点 3 个参数，必须加上 4 个连续的逗号，表明中间默认 3 个参数。

（8）圆、椭圆和扇形的填充样式和颜色由对象的 Fillstyle 属性和 Fillcolor 属性决定。

【例 9.7】编制应用程序，程序设计界面如图 9.9（a）所示，窗体上有一个图形框（Picture1）、一个时钟控件（Timer1）和两个命令按钮（依次为 Command1、Command2）。程序运行时，单击"开始"按钮，在图形框中心画蓝色的圆，圆逐渐变大，当圆充满图形框时，

蓝色圆消失，再在图形框中心画逐渐放大的红色的圆，同样，当红色圆充满图形框时，红色圆消失，再画蓝色圆，如此反复。单击"停止"按钮，则停止变化。程序运行时某一时刻的界面如图 9.9（b）所示。

（a）设计界面

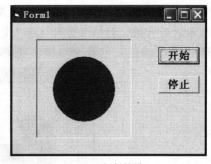
（b）运行界面

图 9.9　例 9.7 程序运行界面

程序代码如下：

```
Dim ys As Boolean, r As Integer        ' ys 用于控制画圆的颜色
Private Sub Command1_Click()
    Timer1.Enabled = True
End Sub
Private Sub Command2_Click()
    Timer1.Enabled = False
End Sub
Private Sub Form_Load()
    Timer1.Enabled = False
    Picture1.FillStyle = 0            '设置图形框的填充样式为实填充
    Picture1.ForeColor = vbBlue       '设置图形框的前景色，即作图颜色
    Picture1.FillColor = vbBlue       '设置图形框上绘制的封闭图形的填充颜色
    Picture1.Scale (-1000, 1000)-(1000, -1000)   '定义图形框的坐标系，原点在图形框中心
    r = 40                  '开始画圆的半径
    ys = True
End Sub
Private Sub Timer1_Timer()
    r = r + 20
    Picture1.Circle (0, 0), r
    If r >= 1000 Then
        Picture1.Cls            '圆充满图形框时，擦除图形框上的图形
        r = 40
        ys = Not ys
        If ys Then
            Picture1.ForeColor = vbBlue
            Picture1.FillColor = vbBlue
        Else
            Picture1.ForeColor = vbRed
            Picture1.FillColor = vbRed
```

```
            End If
        End If
    End Sub
```

【**例** 9.8】编制应用程序，程序运行界面如图 9.10 所示。程序的功能是输入一个班级四级英语考试未通过人数、合格人数和优秀人数，绘制饼图比较 3 类人数各占的比例。窗体上有 1 个图形框（Picture1）、3 个命令按钮（依次为 Command1, Command2, Command3）。

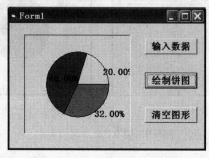

图 9.10　例 9.8 程序运行界面

程序代码如下：

```
Dim rs(1 To 3) As Integer       '定义窗体级数组 rs 存放各类人数
Private Sub Command1_Click()           '输入数据按钮，输入各类人数
    rs(1) = InputBox("输入不通过人数")
    rs(2) = InputBox("输入合格人数")
    rs(3) = InputBox("输入优秀人数")
End Sub
Private Sub Command2_Click()
    sm = rs(1) + rs(2) + rs(3)                  '计算总人数
    r = 600                                     '设置饼图半径
    a1 = 0                                      '设置饼图扇形的起始角
    For i = 1 To 3
    a2 = a1 + 2 * 3.14159 * rs(i) / sm          '设置饼图扇形的终止角
    Picture1.FillColor = RGB(255 * Rnd, 255 * Rnd, 255 * Rnd)    '设置扇形的填充色
    Picture1.Circle (0, 0), r, , -a1, -a2       '画扇形
    Picture1.CurrentX = r * Cos((a2 + a1) / 2)  '定位显示百分比的位置
    Picture1.CurrentY = r * Sin((a2 + a1) / 2)
    Picture1.Print Format(rs(i) / sm * 100, "0.00"); "%"   '打印百分比
    a1 = a2                         '
    Next i
End Sub
Private Sub Command3_Click()
    Picture1.Cls            '擦除图形
End Sub
Private Sub Form_Load()
    Picture1.Scale (-1000, 1000)-(1000, -1000)   '定义图形框的坐标系，原点设在图形框中央
    Picture1.FillStyle = 0                       '设置图形框的填充样式
End Sub
```

9.3.3　Pset 方法

Pset 方法用于在对象上画点，其格式为

[对象.] Pset [Step] (x,y) [,颜色]

其中，对象可以是窗体、图片框或打印机，默认时指当前窗体；(x,y)用于设定画点的坐标，若前面有关键字 Step，则是相对于当前坐标的相对值；颜色用于设定画点的颜色，默认时使用对象的 ForeColor 属性指定的颜色。Pset 方法绘制的点的大小由对象的 DrawWidth 属性决定。

利用 Pset 方法可画任意曲线，一般通过循环用 Pset 方法在对象上画点，采用较小的步长，就可使离散的点连接成曲线。

【**例 9.9**】编制应用程序。程序运行界面如图 9.11 所示，单击窗体时在窗体上画出 $0\sim2\pi$ 之间的正弦曲线，要求曲线宽 5 像素，红色；单击窗体上的图形框（Picture1）时，在图形框中画出 $-2\pi\sim2\pi$ 之间的正弦曲线。

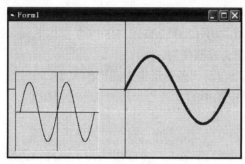

图 9.11　例 9.9 程序运行界面

程序代码如下：

```
Private Sub Form_Click()
    Scale (−7, 2)−(7, −2)              '定义窗体坐标系，坐标原点在窗体中央
    Line (−7, 0)−(7, 0)               '画 x 轴
    Line (0, 2)−(0, −2)               '画 y 轴
    DrawWidth = 5                     '设置窗体的线宽属性为 5 像素
    For x = 0 To 6.28 Step 0.001      'x 从 0 循环到 2π
        y = Sin(x)                    '计算 sin(x)
        PSet (x, y), vbRed            '画一点
    Next x
End Sub
Private Sub Picture1_Click()
    Picture1.Scale (−400, 400)−(400, −400)    '定义图形框坐标系
    Picture1.Line (−400, 0)−(400, 0)          '画 x 轴
    Picture1.Line (0, 400)−(0, −400)          '画 y 轴
    For x = −360 To 360 Step 0.1              'x 从−360°循环到 360°
        y = Sin(x / 180 * 3.14)               '计算 sin(x)，注意：角度要转换成弧度
        Picture1.PSet (x, 300 * y)            '画一点，将 y 值放大 300 倍
    Next x
End Sub
```

说明：本例在窗体和图形框上都画正弦曲线，程序代码本来是可以一致的，但本例做的有些不同，目的是多给读者一些思路。

习　题

1．判断题

（1）窗体、图形框和图像框控件都可以显示图片。　　　　　　　　　　　　（　　）

（2）图形框也可以用 Print 方法显示文字。　　　　　　　　　　　　　　（　　）

（3）如果 Scale 方法不带参数，则采用默认坐标系。　　　　　　　　　　（　　）

（4）使用 Line 方法画矩形时，必须在命令中使用关键字 B 和 F。　　　　（　　）

（5）窗体、图形框或图像框中的图形通过对象的 Picture 属性设置。　　　（　　）

（6）使用 Line(100,100)-(1000,1200) 和 Line(100,100)-Step(900,1100) 将绘制两条相同位置的直线。　　　　　　　　　　　　　　　　　　　　　　　　　　（　　）

（7）执行语句 Line(300,300)-(2000,2000)，BF 可在窗体上画一矩形。　　（　　）

（8）图形框控件可以作为容器使用。　　　　　　　　　　　　　　　　　（　　）

（9）用 Stretch 属性可以自动调整图形框中图形的大小。　　　　　　　　（　　）

（10）清空图形框控件中图形的方法之一是加载一个空图形。　　　　　　（　　）

2．选择题

（1）假定在图形框 Picture1 中装入一个图形，为了清除该图形（注意，清除图形，而不是删除图形框），应采用的正确方法是_____。

    A．选择图形框，然后按 Del 键

    B．执行语句 Picture1=LoadPicture("")

    C．执行语句 Picture1.parent=""

    D．选择图形框，在属性窗口中选择 Picture 属性，然后按 Enter 键

（2）为了使图形框与图像框的大小适应图片的大小，下边属性组设置正确的是_____。

    A．Autosize= Ture Stretch= True

    B．Autosize= Ture Stretch= False

    C．Autosize= False Stretch= True

    D．Autosize= False Stretch= False

（3）以下属性和方法中的_____可重新定义坐标系。

    A．Drawstyle 属性　　　　　　　　　　B．Line 方法

    C．Scale 方法　　　　　　　　　　　　D．ScaleMode 属性

（4）使用 Line 方法画线后，当前坐标在_____。

    A．（0，0）　　　B．直线起点　　　C．直线终点　　　D．位置不确定

（5）当使用 Line 方法时，参数 B 与 F 可组合使用，下列组合中_____不允许。

    A．BF　　　　　　B．F　　　　　　C．B　　　　　　D．不使用 B 与 F

（6）下面对象中不能作为容器的是_____。

    A．图形框　　　　B．框架　　　　C．窗体　　　　D．图像框

（7）执行命令 Line(400, 400)-(200, 200)后 CurrentX 的值为_____。

    A．400   B．200   C．600   D．随机

（8）执行命令 Line (300, 300)-step(400, 400)后 CurrentY 的值为_____。

    A．300   B．400   C．700   D．随机

（9）执行语句 Circle (2000, 2000), 500, , 1.57, 3.14 将画一个_____。

    A．圆   B．椭圆   C．圆弧   D．扇形

（10）执行语句 Scale (-1000, 1000)-(1000, -1000)后窗体坐标系的原点将在_____。

    A．窗体中心点   B．窗体左上角

    C．窗体右下角   D．不能确定

3．思考题

（1）图形框和图像框的共同点和不同点是什么？

（2）程序运行时怎样在图形框或图像框中装入或删除图形？

（3）如何自定义坐标系？

（4）如何计算窗体的 ScaleWidth 属性和 ScaleHight 属性？

（5）使用 Cls 方法擦除图形后，当前坐标在哪里？

（6）如何利用 Circle 方法画扇形？

（7）在窗体上绘制一个边框和填充都是红色的实心圆，要设置哪些相关属性？

（8）使用 Pset 方法画点的大小由何属性决定？

（9）如何使用 Line 方法在窗体上绘制一个三角形？

（10）在 Visual Basic 中一般是如何实现动画的？

第 10 章　Visual Basic 数据库应用

数据库技术已经被广泛应用于各种数据处理系统中，了解并掌握数据库知识有助于进一步深入熟练地掌握 Visual Basic 的编程技术。本章讲述 Visual Basic 与 Access 数据库的基本操作。

10.1　数据库基本知识

数据库是存储在某种存储介质上的相关数据的集合。数字、文字、图表、图像、声音等都是数据。数据库中的数据按一定的数据模型组织、描述和存储。目前较为常用的数据模型是关系数据模型。

10.1.1　关系数据库的基本结构

关系数据模型的逻辑结构是一张二维表，与我们在日常生活中使用的表格在直观上是一致的。关系型数据库中一些常见的术语如下。

- 记录（Record）：每一行数据为一条记录。
- 字段（Field）：每一列为一个字段。
- 数据表（Table）：由记录的集合组成的二维表格称为数据表。
- 数据库（Database）：多个相互关联的数据表的集合。
- 主键：一个字段或多个字段的组合，唯一地标志了表中的一行。它不允许有空值，主键是表中所保存的每一条记录的唯一标志。
- 索引：通过索引可以快速访问数据库中的指定信息。在数据库中可以创建 3 种类型的索引，即唯一索引、主键索引和簇索引。通常在数据库表中，如果为表定义了一个主键，则将自动地创建主键索引，主键索引是唯一索引的特殊类型。主键索引要求主键值是唯一的。
- 关系：一个数据库可以由多张表组成。根据不同的情况，表与表之间可以建立不同类型的关系。表之间的关系有一对一关系，一对多关系和多对多关系。

例如，一个小型超市管理数据库（supermarket.mdb）由 3 张数据表组成：类别表（Class）、供应商表（provider）和商品表（goods）。类别表（Class）有两个字段：类别名称和说明，该表的字段设置和记录分别如图 10.1 和图 10.2 所示。

图 10.1　Class 表的字段

图 10.2　Class 表的记录

供应商表（provider）有 6 个字段：供应商名称、联系人姓名、地址、城市、电话、传真，如图 10.3 所示。商品表（goods）有 7 个字段：商品名称、供应商名称、类别名称、单位数量、单价、库存量、进货日期，如图 10.4 所示。

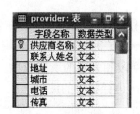 

图 10.3　provider 表的字段　　　　　图 10.4　goods 表的字段

供应商表（provider）和商品表（goods）中的记录内容如图 10.5 和图 10.6 所示。

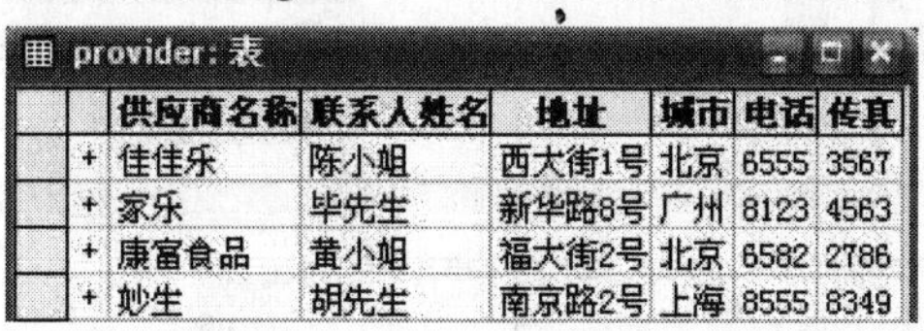

	供应商名称	联系人姓名	地址	城市	电话	传真
+	佳佳乐	陈小姐	西大街1号	北京	6555	3567
+	家乐	毕先生	新华路8号	广州	8123	4563
+	康富食品	黄小姐	福大街2号	北京	6582	2786
+	妙生	胡先生	南京路2号	上海	8555	8349

图 10.5　provider 表的记录

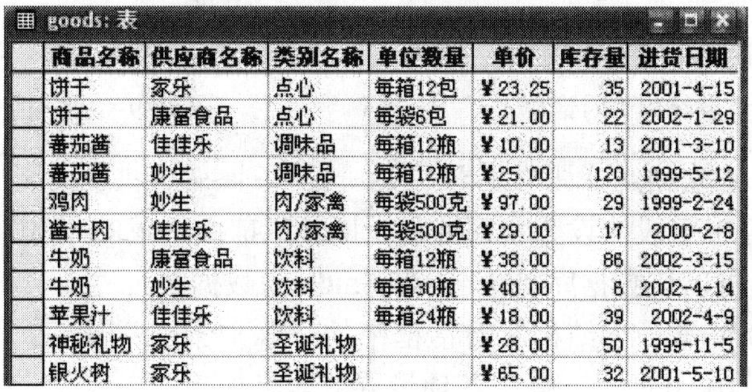

商品名称	供应商名称	类别名称	单位数量	单价	库存量	进货日期
饼干	家乐	点心	每箱12包	￥23.25	35	2001-4-15
饼干	康富食品	点心	每袋6包	￥21.00	22	2002-1-29
蕃茄酱	佳佳乐	调味品	每箱12瓶	￥10.00	13	2001-3-10
蕃茄酱	妙生	调味品	每箱12瓶	￥25.00	120	1999-5-12
鸡肉	妙生	肉/家禽	每袋500克	￥97.00	29	1999-2-24
酱牛肉	佳佳乐	肉/家禽	每袋500克	￥29.00	17	2000-2-8
牛奶	康富食品	饮料	每箱12瓶	￥38.00	86	2002-3-15
牛奶	妙生	饮料	每箱30瓶	￥40.00	6	2002-4-14
苹果汁	佳佳乐	饮料	每箱24瓶	￥18.00	39	2002-4-9
神秘礼物	家乐	圣诞礼物		￥28.00	50	1999-11-5
银火树	家乐	圣诞礼物		￥85.00	32	2001-5-10

图 10.6　goods 表的记录

10.1.2　建立数据库

在 Visual Basic 环境中，可以通过可视化数据管理器（Visadata.exe）建立数据库。下面简单介绍使用该数据管理器建立数据库 supermarket.mdb。

（1）启动可视化数据管理器。选择菜单"外接程序"下的"可视化数据管理器"，进入数据库设计界面，如图 10.7 所示。

图 10.7　可视化数据管理器

（2）建立数据库。单击数据管理器的"文件"菜单中的"新建"命令，在下一级菜单中选择"Microsoft Access…"命令，接着选择"Version 7.0 MDB"命令，出现"选择要建立的Microsoft Access 数据库"对话框，输入文件名为 supermarket.mdb，则在数据管理器中出现如图 10.7 中所示的"数据库窗口"。

（3）建立数据表。在"数据库窗口"区域内，单击鼠标右键，然后选择"新建表"快捷菜单，则出现"表结构"对话框，如图 10.8 所示。

在"表结构"对话框中显示了当前表中所包含的字段和索引的所有属性。单击"添加字段"按钮，出现"添加字段"对话框，如图 10.9 所示，进行字段的编辑。

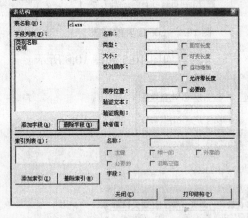 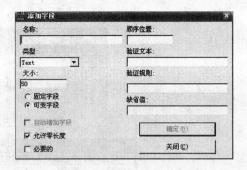

图 10.8 "表结构"对话框　　　　　　图 10.9 "添加字段"对话框

根据上述步骤，依次创建 3 张数据表，类别表（Class）、供应商表（provider）和商品表（goods）。每张数据表中字段的设置和部分记录请参见前面所述的图 10.1 至图 10.6。后面章节中对数据库的操作将以该数据库 supermarket.mdb 为数据源。

（4）添加索引。单击"表结构"对话框中的"添加索引"按钮，会出现"添加索引到class"对话框，如图 10.10 所示。其中各项设置的含义如下。

- 名称：指索引字段的名称。
- 主要的：表示当前建立的索引是主索引（Primary Index），每个数据表中主索引是唯一的。
- 唯一的：设置该字段不会有重复的数据。
- 忽略空值：表示搜索索引时，将忽略空值记录，即值为 Null 的字段不包括在索引中。

例如，添加类别表 Class 的索引，在图 10.10 中设置索引字段为"类别名称"，名称为"classname"，并选择"主要的"和"唯一的"。如果需要设置多个索引，则可在设置完一个索引并单击"确定"按钮后，再设置下一个。当数据表设计完后，单击"生成表"按钮则创建了一张新表。

建立数据表 class、provider 和 goods 后，在"数据库窗口"可显示这 3 张数据表。例如，如果要修改表结构，如前所述，可在数据表上单击鼠标右键，在快捷菜单中选择"设计"命令，可再次打开"表结构"对话框并修改。选择"打开"命令，就可输入记录。在数据管理器窗口的工具栏按钮中有 3 种类型的记录集，如下所示。

① 表类型记录集（Table）。表类型记录集来自于一张基本表，用户可以对此类型的记录集进行添加、修改、删除操作。表类型记录集不能来自多张数据表，也不能用 SQL 语句创建。

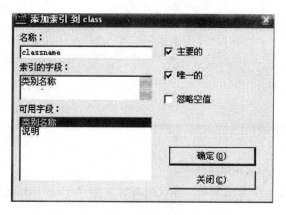

图 10.10 "添加索引到 class" 对话框

② 动态集类型记录集（Dynaset）。动态集类型是来自一个或多个表或查询中的记录的集合，是可以更新的，并且动态集的数据来源和动态集之间可以互相同步更新。相比较其他两种类型，动态集是最灵活、功能最强的记录集。

③ 快照类型记录集（Snapshot）。快照类型是来自一个或多个表的，是静态数据的显示。快照类型是否可以更新取决于不同的情况。当采用 Microsoft Jet 数据库引擎访问数据库时，快照类型是不可更新的。创建快照类型比动态集类型要快。但是，创建快照类型比动态集类型要占用更多的内存。

（5）创建查询。用鼠标右键单击"数据库窗口"，或选择表 class 单击鼠标右键，在快捷菜单中选择"新建查询"命令，出现"查询生成器"对话框，如图 10.11 所示，在此可以设置查询条件。

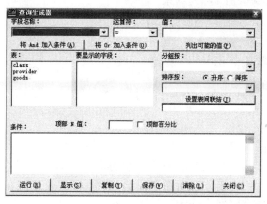

图 10.11 "查询生成器" 对话框

除了可以用"查询生成器"对话框创建查询外，还可以通过 SQL 语言创建查询。下面将简单介绍什么是 SQL 语言。

10.1.3 SQL 简介

结构化查询语言（SQL）是用于查询关系数据库的标准语言，用它可以完成对数据库的各种操作。例如，对数据库，数据表、字段、索引等进行的建立，删除，修改更新等操作。下面列出了常用的一些 SQL 语句。

（1）Select 语句。用 Select 语句可以从数据库中查询符合条件的记录。

语法：

SELECT [字段列表…]

FROM [表名]

[WHER 条件]

[GROUP BY 分组字段]

[HAVING 分组条件]

[ORDER BY 字段[ASC|DESC]

该语句的语法较长，作为初学者，建议先理解掌握"select…from…where…"这 3 个关键字。

例如，查询数据表 goods 中库存量大于 50 的记录，且在查询结果中仅显示"商品名称"、"供应商名称"、"库存量"和"进货日期"这 4 个字段并按照"进货日期"进行升序排序。SQL 语句如下所示。

SELECT 商品名称, 供应商名称, 库存量, 进货日期

FROM goods

WHERE (库存量 > 50)

ORDER BY 进货日期

（2）创建表。创建一张新表。

语法：

CREATE TABLE 表名 [表约束]

(字段 1 数据类型 [默认值 1，列约束 1]

(字段 2 数据类型 [默认值 2，列约束 2]

…

字段 n 数据类型 [默认值 n，列约束 n]

[TABLESPACE 表空间名称]

[STORAGE (存储的子句）]

[ENABLE 约束名]

[DISABLE 约束名]

（3）表结构的修改。向已存在的表中增加新的字段。

语法：ALTER TABLE 表名 ADD(新字段名 数据类型(长度))

（4）表的删除。删除已经存在的表。

语法：DROP TABLE 表名

SQL 语句可以单独在数据库系统本身中执行，但如果运用在其他编程工具所编制的程序中，则一般不能单独执行，而要把 SQL 语句嵌入到高级语言中使用，通过高级语言的命令和方法来调用之，此时 SQL 称为嵌入式 SQL。在书写 SQL 语句时要注意：

① SQL 语句要用半角输入法输入，否则可能会出错。

② 在一对圆括号里的字段清单，字段名间用逗号隔开，最后一个字段名后不用逗号。

③ 所有的 SQL 陈述都以分号";"结束。

上面简单地介绍了 SQL 中一些最常用的语句，更多、更详细的 SQL 语法格式请参考相关的文档。

10.2　Data 控件

Visual Basic 中的 Data 控件通过使用 Microsoft 的 Jet 数据库引擎来实现数据访问。这一技术使用户可以访问很多标准的数据库格式，显示、编辑和更新来自数据库的信息。Data 控件不仅可以访问本地的数据库，如 Microsoft Access、dBASE、Microsoft FoxPro 等，也可以访问 Microsoft Excel、Lotus 1-2-3 以及标准的 ASCII 文本文件，还可以访问和操作远程的 ODBC 数据库，如 Microsoft SQL Server 以及 Oracle。在 Visual Basic 工具箱中单击 Data 控件后，在窗体中添加该控件，可以看到 Data 控件的外观，如图 10.12 所示。

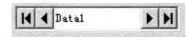

图 10.12　Data 控件的外观

10.2.1　Data 控件的常用属性

Visual Basic 中的 Data 控件是通过一个称为记录集（Recordset）的对象来访问数据库中的数据的。一个记录集是数据库中的一组记录，一个记录集可以来自基本表或 SQL 命令执行的结果。访问数据控件 Data1 的记录集的语法如下：

数据控件对象.Recordset

例如：Data1.Recordset

（1）Connect 属性：设置该属性可以指定 Data 控件所要连接的数据库格式，默认值为 Access，如图 10.13 中的 Connect 属性列表框所示。

图 10.13　Data 控件的 Connect 属性

（2）DatabaseName 属性：设置 Data 控件所连接的数据源的名称及位置。例如，连接到 "f:\supermarket.mdb"。

（3）RecordSource 属性：用于指定数据控件所连接的记录来源，可以来自数据库中的某张数据表，也可以是查询的结果或者来自一个有返回记录的 SQL 语句。在属性窗口中单击下拉箭头并在列表中选出数据库中的记录来源。例如，选择数据库 supermarket.mdb 中的类别表 class。

（4）RecordsetType 属性：用于指定数据控件存放记录的类型，包含表类型记录集（Table）、动态集类型记录集（Dynaset）和快照类型记录集（Snapshot），默认值为动态集类型。

10.2.2 Data 控件的常用方法

（1）Refersh 方法：用于更新 Data 控件所连接的数据。当 DatabaseName、ReadOnly、Exclusive 或 Connect 属性的设置值发生改变时，在 Data 控件上使用 Refresh 方法可以打开或重新打开数据库，并能重建控件的 Recordset 属性内的动态集类型（Dynaset）。

语法：Data1.Refresh

（2）UpdateControls 方法：将数据从数据库中重新读取到被 Data 数据控件绑定的某个控件中。UpdateControls 方法可以终止任何挂起的 Edit 或 AddNew 操作。

语法：

Data1.UpdateControls

（3）UpdateRecord 方法：保存对数据所做的修改，即将当前的内容保存到数据库中，但是不触发 Validate 事件。UpdateRecord 方法与执行 Edit 方法编辑一个字段并随后执行 Update 方法产生同样的效果。

语法：Data1.UpdateRecord

（4）AddNew 方法：向可更新的记录集 Recordset 对象中添加一条新记录。新记录的每个字段如果有默认值则以默认值表示，如果没有则为空白。AddNew 方法的行为取决于 Recordset 对象的更新模式以及是否传送 Fields 参数和 Values 参数。在调用 AddNew 方法后，新记录将成为当前记录并在调用 Update 方法后继续保持为当前记录。

语法：Data1.Recordset.AddNew [FieldList, Values]

（5）Update 方法：可以把更改保存到数据库中。例如，在使用 AddNew 方法之后，会紧接着调用 Update 方法，以便把增加的记录写入到数据库中。调用 Update 方法后当前记录仍为当前状态。

语法：Data1. Update

（6）Delete 方法：删除当前记录的内容，在删除后应将当前记录移到下一个记录。

语法：Data1. Delete

（7）Edit 方法．对可更新的当前记录进行编辑修改．

语法：Data1. Edit

（8）Find 方法群：用于查找记录，包含 FindFirst、FindLast、FindNext 和 FindPrevious 方法，这 4 种方法查找的起点不同，各种方法的查找起点见表 10.1。

表 10.1 Find 方法群

方 法	查 找 起 点	查 找 方 向
FindFirst	第一个记录	向后查找
FindLast	最后一个记录	向前查找
FindNext	当前记录	向后查找
FindRrevious	当前记录	向前查找

例如，查找供应商为"南方食品"的信息，可以用如下的代码段。

```
Data1.Recordset.FindFirst ("供应商名称='南方食品'")
If Data1.Recordset.NoMatch Then                    '如果没找到
MsgBox "对不起!找不到该供应商!", vbCritical, "查找供应商"
End If
```

通常当查找不到符合条件的记录时，需要显示信息提示用户，因此这里的代码中使用了 NoMatch 属性。当使用 Find 或 Seek 方法找不到相符的记录时，NoMatch 属性为 True。

（9）Move 方法：移动 Recordset 对象中当前记录的位置。

语法：Data1.Recordset.Move NumRecords, Start

说明：

- NumRecords 是带符号长整型表达式，指定当前记录位置移动的记录数。
- Start 是可选项，是字符串或变体型，可选用下列参数之一。

AdBookmarkCurrent：默认值。从当前记录开始。

AdBookmarkFirst：从第一条记录开始。

AdBookmarkLast：从最后一条记录开始。

（10）Move 方法群：包括 MoveFirst、MoveLast、MoveNext 和 MovePrevious 方法，这 4 种方法分别是移到第一条记录、移到最后一条记录、移到下一条记录和移到前一条记录。当在最后一个记录时，如果使用了 MoveNext 方法，EOF 的值就会变为 True，如果再使用 MoveNext 方法就会出错。对于 MovePrevious 方法，如果前移，其结果也是同样。

（11）Seek 方法：适用于已建索引的表类型（Table）记录集，通过一个已被设置为索引（Index）的字段，查找符合条件的记录，并使该记录成为当前记录。

语法：

Data1.Recordset.Seek 比较式，key1，key2，…，key13

其中的比较式包括<，<=，=，>=和>。

例如，当索引为"类别名称"字段时，查找类别名称为"饮料"的记录信息，代码如下。

Data1.Recordset.Seek "="，"饮料"

10.2.3　Data 控件的常用事件

Data 控件的常用事件介绍如下。

（1）Reposition 事件：当某一个记录成为当前记录之后触发的事件。以下几种方法可以触发该事件。

① 单击 Data 控件的某个按钮，移动了记录。

② 使用了某个 Move 方法（如 MoveFirst、MoveLast、MoveNext 或 MovePrevious）。

③ 使用某个 Find 方法（如 FindFirst、FindLast、FindNext 或 FindPrevious）。

④ 其他可以改变当前记录的属性或方法。

例如，在例 10.1 中通过该事件显示出当前的记录号。

（2）Validate 事件。Validate 事件与 Reposition 事件不同，是当某一记录成为当前记录之前，或是在 Update、Delete、Unload 或 Close 操作之前触发的事件。

例如，在例 10.1 中通过 Validate 事件可以确定是否对记录集做修改，如不修改则恢复为原先的内容。

10.2.4　与 Data 控件的数据绑定

在 Visual Basic 中通常把具有数据源属性（DataSource）的控件称为数据绑定控件。工具箱中的 Picture、Label、TextBox、CheckBox、Image、OLE、ListBox 和 ComboBox 均有

Datasource 属性，通过该属性可以和 Data 控件所连接的记录集 Recordset 的某个字段相绑定并显示该字段的内容。除了这些常用的控件之外，DataList、DataCombo、DataGrid 和 MSHFlexGrid 控件（这些控件要从菜单"工程"→"部件"中添加）也可以显示或操作 Data 控件所绑定的记录集中的记录。

（1）与 Data 控件数据绑定时的相关属性。

DataSource 属性：从下拉列表中选择想要绑定的控件名称，如图 10.14 所示，选择 Data1。

DataField 属性：从下拉列表中选择要显示的字段名称。

图 10.14　DataSource 属性

（2）绑定数据控件的步骤。与 Data 控件进行数据绑定的过程不需要加入任何程序代码，例如，将文本框与 Dara1 控件绑定，显示供应商的名称，操作步骤如下。

① 将数据控件 Data1 和文本框 Text1 放置在窗体中。

② 设置 Text1 名称为 txtprovidername。

③ 设置 Data1 的 DatabaseName 属性为"f:\supermarket.Mdb"，RecordSource 属性为"provider"表。

④ 设置 txtprovidername 的 DataSource 属性为 Data1，DataField 属性为"供应商名称"字段。

【例 10.1】创建一个工程文件 supermarket.vbp，显示数据表 provider 供应商的信息，并且可以添加、修改、删除数据表中的数据，要求用文本框绑定 Data 控件，分别显示"provider"表的各字段内容，如图 10.15 所示。

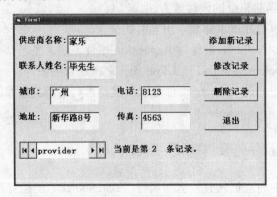

图 10.15　工程文件 supermarket.vbp 运行界面

其操作步骤如下：

① 新建一个工程，向窗体中添加 4 个按钮、9 个标签、6 个文本框和 1 个 Data 控件。

② 文本框控件的属性设置见表 10.2。

表 10.2　文本框控件的属性设置

	Text	DataSource	DataField
txtProName	空	Data1	供应商名称
TxtName	空	Data1	联系人姓名
TxtAdr	空	Data1	地址
txtCity	空	Data1	城市
txtPhone	空	Data1	电话
txtFax	空	Data1	传真

③ 标签控件的 Caption 属性设置见表 10.3。把标签 Label9 的名称改为 LblRecordNum，程序运行时通过代码使该标签里显示出记录集当前指针的位置，Caption 属性的初始状态设置为空。

表 10.3　标签的属性设置

	Caption		Caption
Label1	供应商名称：	Label6	传真
Label2	联系人姓名：	Label7	当前是第
Label3	城市：	Label8	条记录。
Label4	地址：	Label9	空
Label5	电话：		

④ 4 个按钮的属性设置见表 10.4。

表 10.4　按钮的属性设置

	Name	Caption
Command1	AddCmd	添加新记录
Command1	EditCmd	修改记录
Command1	DelCmd	删除记录
Command1	ExitCmd	退出

⑤ Data 控件的属性设置如下所示。

DataBaseName：设置需要连接的数据库为 f:\supermarket.mdb。

RecondSource：选择需要绑定的数据表为供应商表 provider。

⑥ 输入如下所示的程序代码。

```
Private Sub AddCmd_Click()          '添加新记录
Data1.Recordset.AddNew
Data1.Recordset.Update
Data1.Recordset.MoveLast
txtProName.SetFocus
End Sub
```

```vb
Private Sub Data1_Reposition()              '显示出记录集当前指针的位置
LblRecordNum.Caption = Data1.Recordset.AbsolutePosition + 1
End Sub


Private Sub Data1_Validate(Action As Integer, Save As Integer)
    '确定是否修改，如不修改则恢复为原先的内容
        Dim Dia
        If Save = True Then
            Dia = MsgBox("您确定要添加/修改该记录吗？ ", vbInformation + vbYesNo, "确定修改")
            If Dia = vbNo Then
                Save = False
                Data1.UpdateControls
            End If
        End If
End Sub


Private Sub DelCmd_Click()                  '删除记录
    Dim Dia
        Dia = MsgBox("您确定要删除吗？ ", vbInformation + vbYesNo, "删除记录")
        If Dia = vbYes Then
            '如果当前无记录，则弹出对话框告知用户
            If Data1.Recordset.EOF Then
            MsgBox "no record"
            Exit Sub
            End If
            Data1.Recordset.Delete
            Data1.Recordset.MoveNext
            '当删除最后一个记录后，如果再删除就会出错，因此每次删除一条记录后，要用 EOF
            属性进行判断
            If Data1.Recordset.EOF Then
                MsgBox "这是最后一条记录！ ", vbExclamation + vbOKOnly, "最后一条记录"
            End If
        Else
            Exit Sub
        End If
End Sub


Private Sub EditCmd_Click()                 '修改记录
    Data1.Recordset.Edit
    Data1.Recordset.Update
End Sub


Private Sub ExitCmd_Click()
    End
```

```
    End Sub

    Private Sub Form_Load()
        Data1.Caption = Data1.RecordSource
    End Sub

    Private Sub TxtAdr_KeyPress(KeyAscii As Integer)
        If KeyAscii = 13 Then TxtPhone.SetFocus
    End Sub

    Private Sub TxtCity_KeyPress(KeyAscii As Integer)
        If KeyAscii = 13 Then TxtAdr.SetFocus
    End Sub

    Private Sub TxtName_KeyPress(KeyAscii As Integer)
        If KeyAscii = 13 Then TxtCity.SetFocus
    End Sub

    Private Sub TxtPhone_KeyPress(KeyAscii As Integer)
        If KeyAscii = 13 Then TxtFax.SetFocus
    End Sub

    Private Sub txtProName_KeyPress(KeyAscii As Integer)
        If KeyAscii = 13 Then TxtName.SetFocus
    End Sub
```

⑦ 保存该窗体为 10-1-supermarket.frm，工程文件为 10-1-supermarket.vbp。

该程序较简单，所连接的供应商 privodr 表中没有建立索引。当供应商 privodr 表中建立了索引时，就不能在增加按钮的代码中直接写入 Update 语句，否则系统将会报错说"索引或主索引不能包含一个空（Null）值"，此时程序要做相应的修改。

10.3 ADODC 控件

在 Visual Basic 中，用户可使用 3 种数据访问接口，即 ActiveX 数据对象（ADO）、数据访问对象（DAO）和远程数据对象（RDO），这 3 种接口代表了数据访问技术的 3 个发展时代。其中的 ADO（Active Data Objects）是一种提供访问各种数据类型的连接机制，它是 DAO/RDO 的后继产物。ADO 是为 Microsoft 的数据访问 OLE DB 而设计的，OLE DB 是一个低层的数据访问接口，通过它可以访问各种数据源，这些数据源包括关系和非关系数据库、文本文件和图形等。

ADO Data Control 又称为 ADODC 控件，可以通过 Microsoft ActiveX Data Objects 数据对象（ADO）快速建立数据绑定控件和数据提供者之间的连接。数据提供者可以是任何符合 OLE DB 规范的数据源。ADODC 控件和 Data 控件在概念上很相似，都可以将一个数据源连接到一个数据绑定控件，也都有相同的外观，如图 10.16 所示。但是，相比较来说，

ADODC 控件更加灵活，适应性更广。

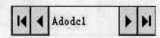

图 10.16　ADODC 控件的外观

当新建一个工程时，ADODC 控件不在工具箱中，需要打开菜单"工程"→"部件…"对话框选择"Microsoft ADO Data Control 6.0（OLEDB）"，向工具箱中添加 ADODC 控件的图标。将 ADODC 控件放置到窗体中，其默认名称为"Adodc1"。下面讲述该控件主要属性的设置。

10.3.1　ConnectionString 属性

ConnectionString 属性是一个字符串，用来连接到数据源。数据源可以是 Data Link 文件、ODBC 数据源或连接字符串，如图 10.17 所示。

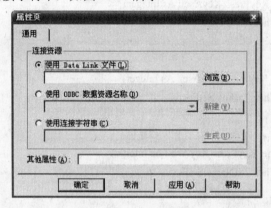

图 10.17　设置 ConnectionString 属性的对话框

由图 10.17 可见，为了能设置好所需的 ConnectionString 属性，必须知道如何创建一个数据链接文件（Data Link），如何创建 ODBC 数据源以及如何创建连接字符串，下面将分别介绍。

1．创建 Data Link 文件

创建 Data Link 文件的步骤如下。

（1）打开 Windows 资源管理器，本文用的是 Windows XP 操作系统。

（2）打开准备用来存放数据连接文件（.udl）的文件夹，例如，选择"D：\"来存放。

（3）在 Windows 资源管理器窗口右边空白处单击鼠标右键，从快捷菜单中选择"新建文本文件"，将文件名改为"myDatalink.udl"，新建一个 udl 文件，此时屏幕上会弹出一个对话框告之"如果改变文件扩展名，可能会导致文件不可用，确实要更改吗？"，单击"是"按钮即可。

（4）用鼠标双击"myDatalink.udl"文件，打开"数据链接属性"对话框，如图 10.18 所示。

（5）单击"提供程序"选项卡，在"OLE DB 提供程序"中选择"Microsoft Jet 3.51 OLE DB Provider"，如果已有的数据库是 Access 2000 的格式，则选择"Microsoft Jet 4.0

OLE DB Provider"，如图 10.19 所示，然后单击"下一步"按钮。

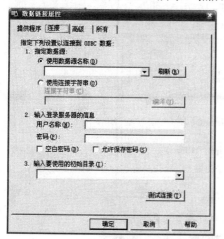 

图 10.18 "数据链接属性"对话框　　　　图 10.19 数据链接属性——选择需要连接的数据

（6）选择或输入数据库名称，本例的数据库在 F:\supermarket.mdb 下。

（7）单击"测试连接"按钮，如果数据连接成功，将会弹出测试连接成功对话框，如图 10.20 所示。

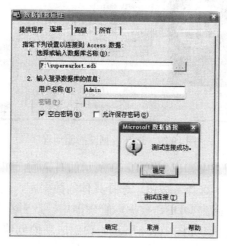

图 10.20 选择或输入数据库名称并测试连接成功

2．创建 ODBC 数据源

ODBC 数据源名称（DSN），表示了将应用程序和某个数据库相连接的信息集合。ODBC 驱动器管理程序使用该信息创建一个到数据库的连接。根据操作系统的不同，这些信息被保存在 ODBC.ini 文件或者系统注册表中。用户可以使用 Windows 控制面板的 ODBC 管理工具来创建 DSN。在 Windows XP 操作系统中创建 DSN 的步骤如下。

（1）单击任务栏上的"开始"→"设置"，再单击"控制面板"，选择"性能和维护"，在弹出的界面中再单击"管理工具"，然后双击"数据源（ODBC）"，弹出如图 10.21 所示的对话框。

（2）单击"添加"按钮，选择想安装的数据源的驱动程序。这里选择"Microsoft Access Driver(*.mdb)"，如图 10.22 所示。

图 10.21 "ODBC 数据源管理器"对话框

图 10.22 选择数据源的驱动程序

（3）单击"完成"按钮将会弹出如图 10.23 所示的对话框，在数据源名中，给所连接的数据源起一个名称，然后单击"选择"按钮，选择具体的数据库，这里选择的是 F:\supermarket.mdb，单击"确定"按钮，回到 ODBC 数据源管理器中，此时将看到刚才所定义的数据源名称 my-database 出现在列表中，如图 10.24 所示，说明成功地创建了一个 ODBC 数据源。

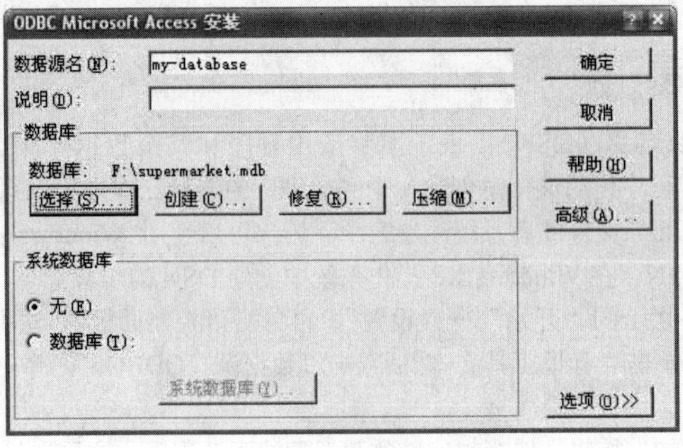

图 10.23 设置数据源名

图 10.24　数据源名 my-database

（4）最后单击"确定"按钮，完成创建 ODBC 数据源。

3．创建连接字符串

当选择使用连接字符串时，单击"生成"按钮，根据弹出的对话框依次操作，类似于前面创建 Data Link 文件和创建 ODBC 数据源。这里还是选择连接 F:\supermarket.mdb 文件，完成后，将用下面这样一行的字符串来填充，如图 10.25 所示。

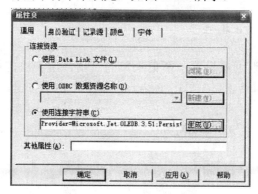

图 10.25　使用连接字符串

Provider=Microsoft.Jet.OLEDB.3.51;Persist Security Info=False;Data Source=F:\supermarket. mdb

注意，若想连接的数据库是 Access 2000 的格式，则选择"Microsoft Jet 4.0 OLE DB Provider"，那么自动生成的连接字符串将是"Provider=Microsoft.Jet.OLEDB.4.0;Persist Security Info=False;Data Source=F:\supermarket.mdb"。

连接字符串主要由 3 个参数构成，其中的"；"表示各个参数之间的分隔符号。各参数的含义见表 10.5。

表 10.5　连接字符串的各个参数

参　　数	值	含　　义
Provider	Microsoft.Jet.OLEDB.4.0	OLE DB 的驱动程序
Persist Security Info	False	是否保存密码
Data Source	F:\supermarket.mdb	数据源

有了前面的基础，下面就可以进一步设置 ConnectionString 属性。例如，选择"使用 Data Link 文件"选项，单击"浏览"按钮选择前面所建立的数据连接文件：D:\myDatalink.udl 即可，如图 10.26 所示。

这里也可以选择"使用 ODBC 数据资源名称"，在其下拉列表中选择前面刚建立的数据源 my-database，如图 10.27 所示。如果事先没有建立好所需的 ODBC 数据源名称，此处也可以通过单击右边的"新建"按钮来建立。

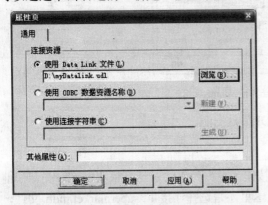
图 10.26　设置 Data Link 文件

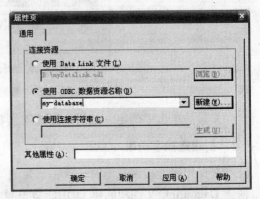
图 10.27　设置 ODBC 数据源名称

10.3.2　RecordSource 属性

RecordSource 属性返回或设置一个记录集的查询，用于决定从数据库中查询什么信息。在 Adodc1 控件的属性窗口中单击 RecordSource 右侧的按钮，显示如图 10.28 所示的属性页。

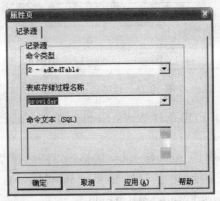
图 10.28　RecordSource 的属性页

若选择"命令类型"为"2-adCmdTable"，则设置一个表或存储过程名为记录源；在"表或存储过程名称"的下拉列表中选择"provider"表，然后单击"确定"按钮，Adode1 控件就连接到"supermarket.mdb"的"provider"表。

若选择"1-adCmdText"选项，在"命令文本"中输入 SQL 语句，则可以将查询的结果作为记录源。

除了以上 2 个 ADODC 控件常用属性，UserName 属性和 Password 属性也是比较常用的属性。其中 UserName 属性是用户名称，当数据库受密码保护时，需要指定该属性。这个属性也可在设置 ConnectionString 属性时设置。Password 属性设置 ADO Recordset 对象创建过程中所使用的口令，当访问一个受保护的数据库时是必须的。该属性设置值是只写的，它只能在代码中提供，而不能从 Password 属性中读出。

10.3.3　ADODC 数据库连接举例

下面我们来小结关于 ADODC 控件和数据库连接的方法。利用 ADODC 控件连接数据库有两种方法，具体如下。

（1）通过 ADODC 属性页实现连接。在 ADODC 属性页中（见图 10.17），从"使用 Data Link 文件"，"使用 ODBC 数据源名称"或"使用连接字符串"中选择一种方式连接数据源。

【例 10.2】通过 Adodc 控件和 DataGrid 控件的绑定在窗体 Form1 上显示出数据表 provider 的内容。本例无须编写代码。

其操作步骤如下。

① 新建一个工程，向窗体中添加一个控件 Adodc1。

② 设置 Adodc1 控件的 ConnectionString 属性为使用 Data Link 文件 D:\mydatalink.udl，如前面所述，这里也可以选择"使用 ODBC 数据源名称"或"使用连接字符串"方式。

③ 设置 Adodc1 控件的 RecordSource 属性为表 provider。

④ 从"工程"→"部件"中把"Microsoft DataGrid Control 6.0(OLEDB)"添加到工具箱中，然后向窗体中添加一个 DataGrid 控件。

⑤ 设置 DataGrid1 控件的 DataSource 属性为 Adodc1。

⑥ 保存该窗体为 10-2-AdodcDG.frm，工程为 10-2-AdodcDG.vbp，运行该窗体，即可看到表 provider 的内容，如图 10.29 所示。

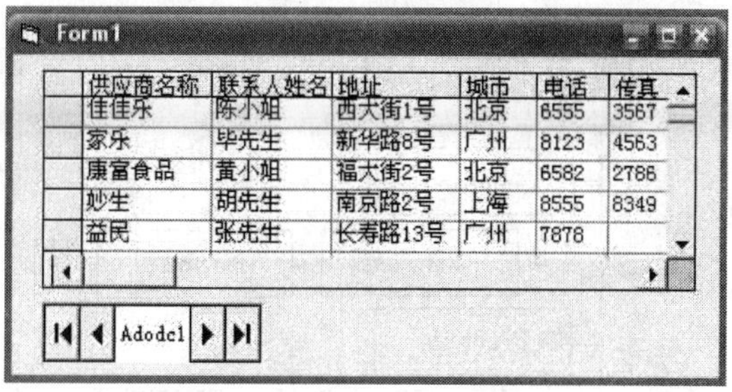

图 10.29　ADODC 控件和 DataGrid 控件的简单绑定

（2）通过代码实现数据连接。除了通过属性页的设置连接数据库之外，也可以在程序运行时动态地连接数据源。下面的例子是一段进行数据库连接的常用代码。

【例 10.3】本例题是一个代码片段，功能是进行 ADODC 控件的数据连接。

其操作步骤如下。

① 创建一个新的工程，向窗体中添加一个控件 Adodc1，一个 CommandButton，并把其 Caption 属性改为"测试数据连接"。

② 在 Command1 的 Click 事件中输入如下的代码，此段代码将在下面做进一步的解释，保存该窗体为 10-3-ADOConnect.frm，工程文件为 10-3-ADOConnect.vbp，运行界面如图 10.30 所示。

```
Private Sub Command1_Click()
Set cn = New ADODB.Connection
Set rs = New ADODB.Recordset
cn.ConnectionString = "Provider=Microsoft.Jet.Oledb.3.51;" & _
"Data Source=f:\supermarket.mdb;"
cn.ConnectionTimeout = 30
cn.Open
If cn.State = adStateOpen Then MsgBox "数据连接成功!"
End Sub
```

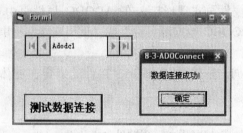

图 10.30　通过代码实现数据连接

这里通过示例讲述了 ADODC 控件的主要属性及其使用。常用的 ADODC 控件的事件和方法与 Data 控件一样，请参考前面所述以及查阅相关的文档。

10.4　ADO 对象模型

前面所述的通过 ADODC 控件连接并访问数据库是 ADO 的初级运用。要使 Visual Basic 访问数据库的程序设计功能进一步提高，必须了解 ADO 对象模型。ADO 对象模型如图 10.31 所示。

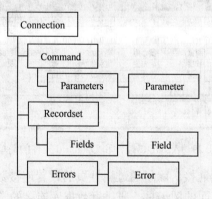

图 10.31　ADO 对象模型

10.4.1　Connection 对象

ADO 对象模型中，最重要的一个是 Connection 对象，通过该对象建立和数据库的连接，可以说它是 ADO 的源头，只有创建了 Connection 对象之后，才可以创建和使用图 10.31 中的 Command 对象和 Recordset 对象。使用 Connection 对象的一般步骤如下。

（1）创建 Connection 对象。在 ADO 对象模型中，使用一种对象时，通常是先定义然后再创建该对象的实例。创建 Connection 对象的代码如下：

Dim cn As ADODB.Connection   '定义一个 Connection 类别的对象变量
Set cn = New ADODB.Connection   '创建一个对象实例 cn

也可以将这两句代码合成为一句，下面的效果等价于执行前面的两条语句。

Dim cn As New ADODB.Connection

（2）连接 Connection 对象和数据源。创建了 Connection 对象之后，接下来就需要指定该对象所连接的数据源。设置 Connection 对象连接数据源的代码如下。

CnnStr="Provider=Microsoft.Jet.Oledb.3.51;" & "Data Source=f:\supermarket.mdb;"
Cn.open CnnStr

（3）打开数据表：

rs.CursorLocation=adUserClient

rs.Open "provider", cn, adOpenKeyset, adLockPessimistic

在这里调用了 Recordset 对象的 Open 方法来打开数据表"provider"。关于 Recordset 对象，后面将有讲述。

（4）关闭 Connection 对象。当应用程序不再需要使用数据库时，应该调用 Connection 对象的 Close 方法。

rs. Close

需要注意的是，调用 Close 方法后，Connection 对象依然存在。若想完全释放 Connection 对象所占用的系统资源，必须使用如下的语句。

Set cn=Nothing

通常当用户关闭应用程序时，该应用程序所打开的数据库将会自动关闭，并自动释放 Connection 对象所占用的系统资源。

10.4.2　Recordset 对象

Recordset 对象是一个记录集，可以来自基本表或 SQL 命令执行的结果。其性质和前面在 Data 控件以及 ADODC 控件中所用到的 Recordset 是相同的。Recordset 对象常用的属性如下。

（1）CursorLocation 属性。游标（Cursor）类似于一个指针。通过游标与数据库记录之间的关系，Recordset 对象可以方便地定位所要存取的记录。CursorLocation 属性用于设置或返回游标引擎的位置。

（2）CursorType 属性。CursorType 属性指示在 Recordset 对象中使用的游标类型。

（3）LockType 属性。LockType 属性指示编辑过程中对记录使用的锁定类型。

记录集 Recordset 是存取数据库中数据的最主要的对象。Recordset 对象可以用于浏览指定的行，移动行，指定移动行的顺序，添加、更改或删除行等。前面讲述的 Recordset 方法，如 Move 方法群、Find 方法群均可以在此适用。关于 Recordset 对象的进一步设置请参考相关的文档。

10.4.3　Command 对象

Command 对象主要用来执行 SQL 语句。在没有 Command 对象的情况下，执行 SQL 语句的方法有以下两种。

方法一：使用 ADODC 控件。

Adodc1.CommandType=adCmdText

Adodc1.RecordSource=SQL 语句

Adodc1.Refresh

方法二：使用 Recordset 对象的 Open 方法。

rs.Open SQL 语句 cn, adOpenDynamic,adLockPessimistic

采用 Command 对象后，有第三种方法可以执行 SQL 语句。

方法三：使用 Command 对象。

```
Dim cn As New ADODB.Connection        '创建一个 Connection 对象实例 cn
Dim cmd As New ADODB.Command          '创建一个 Command 对象实例 cmd
Dim rs As New ADODB.Recordset         '创建一个 Recordset 对象实例 rs


Set cmd.ActiveConnection = cn
sSQL = "select * from provider"        'SQL 语句
cmd.CommandText = sSQL
Set rs = cmd.Execute                   '执行 SQL 语句的结果构成一个记录集实例 rs
```

不论是使用 Recordset 对象，还是采用 Command 对象来执行 SQL 语句，其实质是一样的。在实际的程序设计中可以按需选用。

10.4.4 Field 对象

Field 对象代表各字段的类型和值。每个 Field 对象对应于 Recordset 中的一列。Recordset 对象含有由 Field 对象组成的 Fields 集合。使用 Field 对象的 Value 属性可设置或返回当前记录的数据。读取 Field 对象的常用语法格式如下。

（1）Recordset.Fields(i).Value：存取第 i 个字段的内容。参见例 10.4。

（2）Recordset.Fields(字段名称).Value：根据字段名称来存取字段的内容。

例如：Recordset.Fields("供应商名称").Value

（3）Recordset！[字段名称]

例如：Recordset！[供应商名称]

注意，（3）中的字段名称不能用双引号括起来，而且字段名称不能用变量代替。

10.4.5 Error 对象

Error 对象用来检测和判断在数据库操作中出现的错误，如连接失败等。在 Visual Basic 中，出现特定 ADO 的错误将引发 On Error 事件，并且该错误将出现在 Error 对象中。在 ADO 中，有些对象名后多了一个 "s"，如 Errors，Fields 等。添加 "s" 意味着这是相应对象的集合对象，如 Errors 是 Error 对象的集合对象。

在了解 ADO 对象模型中主要对象的使用方法后，对 ADO 对象的主要操作总结如下。

（1）连接到数据源，通常涉及 ADO 的 Connection 对象。

（2）向数据源提交命令，通常涉及 ADO 的 Command 对象。

（3）执行命令，如执行一个 SELECT 语句。如果执行的命令有结果返回，则这些结果将存储在易于检查、操作或更改的缓存中。可以通过 ADO 的 Recordset 对象对结果进行操作。

（4）提供错误检测，通常涉及 ADO 的 Error 对象。

【例 10.4】设置 ADODC 控件，在程序运行时建立和数据库 supermarket.mdb 的连接，把表 provider 中的全部记录内容用 List 控件显示。通过 InputBox 函数输入要查找的供应商名称，并把结果显示在 DataGrid 控件中，如图 10.32 所示。

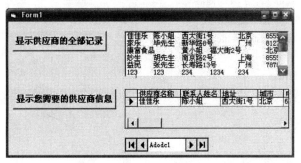

图 10.32　例 10.4 的运行界面

其操作步骤如下。

① 新建一个工程，向窗体中添加一个控件 Adodc1，两个 CommandButton 按钮，一个 List 控件和一个 DataGrid 控件。每个控件的属性设置见表 10.6。

表 10.6　【例 10.4】中部分控件的属性设置

Command1	Caption 为 "显示供应商的全部记录"
	Name 为 CmdAll
Command2	Caption 为 "显示您需要的供应商信息"
	Name 为 CmdQuery
List1	Name 为 ListRecord
DataGrid1	DataSource 为 Adodc1

注意，在使用 ADO 对象之前，先从菜单 "工程" → "引用…" 中引用 "Microsoft Acti-veX Data Object 2.0 Library"，这样才可以使 ADO 对象模型中的 Connection、Recordset、Command、Fields 等对象可用。

② 输入如下的程序代码。

```
'在通用声明中定义
Dim cn As New ADODB.Connection
Dim cmd As New ADODB.Command
Dim rs As New ADODB.Recordset
Dim CnnStr As String

Private Sub CmdAll_Click()
    Dim x As String
    Dim i As Integer
'记录指针移到第一条记录
```

```
        rs.MoveFirst
    '清空 List 控件中的内容
        ListRecord.Clear
    '用循环读取每一条记录的内容并显示在 List 控件中，用 EOF 判定是否到了记录集的尾部
        Do While Not rs.EOF
            x = ""
                '用循环读取每一个字段的内容
                For i = 0 To rs.Fields.Count - 1
                    x = x & rs.Fields(i).Value & Chr(vbKeyTab)
                Next
            ListRecord.AddItem x
            rs.MoveNext
        Loop
    End Sub


Private Sub CmdQuery_Click()
    '弹出一个对话框，请用户输入供应商的名称
    x = InputBox("请输入供应商的名称:", "按供应商查询")
    'SQL 语句，查询满足用户条件的供应商
    sSQL = "select * from provider where  供应商名称=" & """ & x & """"
    '通过代码设置 Adodc 控件的连接
    Adodc1.ConnectionString = CnnStr
    Adodc1.CommandType = adCmdText
    Adodc1.RecordSource = "select * from provider where  供应商名称=" & """ & x & """"
    Adodc1.Refresh
End Sub


Private Sub Form_Load()
    '在窗体加载时进行数据源的连接设置
    '设置连接的字符串
    CnnStr = "Provider=Microsoft.Jet.Oledb.3.51;" & _
    "Data Source=f:\supermarket.mdb;"
    '打开连接
    cn.Open CnnStr
    '创建一个记录集实例 rs
    rs.CursorLocation = adUseClient
    rs.Open "provider", cn, adOpenKeyset, adLockPessimistic
    '以下这 4 行代码等价于前面这两行，结果均是创建了一个记录集实例 rs
    'Set cmd.ActiveConnection = cn
    'sSQL = "select * from provider"
    'cmd.CommandText = sSQL
    'Set rs = cmd.Execute
End Sub
```

③ 保存该窗体为 10-4-AdodcDGList.frm，工程文件为 10-4-AdodcDGList.vbp。

本例题示范了如何通过代码的方式创建 ADO 对象实例，连接数据库，绑定数据控件，并显示出满足条件的数据记录，在此基础上可以进一步完善该程序的功能。

10.5 数据窗体向导

通过 Visual Basic 的数据窗体向导可以方便、简单地生成包含各个被绑定控件和事件过程的窗体，管理所绑定的数据库中的信息。"数据窗体向导"可以和 ADODC 控件一起使用。使用数据窗体向导的步骤如下。

（1）单击菜单"外接程序"→"外接程序管理器"，弹出"外接程序管理器"对话框，在"可用外接程序"中选择"VB 6 数据窗体向导"，并选中"加载/卸载"复选框，如图 10.33 所示。

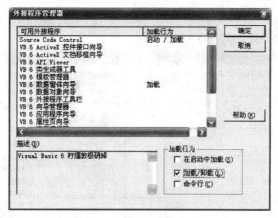

图 10.33 "外接程序管理器"对话框

（2）单击"确定"按钮后，将会在"外接程序"菜单中增加"数据窗体向导"子菜单，单击该子菜单，弹出"数据窗体向导"窗口，如图 10.34 所示，单击"下一步"按钮，然后选择数据库类型为"Access"，如图 10.35 所示。

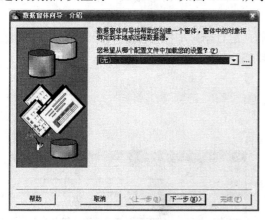

图 10.34 "数据窗体向导"第一步

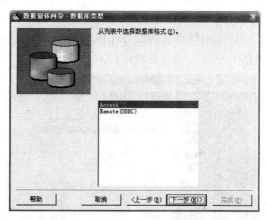

图 10.35 "数据窗体向导"第二步

（3）选择数据库所在的路径，这里选择 F:\supermarket.mdb，如图 10.36 所示。

（4）自己定义一个窗体的名称、选择你所需的布局和绑定的类型，如图 10.37 所示。选择以单个记录形式绑定 ADO 数据控件，窗体名称为"供应商信息"。

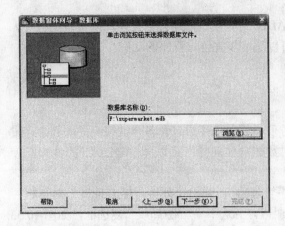

图 10.36 "数据窗体向导"第三步　　　　　　图 10.37 "数据窗体向导"第四步

（5）选择记录源为表"provider"以及需要显示的字段，如图 10.38 所示。

（6）选择所需要的控件，如图 10.39 所示。

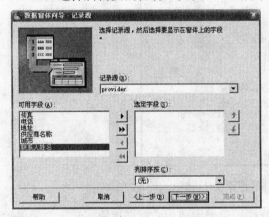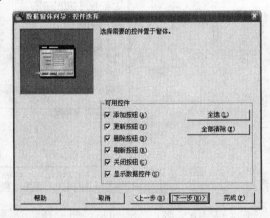

图 10.38 "数据窗体向导"第五步　　　　　　图 10.39 "数据窗体向导"第六步

（7）把设置保存在一个后缀名为.rwp 的文件中，最后单击"完成"按钮，如图 10.40 所示。

这个由数据窗体向导生成的窗体是可运行的，运行结果如图 10.41 所示。用户可以修改窗体的布局，以及查看代码，并根据自己的需要修改代码。

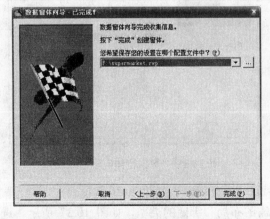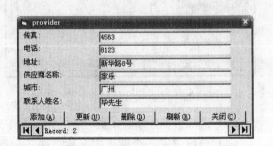

图 10.40 "数据窗体向导"第七步　　　　　　图 10.41 用"数据窗体向导"生成的窗体

10.6 数据环境设计器

10.6.1 打开数据环境设计器

数据环境设计器（Data Environment designer）为访问数据库提供了一个很好的交互环境和图形接口。在设计时，可以用鼠标拖动数据环境中的对象到窗体或报表中方便地创建数据绑定的控件，也可以对数据环境中的 Connection 对象和 Command 对象编写代码响应 ADO 事件。从菜单"工程"中选择"添加 Data Environment"可以添加一个数据环境设计器对象到一个 Visual Basic 工程中，如图 10.42 所示。

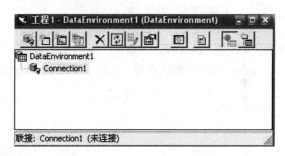

图 10.42　数据环境设计器窗口

下面是数据环境设计器窗口中常用的各个工具栏图标的说明。

（1）：添加一个新的 Connection 对象。

（2）：添加一个新的 Command 对象。

（3）：打开"插入存储过程"对话框。从一个特定连接中可使用的存储过程列表中创建一个或多个 Command 对象。

（4）：添加一个子 Command 到当前选定的 Command 对象。

（5）：删除当前选定的 Command 或 Connection 对象。

（6）：刷新当前选定的 Command 或 Connection 对象。

① 刷新一个 Connection 对象时，如果该连接是打开的，则先关闭连接，然后重新打开它。该连接所连接的列表、存储过程、视图也被刷新。

② 刷新一个 Command 对象的同时也刷新了它所有的存储元数据，例如字段和参数信息。对表或存储过程定义的任何更改，在刷新后会反映在 Command 对象中。

③ 需要注意的是，在刷新期间，所有用户定义的属性设置都会丢失。对于 Field 对象，其 Caption 属性和 Control 属性被重新设置为它们的默认值。对于 Parameter 对象，将重新设置 Name、Direction、DataType、HostDataType、Precision、Scale、Size 和 Value 属性。

（7）：当 Command 数据源是文本时，访问一个 Command 对象的查询设计器。

（8）：打开选定的 Command、Connection 或 Field 对象的"属性"对话框。

（9）：打开代码窗口。

（10）：打开"选项"对话框。

（11）：按照 Connection 排列，显示按照连接分组的对象，与之相关联的所有 Command 对象列在 Connection 对象的下面。

（12）：按照 Object 排列，将相同类型的对象组合在一起，便于快速地定位一个对象。

10.6.2 Connection 对象

数据环境通过 Connection 对象访问数据库。因此，每个数据环境至少包括一个 Connection 对象。在设计时，数据环境打开 Connection 对象的连接并从该连接中获得数据源，包括数据库名、表结构和过程参数。当把数据环境设计器添加到一个工程中时，数据环境设计器就自动地创建一个 Connection1 对象。用户单击 DataEnvironment1 和 Connection1，可在属性窗口修改它们的名称。例如，把 Data Environmem 对象名称设置为 "DEsupermarket"，将 Connection1 对象名称设置为 "Cnnsupermarket"。

在数据环境设计器中定义一个 Connection 对象的属性，就是建立了一个和数据库的连接，其步骤与 ADODC 控件的 ConnectionString 属性设置相同。在 Connection 对象上单击鼠标右键，在快捷菜单中选择 "属性"，则弹出 "数据链接属性" 对话框。在 "提供程序" 选项卡中选择 "Microsoft Jet 3.51 OLE DB Provider"，单击 "下一步" 按钮，然后选择所需的数据库名称，例如 F:\supermarket.mdb，单击 "测试连接" 按钮，如果测试成功则建立了连接。

10.6.3 Command 对象

Command 对象定义了从一个数据库连接中获取何种数据的详细信息。Command 对象既可以基于一个数据库对象，如一个表、视图等，也可以基于一个 SQL 查询。必须先设置好 Connection 对象的属性，即建立了数据库连接后，才可以有 Command 对象。创建 Command 对象的步骤如下。

（1）选择数据环境窗口中的 Connection 对象（CnnSupermarket），单击数据环境设计器工具栏上的 "添加命令" 按钮，或单击鼠标右键，选择快捷菜单中的 "添加" 命令。

（2）在属性窗口输入 Command 的对象名 "CmmProvider"。

（3）用鼠标右键单击 Command 对象，选择 "属性" 打开属性选项卡，选择连接的对象为 "CnnSupermarket"，数据库对象选择为 "表"，对象名称中选择表 "provider"，如图 10.43 所示。

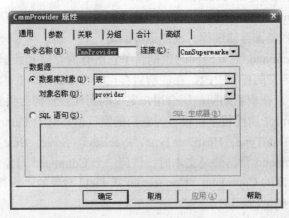

图 10.43　Command 对象的属性设置

完成之后将在 Data Environment 设计器中看到如图 10.44 所示的结构。

在前面的建立连接和创建 Command 对象中，分别建立了一个 Cnnsupermarket 对象和 CmmProvider 对象，其属性设置见表 10.7。

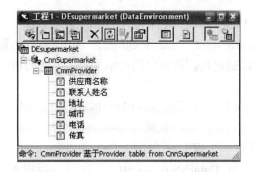

图 10.44　连接了数据源的数据环境设计器

表 10.7　Cnnsupermarket 对象和 CmmProvider 对象属性的设置

对　象	名　称	属　性	值
Connection	Cnnsupermarket	Provider	Microsoft Jet 3.51 OLE DB Provider
		Data Source	F:\supermarket.mdb
Command	CmmProvider	CommandType	adCmdTable
		CommandText	数据表 provider

　　这里使用数据环境设计器方便地建立了两个对象。其实也可以采用前面所述的 ADO 来建立，上面的操作，可以通过如下的代码来完成。

```
Dim Cnnsupermarket As New ADODC.Connection
Dim CmmProvider As New ADODC.Command
CnnStr = "Provider=Microsoft.Jet.Oledb.3.51;" & "Data Source=f:\supermarket.mdb;"
Cnnsupermarket.Open CnnStr
Set CmmProvider.ActiveConnection= Cnnsupermarket
CmmProvider. CommandType= adCmdTable
CmmProvider. CommandText= "provider "
```

10.6.4　创建用户界面

　　使用数据环境设计器创建一个用户界面是非常简单的。只要打开一个窗体（如果当前的工程中没有窗体，则可以添加一个新的窗体），并把需要显示的字段用鼠标拖到窗体中去即可。运行该窗体就可以显示出第一条记录的内容，如图 10.45 所示。

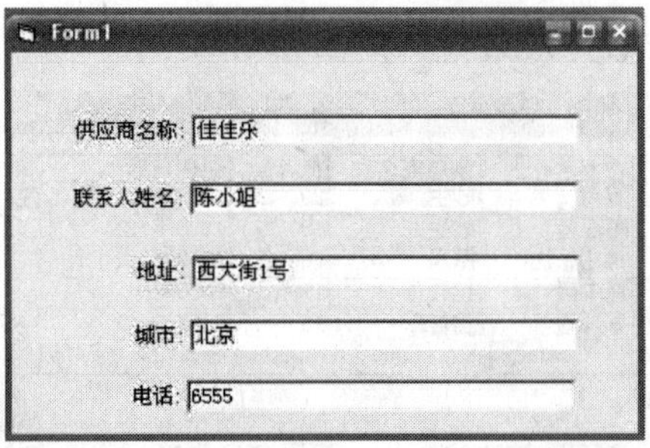

图 10.45　创建一个用户界面

　　窗体中各个控件的属性已自动设置了，例如，显示"供应商"字段的文本框 Name 属性为"txt 供应商名称",DataSource 属性为"DEsupermarket"（数据环境设计器名），DataMember 属性为"CmmProvider"，DataField 属性为"供应商名称"（字段名）。用户可以重新设置这些控件的数据绑定属性，也可以通过增加控件并编写相应的代码来完善该窗体的功能。

【例 10.5】通过 DataGrid 控件显示数据环境设计器所连接的内容。

其操作步骤如下。

① 新建一个工程，通过"工程"→"添加 Data Environment"，向该工程中添加一个数据环境设计器，默认名称为 DataEnvironment1。（这里可以根据需要，用鼠标右键单击 DataEnvironment1，从弹出的快捷菜单中选择"添加连接"，例如，添加一个新的连接 Connection2。）

② 用鼠标右键单击 Connection1，从弹出的快捷菜单中选择"属性"，设置连接到 F:\supermarket.mdb。

③ 用鼠标右键单击 Connection1，从弹出的快捷菜单中选择"添加"命令，添加一个命令 Command1，再用鼠标右键单击该 Command1，从弹出的快捷菜单中选择"属性"，设置 Command1 的属性。在命令名称中重命名为 Cmmprovider，在数据源中选择"表"，并从下拉列表中选择"provider"。

④ 重复第②步，新建另外一个命令 Command2，并重命名为 CmmGoods，在数据源中选择"表"，并从下拉列表中选择"Goods"。

⑤ 添加两个 CommandButton，分别是 Command1 和 Command2，设置其 Caption 属性分别为"显示供应商信息"和"显示商品信息"。

⑥ 在程序运行中设置 DataGrid 控件的属性，代码如下。

```
Private Sub Command1_Click()
    Set DataGrid1.DataSource = DataEnvironment1        '数据环境的名称为 DataEnvironment1
    DataGrid1.DataMember = "Cmmprovider"               'Command 对象的名称为 Cmmprovider
End Sub


Private Sub Command2_Click()
    Set DataGrid1.DataSource = DataEnvironment1
    DataGrid1.DataMember = "Cmmgoods"
End Sub
```

⑦ 保存该窗体为 10-5-DataEnDG.frm，数据环境设计器为 10-5-DataEnDG-DEnvir.Dsr，工程为 10-5-DataEnDG.vbp。程序运行界面如图 10.46 所示。

图 10.46　例 10.5 程序运行界面

与通过 ADODC 控件连接数据源相比较，若通过数据环境设计器来连接数据源，在 DataGrid 控件中要设置 DataMember 属性。

一个简单的数据环境，仅有一个 Connection 对象和一个 Command 对象。在例 10.5 中初步接触了一个具有两个 Command 对象的数据环境。其实在一个数据环境设计器中是可以建立多个 Connection 对象，多个 Command 对象以及多个 Recordset 对象的，也就是说，数据环境设计器可以包含 Commands、Connections 和 Recordsets 的集合。应用程序可以通过两种方式使用一个数据环境，一是作为数据绑定控件的一个直接数据源；二是可以通过编程创建数据环境的一个实例，并执行它的 Command 对象。

通过例题 10.5，可以进一步具体地理解数据环境设计器中 DataEnvironment、Connection、Command 和 Recordset 之间的关系。在例 10.5 的数据环境设计器 DataEnvironment1 中，每个 Connection 对象都作为 DataEnvironment1 的一个属性（如图 10.47 所示），该属性设置了连接的有关信息。可以在一个 DataEnvironment1 中创建多个 Connection 连接到不同的数据源。每个 Command 对象都将作为 DataEnvffonmem1 的一个方法。在例 10.5 中，创建了两个 Command 对象，即 Cmmprovider 和 Cmmgoods。在数据环境设计器中创建了 Command 对象以后，记录集的名字就自动定为"rs+Command 对象名"。例如，这里创建的 Cmmprovider 和 Cmmgoods，就相应地创建了名为 rsCmmprovider 和 rsCmmgoods 的记录集，如图 10.47 所示。

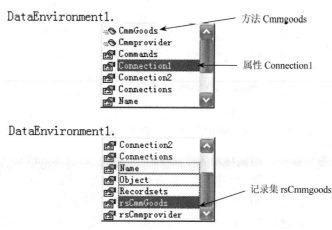

图 10.47　DataEnvironment1 中的属性和方法

清楚了数据环境设计器中各个对象之间的关系，通过代码就可以编辑和创建用户自己的 DataEnvironment 对象，并方便地存取数据。

10.6.5　SQL 生成器

前面简单地介绍了 SQL 语句的基础知识，在数据环境设计器中可以通过 SQL 生成器方便地运用 SQL 语句。例如，在例 10.5 中的第四步，对 CmmGoods 属性的设置（如图 10.48 所示），选择采用 SQL 语句，此时，可以在下面的文本框中输入 SQL 语句；或者不输入 SQL 语句，而是单击"SQL 生成器"按钮，将弹出"数据视图"窗口和"设计：CmmGoods"窗口，如图 10.49 所示。在"数据视图"窗口中将显示出 Connection1 对象所连接的数据源中的所有表和视图。

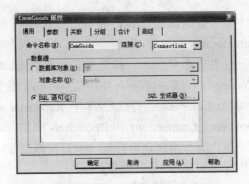

图 10.48　CmmGoods 属性的设置

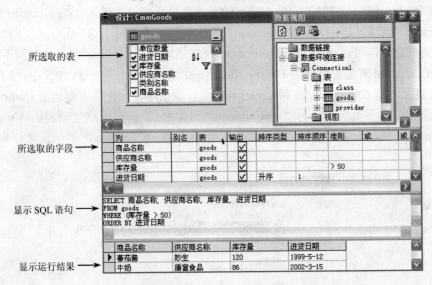

所选取的表

所选取的字段

显示 SQL 语句

显示运行结果

图 10.49　"数据视图"窗口和"设计：CmmGoods"窗口

　　展开"数据视图"窗口，用鼠标将表"goods"拖到"设计：CmmGoods"窗口中的最上面的窗格中，这里用来放所选取的数据表。然后从下面的窗格的列表中选取所需的字段，若需要可以设置排序类型、排序顺序以及准则等。用户的操作均会自动地生成相应的 SQL 语句并显示在下面。用鼠标右键单击"设计：CmmGoods"窗口的空白处，在弹出的快捷菜单中选择"运行"，运行的结果将显示在最后的窗格中。当关闭"设计：CmmGoods"窗口时，将会询问"保存更改到查询'CmmGoods'？"，单击"是"按钮，即可保存。回到 CmmGoods 属性设置窗口，将看到 SQL 语句自动生成了，如图 10.50 所示。

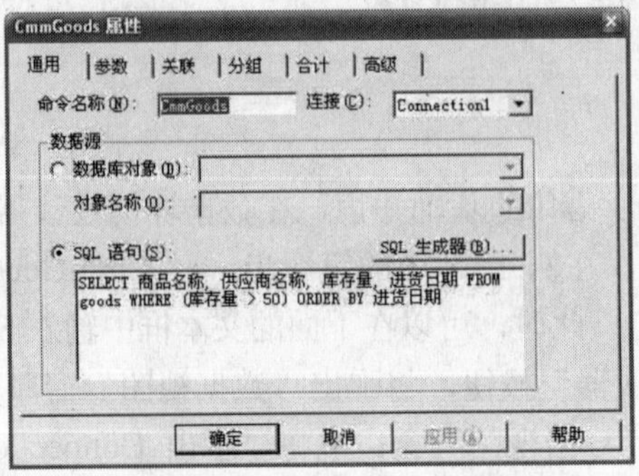

图 10.50　CmmGoods 属性→SQL 语句

这里仅仅是对数据环境设计器的初步使用。通过数据环境设计器进行数据连接，不仅方便，而且功能强大，它可以对数据库进行一些复杂的操作，比如分组统计等。

本章简述了 Visual Basic 访问数据库的常用控件及其属性，事件和方法，介绍了数据环境设计器的使用，并初步了解了 ADO 对象模型。这是 Visual Basic 数据库应用的基础，更深层次的数据库应用可以查看 Visual Basic 的相关文档。

习　题

1．判断题

（1）Recordset 对象表示的是来自基本表或命令执行结果的记录集。　　（　　）

（2）DataField 是数据绑定控件的一个属性，它可以返回或设置一个数据源。　（　　）

（3）数据环境通过 DataEnvironment、Connection 对象访问数据库。　　（　　）

（4）SQL 语言的 Select 语句可以默认 from 字句。　　（　　）

（5）通过数据控件和数据绑定控件操作数据库时，必须编写代码才能实现记录的显示。

（　　）

2．选择题

（1）Microsoft Access 数据库文件的扩展名为＿＿＿＿＿＿。

　　A．.mdb　　　　　　B．.bas　　　　　　C．.vbp　　　　　　D．.frm

（2）在 Visual Basic 中通常把具有＿＿＿＿＿＿属性的控件称为数据绑定控件。

　　A．DataFormat　　B．RecordSource　　C．DataSource　　D．DataMember

（3）如果 DBList 控件或 DBCombo 控件上显示的数据是来源于数据库的，那么它们与数据库的绑定是通过＿＿＿＿＿＿属性实现的。

　　A．BoundColumn 和 BoundText　　　　B．RowSource 和 ListField

　　C．DataSource 和 DataField　　　　　D．DataSource 和 RowSource

（4）以下 4 个控件中，不属于数据绑定控件的是＿＿＿＿＿＿。

　　A．Text 控件　　　B．OLE 控件　　　C．Option 控件　　D．Label 控件

（5）以下用 SQL 语句查找数据库 Stu.mdb 的表 Stdinfor 中的所有金融专业的学生的英语成绩，正确的是＿＿＿＿＿＿。

　　A．Select all * and 英语 from Stu.mdb where 专业="金融"

　　B．Select 英语 from Stu.mdb where 专业="金融"

　　C．Select 英语 from Stdinfor where 专业="金融"

　　D．Select * and 英语 from Stdinfor where 专业="金融"

（6）调用 Data 控件的 AddNew 方法之后，还需要调用＿＿＿＿＿＿才可以把对于记录的更改保存到数据库中。

　　A．Updata 方法　　　　　　　　　　B．Edit 方法

　　C．Refresh 方法　　　　　　　　　　D．UpdataControls 方法

（7）用数据控件 Data1 连接数据库时，无须使用＿＿＿＿＿＿属性。

　　A．RecordSource　　　　　　　　　　B．DatabaseName

　　C．EOFAction　　　　　　　　　　　D．Connect

（8）在 Visual Basic 中可以使用 3 种数据访问接口，它们是＿＿＿＿＿＿。

    A．ADO、DAO 和 RDO   B．Data 控件、DAO 和 OLE

    C．Data 控件、DAO 和 OLE   D．ADO、数据绑定控件和 RDO

（9）下面＿＿＿＿＿＿不在常用工具箱中，需要打开"工程"→"部件"对话框，选择后添加到工具箱中。

    A．ADODC 控件、OLE 控件、DataCombo 控件

    B．DataList 控件、OLE 控件、DataGrid 控件

    C．ADODC 控件、DataList 控件、DataCombo 控件

    D．ComboBox 控件、DataList 控件、DataCombo 控件

（10）在 ADO 对象模型中，通过＿＿＿＿＿＿对象建立和数据库的连接。

    A．Command   B．Recordset   C．Field   D．Connection

3．思考题

（1）如何把 ADODC 控件和 DataGrid 控件进行数据绑定？

（2）请总结 Visual Basic 中可以和数据源进行数据绑定的控件。

（3）请概述 ADO 对象模型中 Connection 对象、Command 对象和 Recordset 对象之间的关系。

（4）请简述 ADODC 控件执行 SQL 语句的方法。

（5）请简述通过 Command 对象执行 SQL 语句的方法。

第二部分　实　验　篇

实验一　Visual Basic 的安装及工作环境

一、实验目的

1. 学会安装 Visual Basic 6.0。
2. 熟悉 Visual Basic 的工作环境。

二、实验内容

1. Visual Basic 6.0 的安装。

Visual Basic 6.0 可从单独发行的一张 CD 盘上安装，也可以从 Visual Studio 6.0 产品的第一张盘上安装。一般都用 Visual Basic 自动安装程序进行安装，也可执行 Visual Basic 子目录下的 Setup.exe 文件，在安装程序的提示下，逐一回答问题即可完成安装。Visual Basic 6.0 的联机帮助文件使用 MSDN（Microsoft Developer Network Library）文档的帮助方式，与 Visual Basic 6.0 系统不在同一张 CD 盘上，而与"Visual Studio 6.0"产品的帮助集合在两张 CD 盘上，在安装过程中，安装程序会提示插入 MSDN 盘。

Visual Basic 6.0 有 3 种安装方式供选择：典型安装、自定义安装和最小安装。典型安装包含了 Visual Basic 的一些常用组件；自定义安装方式较好，用户可自行选择需要安装的组件；最小安装仅包含 Visual Basic 的一些必需组件。当然，系统安装好后，也可根据需要添加或删除某些组件，方法是插入安装盘重新执行 Setup.exe 安装程序，安装程序会检测当前系统已安装的 Visual Basic 6.0 组件，用户单击"添加/删除"按钮后，在"安装维护"对话框中选定要添加的组件或撤销选定要删除的组件。

2. 启动 Visual Basic 6.0。

在安装了 Visual Basic 6.0 的计算机上，执行"开始/程序/ Microsoft Visual Basic 6.0 中文版/ Microsoft Visual Basic 6.0 中文版"命令，就可启动 Visual Basic 6.0。

3. 使用并熟悉 Visual Basic 6.0 开发环境。

（1）新建工程。启动 Visual Basic 6.0，会弹出如图 S1.1 所示的"新建工程"对话框，单击"打开"按钮，或在 Visual Basic 启动后，执行"文件/新建工程"命令，选择"标准EXE"，单击"确定"按钮。

（2）显示/隐藏各窗口。分别单击"属性"窗口、"工具箱"、"工程资源管理器"窗口上的关闭按钮关闭这 3 个窗口，再分别执行"视图"菜单中的"属性窗口"、"工具箱"、"工程资源管理器"命令或单击常用工具栏上的相应按钮使它们重新显示在屏幕上。

单击"对象窗口"（即"窗体窗口"）的关闭按钮关闭对象窗口，再单击"工程资源管理器"窗口上的"查看对象"按钮🔲打开"对象窗口"，或"视图"菜单中的"对象窗口"命令。

（3）往窗体上添加控件。单击"工具箱"上的"CommandButton"工具按钮，在窗体上拖动鼠标画出一个命令按钮对象，重复刚才的操作，在窗体上画出第 2 个命令按钮，单击选取第一个命令按钮，在"属性"窗口将该命令按钮的 Caption 属性改为"退出"。

（4）在代码窗口中输入代码。双击"退出"按钮，打开代码窗口，在"退出"按钮（Command1）的 Click 事件中输入 End，关闭代码窗口。

（5）运行程序和结束程序运行。单击常用工具栏上的"启动"按钮 ▸ 运行程序，运行后界面如图 S1.2 所示。单击常用工具栏上的"结束"按钮 ■，或单击窗体上的关闭按钮，或单击窗体上的"退出"按钮都可以结束本程序的运行，回到设计界面。

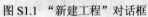
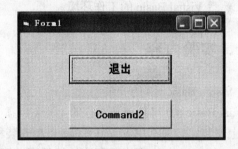

图 S1.1　"新建工程"对话框　　　　　　图 S1.2　运行界面

（6）保存工程。单击常用工具栏上的"保存"按钮 ■，或执行"文件/保存工程"菜单命令，打开"文件另存为"对话框。这里系统默认的保存位置是 Visual Basic 98 文件夹，这是 Visual Basic 系统文件所在的文件夹，所以这里应修改保存位置到你规定的文件夹中，例如 D:\VB6。首先保存窗体文件，系统默认文件名为 form1.frm，修改为 aa.frm，单击"保存"按钮，接着弹出"工程另存为"对话框，默认工程文件名为"工程一.vbp"，改为 aa.vbp，单击"保存"按钮，工程就保存好了。你可以到"Windows 资源管理器"或"我的电脑"中看一下，在你的文件夹中多了两个文件 aa.frm 和 aa.vbp。

（7）打开工程。启动 Visual Basic 后，在 Visual Basic 中打开一个工程只要执行"文件/打开"菜单命令，选择要打开的工程即可，此操作很简单，不会有什么问题。这里重点介绍如何在"Windows 资源管理器"或"我的电脑"中打开一个工程。在"Windows 资源管理器"或"我的电脑"中打开一个工程应双击扩展名为.vbp 的工程文件，而不是扩展名为.frm 的窗体文件（本例应双击 aa.vbp，而非 aa.frm）。如果双击窗体文件，就可以发现 Visual Basic 又新建了一个工程，并把该窗体添加到此工程中，这样一个窗体就同时属于两个工程，这一般不是我们所希望的。

实验二　Visual Basic 窗体的应用

一、实验目的

1．掌握窗体常用属性、事件和方法的应用。
2．熟练掌握建立一个 Visual Basic 应用程序的方法和步骤。
3．属性值。

二、实验内容

1．练习在"属性"窗口设置窗体属性。本题要求设置两个窗体属性，即 Caption 属性，其值为"窗体属性设置"；BackColor 属性，其值为"浅黄色"。
提示：
（1）单击属性列表中的 Caption 属性，在属性值栏中输入"窗体属性设置"
（2）单击属性列表中的 BackColor 属性，在调色板中选择浅黄色。
（3）选择"运行"菜单中的"启动"命令（或单击工具栏中的"启动"按钮）运行应用程序。注意观察窗体属性设置前后的变化。

2．设计一个窗体，当窗体装入时，使窗体呈最大化状态，无边框，充满整个屏幕，并用 Windows 墙纸作为窗体背景；当单击窗体时，窗体显示"窗体应用练习"，字体、大小自拟。当双击窗体时，退出应用程序。
提示：
（1）使窗体呈最大化状态，无边框，充满整个屏幕可设置 WindowsState 窗口状态属性，即

WindowsState=2

（2）用 Windows 墙纸作为窗体背景的事件过程代码如下。

```
Private Sub Form_Load()
    Form1.Picture = LoadPicture("c:\winnt\system32\ntimage.gif")
End Sub
```

（3）单击窗体显示"窗体应用练习"的事件过程代码如下。

```
Private Sub Form_Click()
    Form1.FontSize = 28
    Form1.FontName = "隶书"
    Print
    Print "窗体的 click 事件"
    Print
    Print "设置字号为 28 号"
    Print "设置字体为隶书"
End Sub
```

（4）双击窗体退出应用程序的事件过程代码如下。

```
Private Sub Form_DblClick()
    End
End Sub
```

3．新建一个工程，在代码窗口中输入如下代码。运行程序，观察 Print 语句的输出结果。

```
Private Sub Form_Click()
    Print Tab(1); "A"; "B"; "C"
    Print Tab(2); "A"; "B"; "C"
    Print Tab(3); "A"; "B"; "C"
    Print Tab(4); "A"; "B"; "C"
    Print
    Print Spc(1); "A"; "B"; "C"
    Print Spc(2); "A"; "B"; "C"
    Print Spc(3); "A"; "B"; "C"
    Print Spc(4); "A"; "B"; "C"
End Sub
```

4．新建一个工程，在代码窗口中输入如下代码。运行程序，观察每一个 Print 语句的输出结果。

```
Private Sub Form_Click()
    Print 1; 2; 3
    Print 1, 2, 3
    Print Tab(5); 1; 2; 3
    Print Tab(5), 1, 2, 3
    Print
    Print Tab(5); 1; Spc(5); 2; 3
    Print "ABC";
    Print "EFG"
End Sub
```

实验三　Visual Basic 常用控件应用

一、实验目的

1．熟练掌握标签控件的常用属性、事件和方法的应用。
2．熟练掌握命令按钮的常用属性、事件和方法的应用。
3．熟练掌握文本框控件的常用属性、事件和方法的应用。

二、实验内容

1．练习设置控件属性。该练习中，如图 S3.1 所示"学习控件属性设置"的界面上有一个命令按钮、一个标签框和一个文本框，命令按钮的属性如表 S3.1 所示，标签框的属性如表 S3.2 所示，文本框属性如表 S3.3 所示。

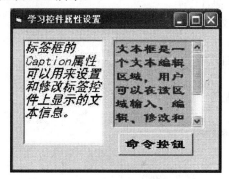

图 S3.1　学习控件属性设置

表 S3.1　命令按钮属性值

Name	Caption	Font
Cmd1	命令按钮	隶书、粗体、三号

表 S3.2　标签框的属性值

Name	Caption	Font	BorderStyle	Font
Lbl1	标签框的 Caption 属性可以用来设置和修改标签控件上显示的文本信息	黑体、斜体、四号	1	白色

表 S3.3　文本框属性值

Font	Text	BackColor	ForeColor	MultiLine	ScrollBar
隶书、粗体、小三号	文本框是一个文本编辑区域，用户可以在该区域输入、编辑、修改和显示正文内容	浅红	深红	True	2-Vertical

2. 设计如图 S3.2 所示的界面，当单击"命令按钮 1"时，在 4 个文本框中依次显示："墙角数枝梅，凌寒独自开。遥知不是雪，为有暗香来"。当单击"命令按钮 2"时，在 4 个文本框中依次显示："日暮苍山远，天寒白屋贫。柴门闻犬吠，风雪夜归人"；且使文本框的高、宽以及文字的大小各增加 1 倍。

图 S3.2　计算器用户界面

提示

（1）"命令按钮 1"的程序代码如下。

```
Private Sub Command1_Click()
    Text1.Text = "墙角数枝梅"
    Text1.FontSize = 10
    Text2.Text = "凌寒独自开"
    Text2.FontSize = 10
    Text3.Text = "遥知不是雪"
    Text3.FontSize = 10
    Text4.Text = "为有暗香来"
    Text4.FontSize = 10
End Sub
```

（2）"命令按钮 2"的程序代码：

```
Private Sub Command2_Click()
    Text1.Height = Text1.Height * 2
    Text1.Width = Text1.Width * 2
    Text2.Height = Text2.Height * 2
    Text2.Width = Text2.Width * 2
    Text3.Height = Text3.Height * 2
    Text3.Width = Text3.Width * 2
    Text4.Height = Text4.Height * 2
    Text4.Width = Text4.Width * 2

    Text1.Text = "日暮苍山远"
    Text1.FontSize = 20
    Text2.Text = "天寒白屋贫"
    Text2.FontSize = 20
    Text3.Text = "柴门闻犬吠"
    Text3.FontSize = 20
```

```
    Text4.Text = "风雪夜归人"
    Text4.FontSize = 20
End Sub
```

3．设计一个简单的计算器应用程序，用户界面有 3 个标签框、3 个文本框和 5 个命令按钮，如图 S3.3 所示。

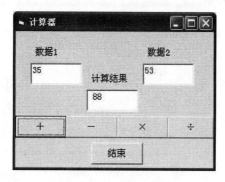

图 S3.3　计算器用户界面

提示："＋"命令按钮的事件过程代码为

```
Private Sub Command1_Click()
    Text3 = Str(Val(Text1) + Val(Text2))
End Sub
```

4．在如图 S3.4 所示的界面上有 2 个标签框、1 个文本框和 1 个命令按钮。程序运行时完成如下功能：① 在文本框内输入自己的姓名，按 Enter 键后在标签 2 内显示"您好！×××，欢迎您学习 VB！"，并适当改变标签内文字的颜色、字体、大小等属性；② 单击命令按钮时使界面的标题与命令按钮上的标题进行交换。

 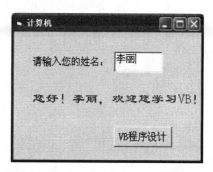

图 S3.4　练习 4 编辑界面与运行界面

提示：

（1）在文本框内按 Enter 键的事件过程代码为

```
Private Sub Text1_KeyPress(KeyAscii As Integer)
    If  KeyAscii = 13 Then
        Label2.Caption = "您好！" & Text1.Text & "，欢迎您学习 VB！"
        Label2.ForeColor = &HFF&
        Label2.FontName = "隶书"
        Label2.FontSize = 16
```

```
        Label2.AutoSize = True
    End If
End Sub
```

（2）单击命令按钮交换标题的事件过程代码为

```
Private Sub Command1_Click()
    t = Form1.Caption
    Form1.Caption = Command1.Caption
    Command1.Caption = t
End Sub
```

实验四　Visual Basic 语言基础

一、实验目的

1. 掌握 Visual Basic 的数据类型和变量的定义及赋值方法。
2. 掌握各种运算符和表达式的用法。
3. 掌握常用内部函数的用法，尤其是输入/输出函数。

二、实验内容

1. 运算符和表达式练习。

阅读下面的程序代码，人工计算要打印的表达式的值，然后新建一个工程，在界面的单击事件中输入代码并运行，检验人工计算的结果。

```
Private Sub Form_Click()
    Dim x%, y%, z As Boolean
    x = 10
    y = 3
    z = True
    Print x + y, x * y
    Print 6 * (x + y) / 7
    Print "123" + 456
    Print "123" + "456"
    Print 123 & 456
    Print x / y, x \ y, x Mod y
    Print x > y, x < y
    Print x >= 5 And x <= 11
    Print x < 6 Or x > 12 Or z
End Sub
```

2. 常用函数练习。

阅读下面的程序代码，人工写出打印结果，然后在界面的单击事件中输入代码并运行，检验结果与所写是否一致。

```
Private Sub Form_Click()
    Dim a$, b%, c$, d$
    Randomize
    a = "fdgsd123"
    b = Int(Rnd * 100 + 1)
    c = "12"
    d = "23"
    Print b
```

```
    Print c + d, Val(c) + Val(d)
    Print Len(a), Left(a, 1), Mid(a, 3, 2)
    Print Chr(66), Asc("A"), Asc("a"), Asc("z")
    Print UCase("a"), UCase("tsy"), LCase("AgH")
    Print Time(), Date, Now()
    Print DateDiff("d", Now, #9/28/2008#)
End Sub
```

3. 输入/输出函数练习。

（1）新建一工程，在界面的单击事件中输入以下代码，运行程序，体会并掌握 InputBox 函数、MsgBox 函数及过程的使用。可单击界面运行 3 次，每次在最后一个信息框中分别单击"是"、"否"、"取消"按钮，观察窗体上打印出的 i 值。另外，请读者注意 3 个连续的打印"你的姓名"语句，语句不同，但打印结果一样，望读者能理解并掌握这些表示方法。

```
Private Sub Form_Click()
    a = InputBox("请输入你的姓名", "姓名输入", , , 200, 200)
    Print "你的姓名是"; a
    Print "你的姓名是" + a
    Print "你的姓名是" & a
    MsgBox "你的姓名是" & a
    x = InputBox("输入 x 的值")
    MsgBox x
    i = MsgBox("真的退出吗", 32 + 3, "提示框")
    Print i
End Sub
```

（2）新建一工程，在界面上画一个文本框和一个命令按钮，如图 S4.1 所示。编写下面的事件过程。

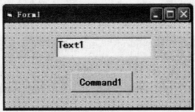

图 S4.1　设计界面

```
Private Sub Form_Load()
    Text1.FontSize = 16
    Command1.FontSize = 16
    Text1.Text = ""
    Command1.Caption = "计算"
End Sub
Private Sub Command1_Click()
    a = InputBox("输入第一个加数")
    b = InputBox("输入第二个加数")
    Text1.Text = a + b
End Sub
```

运行程序，输入两个加数分别是 2 和 3，text1 中显示的结果是 23，这显然不是我们所期望的。其原因是"+"运算符既是算术加运算符，又是字符连接运算符，在表达式中做哪一种运算符，要看其前后的操作数。本例用 InputBox 函数输入的数据是字符型，即 a 和 b 是两个字符型变量，a+b 中的"+"仅作为字符连接运算符，而不是算术加运算符，因此会得出结果 23。

要实现数据相加，需要对输入的数据进行类型转换，通过 val 函数将字符型数据转换为数值型，即将 Text1.Text = a + b 改为 text1=val(a)+val(b)。改好后再次运行程序，输入数据 2 和 3，结果是 5。

除了采用上面的将字符型数据转换为数值型数据方法外，也可以通过将变量 a 和 b 显式地定义为数值型的方法。修改命令按钮的单击事件如下：

```
Private Sub Command1_Click()
    Dim a!, b!
    a = InputBox("输入第一个加数")
    b = InputBox("输入第二个加数")
    Text1.Text = a + b
End Sub
```

再次运行程序，结果正确。这里没有通过 val 函数转换也可以进行数值相加，其原因是已显式地将变量 a 和 b 声明为数值型（单精度型），赋值语句自动完成转换功能。

用 InputBox 函数输入的是字符型数据，而不是数值。这看起来是一个小问题，实际上不然。像上面的例子中，如果不进行转换，就得不到预期的结果，而程序运行又不报任何错误。因此，如果要用 InputBox 函数输入数值数据，而且该数据要参加加法运算，则应将其转换为数值型。如果是做其他运算，可以不转换，为什么？请读者自己思考。

类似的情况还发生在文本框中。我们经常通过文本框输入数据，文本框中输入的数据也一律作为字符型来处理（即文本框的 Text 属性是字符型）。因此如果用文本框输入要参加算术加运算的数据，也需在运算前先把它转换为数值。请读者修改上面的例子，改用两个文本框输入两个加数。

实验五　顺序程序设计与输入/输出应用

一、实验目的

1. 理解顺序结构程序的含义。
2. 掌握程序中常用的输入/输出方法。

二、实验内容

1. 编程求圆面积。

提示：求圆面积的公式是 $S = \pi r^2$，只要知道半径，就可以求出圆面积。本题很简单，但为了熟悉常用的输入/输出方法，下面给出几种做法供参考。

（1）在界面上画一个命令按钮，在命令按钮的单击事件中输入下面的代码。

```
Private Sub Command1_Click()
    Dim r!, s!
    r = 4
    s = 3.1415 * r * r
    Print "圆面积为"; s
End Sub
```

说明：

① 该程序代码是一个顺序结构，程序运行时依次执行每条语句，且每条语句只执行一次。

② Visual Basic 的很多程序用于数据处理，例如本例。解决问题的基本逻辑是：输入数据→处理数据→输出结果，其顺序不能颠倒。如本例中只有先执行 r = 4 后才能计算 s，随后才能输出 s。

③ 该程序输入是用赋值语句 r = 4 实现的，程序只能计算半径是 4 的圆的面积，要计算其他半径的圆面积，必须修改程序。显然该程序的通用性较差。为了提高程序的通用性，可将语句 r=4 改为

r = InputBox("请输入半径")

这样可在程序运行时输入半径，求圆面积，从而提高程序的通用性。

④ 该程序结果的输出是用 Print 方法将结果打印在界面上，也可以通过信息框输出结果，将语句：Print "圆面积为"; s　改为：MsgBox "圆面积为" & s。

（2）新建工程，在界面上画两个标签、两个文本框和一个命令按钮，并修改相关属性，设计界面如图 S5.1（a）所示，运行界面如图 S5.1（b）所示。编写下面的事件过程。

```
Private Sub Form_Load()
    Label1.Caption = "圆半径"
    Label2.Caption = "圆面积"
```

```
        Text1.Text = ""
        Text2.Text = ""
        Command1.Caption = "计算"
    End Sub
    Private Sub Command1_Click()
        Text2.Text = 3.1415 * Text1. Text * Text1. Text
    End Sub
```

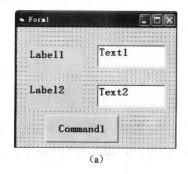

(a)　　　　　　　　　　　　　　　(b)

图 S5.1　设计界面和运行界面

说明：

① 本例中输入数据（圆半径）和输出结果（圆面积）都使用文本框，可见文本框既可以用来输入数据，也可以用来输出数据。另外，也可以利用标签控件的 Caption 属性输出数据，修改程序：删除第 2 个文本框，在它的位置上添加一个标签控件 Label3，修改 Command1 的 Click 事件代码为

```
    Private Sub Command1_Click()
        label3.Caption = 3.1415 * Text1. Text * Text1. Text
    End Sub
```

再次运行程序，观察结果。

② 在程序代码中用控件名及属性会使语句较长，通常以将属性值赋给变量的方法来解决。修改 Command1 的 Click 事件代码为

```
    Private Sub Command3_Click()
        Dim r!
        r = Text1.Text
        Text2.Text = 3.1415 * r * r
    End Sub
```

2. 编程求三角形的面积。求三角形面积公式为

$$S = \sqrt{c(c-x)(c-y)(c-z)} \qquad c = \frac{1}{2}(x+y+z)$$

其中：x，y，z 为 3 条边长。

提示：参照 1 做。

实验六　分支结构程序设计

一、实验目的

1. 掌握单分支、双分支、多分支结构的程序设计。
2. 理解分支结构的嵌套。

二、实验内容

1. 判断学生学习成绩是否优秀,优秀的条件是 3 门课的平均分在 85 分以上,并且每门课成绩不低于 80 分,程序设计界面如图 S6.1(a)所示,界面上有 5 个标签、4 个文本框,3 个命令按钮。要求:

程序一运行,4 个文本框清空,标签 label5 也为空。

输入学生姓名、3 门课的成绩后,单击"显示是否优秀"按钮将判断一个学生的成绩是否优秀,并通过标签 label5 显示出来,如图 S6.1(b)所示。

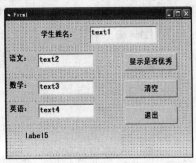
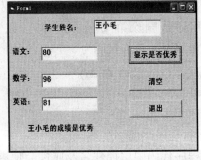

（a）设计界面　　　　　　　　　　　　（b）运行界面

图 S6.1　判断成绩是否优秀实验

单击"清空"按钮,清空 4 个文本框和 label5 的内容,并且将光标定位于 Text1 中。

提示:

（1）利用 Form_Load()事件设置程序初启时的界面。

```
Private Sub Form_Load()
    Text1 = ""
    Text2 = ""
    Text3 = ""
    Text4 = ""
    Label5 = ""
End Sub
```

（2）"显示是否优秀"按钮的事件代码如下。

```
Private Sub Command1_Click()
```

```
    Dim a!, b!, c!
    a = Text2
    b = Text3
    c = Text4
    If (a + b + c) / 3 >= 85 And a >= 80 And b >= 80 And c >= 80 Then
        Label5 = Text1 & "的成绩是优秀"
    Else
        Label5 = Text1 & "的成绩不是优秀"
    End If
  End Sub
```

说明：

① 成绩优秀要同时满足 4 个条件，所以 4 个条件用 "and" 运算符连接。

② 定义 a，b，c 为单精度型变量，把文本框中输入的数字字符赋值给 3 个变量时，系统会自动转换为单精度型，当然通过函数转换也可以，如：a=val(text1)。

（3）"清空" 按钮中将光标定位在 Text1 的语句为：Text1.SetFocus。

2．密码检验程序，运行界面如图 S6.2（a）所示，要求：

单击 "确定" 按钮，检验文本框中输入的密码是否正确，如果正确则弹出如图 S6.2（b）所示的信息框；如果不正确则弹出如图 S6.2（c）所示的信息框，并且清空密码文本框的内容，将光标置于文本框中。

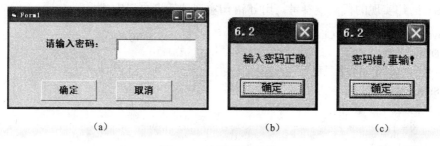

(a)　　　　　　　　　　(b)　　　　　　　　(c)

图 S6.2　密码检验程序

如果要求在输入密码后按 Enter 键就进行密码检验，则事件过程如何编写呢？

提示：

（1）"确定" 按钮的事件代码如下。

```
Private Sub CmdOk_Click()
If Text1 = "abc" Then
    MsgBox "输入密码正确"
Else
    MsgBox "密码错,重输! "
    Text1 = ""
    Text1.SetFocus
End If
End Sub
```

说明：

① 将 "确定" 按钮的名称改为 "CmdOk"。

② 可设置 Text1 的 passwordchar 属性为"*"使输入的密码显示*号。

（2）输入密码后按 Enter 键即检验密码，则检验密码的程序代码应放在密码框（Text1）的 KeyPress 事件中，在该事件代码中应首先判断是否按了 Enter 键，如果按了 Enter 键，再判断密码是否正确，显然程序结构是一个单分支结构，内嵌一个双分支结构。

```
Private Sub Text1_KeyPress(KeyAscii As Integer)
    If KeyAscii = 13 Then
        If Text1 = "abc" Then
            MsgBox "输入密码正确"
        Else
            MsgBox "密码错,重输！"
            Text1 = ""
            Text1.SetFocus
        End If
    End If
End Sub
```

3．编写一出租车计费程序，假设费用只与行驶的里程数有关，计费方法是：3 km 以内每 km11 元，3 km 以上 10 km 以内每 km2.1 元，超出 10 km 后，每 km3.2 元。分别用 if 语句和 select case 语句编写程序。程序界面自行设计。

提示：这是一个多分支结构，用 if 语句和 select case 语句都可实现，下面给出的用 select case 语句实现的代码供参考。用 if 语句实现请读者自己完成。

```
Private Sub Command2_Click()
    Dim x!, y!
    x = InputBox("请输入里程")
    Select Case x
        Case Is <= 3
            y = 11
        Case Is <= 10
            y = 11 + 2.1 * (x − 3)
        Case Is > 10
            y = 11 + 2.1 * (10 − 3) + (x − 10) * 3.2
    End Select
    Print "里程" & x & "km", "应付费" & y & "元"
End Sub
```

实验七 For 循环结构程序设计

一、实验目的

1．掌握 For 循环结构的程序设计。
2．理解并正确使用控制结构的嵌套。
3．理解并掌握多重循环。

二、实验内容

1．编程计算 1～100 的所有偶数的和，用 For 循环结构实现。

```
Private Sub Command1_Click()
Sum = 0
For i = 2 To 100 step 2
    Sum = Sum + i
Next i
Print   Sum
End Sub
```

2．编程统计在 1～100 中是 6 的倍数和 8 的倍数的数各有多少个。程序界面自行设计。
提示：
下面的程序代码供参考。

```
Private Sub Command1_Click()
For i = 1 To 100
    If i Mod 6 = 0 Then m = m + 1
    If i Mod 8 = 0 Then n = n + 1
Next i
Print m, n
End Sub
```

说明：
① 程序结构是在一个循环结构中嵌套了两个单分支结构（单行式）。
② mod 是求余数运算符。
③ m=m+1，n=n+1 是计数器。

3．输入一字符串，统计字符串中英文字母、数字、其他字符各有多少个。界面自行设计。
提示：
下面的程序代码供参考。

```
Private Sub Command1_Click()
    Dim strc$, stra$, n%, n1%, n2%, n3%, i%
    strc = InputBox("输入字符串")
```

```
        n = Len(strc)
        For i = 1 To n
            stra = Mid(strc, i, 1)
            If stra >= "A" And astr <= "Z" Or stra >= "a" And stra <= "z" Then
                n1 = n1 + 1
            ElseIf stra >= "0" And stra <= "9" Then
                n2 = n2 + 1
            Else
                n3 = n3 + 1
            End If
        Next i
        Print "字符串为:" & strc
        Print "字母个数:" & n1
        Print "数字个数:" & n2
        Print "其他字符:" & n3
    End Sub
```

说明：

① 本题也用到控制结构的嵌套，在循环结构中嵌套了一个多分支结构。多分支结构也可以用 Select Case 语句实现，请读者自己完成。

② Len 函数的功能是求字符串字符个数，Mid 函数是取子串函数。Mid(strc, i, 1)的功能是将 strc 中的字符串的第 i 位取出来。

③ 判断字符类型是比较其 ASCII 码值所处的范围。

4．单击如图 S7.1 所示的图形。

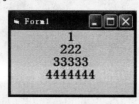

图 S7.1　输出图形运行界面

提示：

下面的程序代码供参考。

```
Private Sub Form_Click()
For i = 1 To 4
    Print Tab(10 - i);                  '定位每行打印的起始位置
    For j = 1 To 2 * i - 1
        Print Trim(Str(i));             'Trim 函数功能是去掉字符两边的空格
    Next j
    Print
Next i
End Sub
```

说明：本题是一个循环嵌套的例子，外循环控制打印行数，内循环控制每行打印的字符及个数。

实验八 Do 循环结构程序设计

一、实验目的

1．掌握 Do while-Loop 与 Do-Loop Until 循环结构的程序设计。
2．掌握累加和连乘算法的实现。

二、实验内容

1．分别采用 Do while-Loop 与 Do-Loop Until 循环结构计算 1～100 的所有偶数的和。

提示：本题已在实验 7 中用 For 循环做过，下面给出的 Do while-Loop 与 Do-Loop Until 循环结构的程序代码供参考。

Do while-Loop 循环结构：

```
Private Sub Command1_Click()
    Dim sum&, i%
    sum = 0: i = 2
    Do While i <= 100
        sum = sum + i
        i = i + 2
    Loop
    Print sum
End Sub
```

Do-Loop Until 循环结构：

```
Private Sub Command2_Click()
    Dim sum&, i%
    sum = 0: i = 2
    Do
        sum = sum + i
        i = i + 2
    Loop Until i > 100
    Print sum
End Sub
```

说明：

本题是一个累加算法，累加一般通过循环来实现，sum 变量存放累加和，其初值应赋为 0 且应在循环外赋初值，sum=sum+i 语句实现累加。

2．编程求 n 个数的连乘积，分别用 Do while-Loop 和 Do-Loop Until 循环结构实现。

提示：

下面的程序代码供参考。

Do while-Loop 循环结构：

```
Private Sub Command1_Click()
    Dim n%, i%, cj&, a&
    cj = 1: i = 1
    n = InputBox("要连乘数的个数")
    Do While i <= n
        a = InputBox("输入第" & i & "个乘数")
        cj = cj * a
        i = i + 1
    Loop
```

```
    Print cj
  End Sub
```

Do-Loop Until 循环结构：

```
Private Sub Command2_Click()
Dim n%, i%, cj&, a&
cj = 1: i = 1
n = InputBox("要连乘数的个数")
Do
  a = InputBox("输入第" & i & "个乘数")
  cj = cj * a
  i = i + 1
Loop Until i > n
Print cj
End Sub
```

说明：

本题是一个连乘算法，与累加算法相似，只是存放连乘积的变量的初值应设为 1。

3．假设某企业现有产值是 3 214 500 元，如果保持年增长率为 11.4%，问多少年后，该企业的产值可以翻一番。

提示：

与前两题相同，本题既可以使用 Do while-Loop 循环结构，也可以使用Do-Loop Until 循环结构。下面的程序代码采用 Do while-Loop 循环结构，供参考。请读者自己编写 Do-Loop Until 循环结构的程序代码。

```
Private Sub Command1_Click()
    Dim cz#, n%
    n = 0: cz = 3214500
    Do While cz < 3214500 * 2
        n = n + 1
        cz = (1 + 0.114) * cz
    Loop
    Print n; "年后产值翻一番，产值为："; cz
End Sub
```

实验九　数组与控件数组的应用

一、实验目的

1．掌握数组的定义方法及数组的基本操作。
2．理解数组的使用场合，学会使用数组。
3．学会控件数组的使用。

二、实验内容

1．输入 10 个数，然后将这 10 个数反向输出。

提示：此题需 10 个变量来存放 10 个数，如果用普通变量就很麻烦，这时可以用数组，定义一个有 10 个元素的一维数组，问题很容易解决。代码如下：

```
Private Sub Command1_Click()
    Dim x(1 To 10) As Integer
    For i = 1 To 10
        x(i) = InputBox("输入第" & i & "个数")
    Next
    For i = 10 To 1 Step − 1
        Print x(i);
    Next
End Sub
```

说明：
程序中输入数据和输出数据都用了循环结构，数组常常是与循环结构一起使用的。

2．输入学生成绩，统计总分和平均分。程序界面自行设计。

提示：
下面的程序代码供参考。

```
Private Sub Form_Click()
Dim mark() As Integer
Sum = 0
n = InputBox("输入学生人数")
ReDim mark(1 To n)
For i = 1 To n
    mark(i) = InputBox("输入第" & i & "个同学的成绩")
    Sum = Sum + mark(i)
Next i
Print "总分为"; Sum, "平均分:"; Sum / n
End Sub
```

说明：这里先定义一个动态数组 mark() 来存放学生的成绩，后面根据输入的学生人数用 ReDim 语句重新指定数组的大小，这种做法提高了程序的通用性。

3. 设计一个简单的计算器，运行界面如图 S9.1 所示，要求：6 个命令按钮用控件数组。

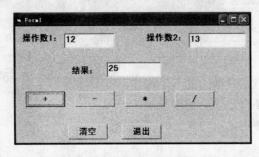

图 S9.1　计算器运行界面

提示：6 个命令按钮用控件数组，其建立方法是：首先使用工具箱画出第 1 个命令按钮，然后通过"复制"、"粘贴"产生其他的按钮。下面的程序代码供参考。

```
Private Sub Command1_Click(Index As Integer)
    Select Case Index
        Case 0
            Text3 = Val(Text1) + Val(Text2)
        Case 1
            Text3 = Text1 − Text2
        Case 2
            Text3 = Text1 * Text2
        Case 3
            Text3 = Text1 / Text2
        Case 4
            Text1 = "": Text2 = "": Text3 = ""
            Text1.SetFocus
        Case 5
            End
    End Select
End Sub
```

思考：以上代码中加法运算用了 Val 函数将 Text1 和 Text2 中输入的数字字符转换为数值，而在其他运算中没用 Val 函数转换（当然转换也行），为什么不用也可以呢？

实验十　数组与常用算法设计

一、实验目的

1．进一步熟悉数组及其使用。
2．理解并掌握求最大值（最小值）、排序、查找等常用算法。

二、实验内容

1．随机产生 10 个 1～100 的正整数，找出其中的最大值和最小值。
提示：
下面的程序代码供参考。

```
Private Sub Command1_Click()
    Dim a%(1 To 10), i%, amax%, amin%
    Randomizc
    For i = 1 To 10
        a(i) = Int(1 + 100 * Rnd)
        Print a(i);
    Next i
    amax = a(1)
    amin = a(1)
    For i = 2 To 10
        If a(i) > amax Then amax = a(i)
        If a(i) < amin Then amin = a(i)
    Next i
    Print
    Print "最大值是"; amax, "最小值是"; amin
End Sub
```

说明：

求最大值算法（最小值一样）是：用一个变量（本例为 amax）来存放最大值，开始将数组的第 1 个元素 a(1)设为最大值，然后将数组其他元素依次与 amax 比较，如果数组元素的值大于 amax，则修改 amax 的值为该数组元素的值，也就是 amax 中放的值是已经比较过的数组元素中最大的一个，如此循环直到最后一个元素，amax 中放的就是所有数组元素中最大的一个。

2．利用 Array()函数给数组（假定有 6 个元素）赋值，并将它们按由小到大的顺序输出。
提示：
这是一个排序问题，排序在计算机进行数据处理时经常用到。排序的算法有多种，常用的有选择法、冒泡法、插入法、合并排序等，前面已对选择法做了介绍，这里只介绍冒泡法。用冒泡法排序程序的代码如下。

```
Option Base 1
Private Sub Command1_Click()
    Dim i%, j%, t%, n%
    Dim x                    '此句也可以用 Dim x() 或 Dim x() as Variant 或 Dim x as Variant
    x = Array(5, 9, 7, 6, 2, 4)
    n = UBound(x) − LBound(x) + 1     '求 x 数组元素个数
    Print "排序前：";
    For i = LBound(x) To UBound(x)
        Print x(i);
    Next i
    Print
    For i = 1 To n − 1                        '进行 n−1 轮比较
        For j = n To i + 1 Step −1            '从最后一个元素到第 i+1 个元素两两进行比较
            If x(j) < x(j − 1) Then           '如果次序不对，则进行交换
            t = x(j)
            x(j) = x(j − 1)
            x(j − 1) = t
            End If
        Next j                               '出了内循环，一轮排序结束
    Next i
    Print "排序后：";
    For i = 1 To n
        Print x(i);
    Next i
End Sub
```

说明：

① 用 Array()函数给数组元素赋值，声明的数组必须是可调数组，甚至连圆括号都可省略，并且类型只能是变体型。

② 冒泡法排序在每一轮排序时将相邻的数比较，当次序不对时就交换位置，出了内循环，这一轮最小数已冒出。共进行 $n−1$ 轮（外循环）。冒泡法排序过程的示意图如图 S10.1 所示。

```
        排序前： 5 9 7 6 2 4
   第一轮排序后： 2 5 9 7 6 4
   第二轮排序后： 2 4 5 9 7 6
   第三轮排序后： 2 4 5 6 9 7
   第四轮排序后： 2 4 5 6 7 9
   第五轮排序后： 2 4 5 6 7 9
```

图 S10.1　冒泡法排序过程示意图

3．根据给定的查找值，在数组中找出与之相同的元素。

提示：

这是一个查找问题，查找方法一般有顺序查找和二分法查找，这里使用顺序查找方法，顺序查找是把要查找的值与数组中的元素逐一进行比较。下面的程序代码供参考。

```
Private Sub Command1_Click()
    Dim a, i%, q%, Flag As Boolean
    a = Array(1, 5, 3, 9, 6, 7)
    Flag = False
    q = InputBox("输入要查找的数")
    For i = 0 To 5
        If a(i) = q Then
            Flag = True
            Exit For
        End If
    Next i
    If Flag = True Then
        Print "找到，是 a(" & i & ")"
    Else
        Print "没找到"
    End If
End Sub
```

实验十一 Visual Basic 工程元素的应用

一、实验目的

1．掌握函数过程和子过程的定义和调用以及参数传递。
2．理解变量和过程的作用域的含义。

二、实验内容

1．分别编一计算阶乘的子过程和函数过程，并调用。
提示：
下面的代码供参考。

用函数过程实现：

```
Public Function nn(x%) As Long
 Dim i%
 nn = 1
 For i = 1 To x
  nn = nn * i
 Next i
End Function
'用主调程序调用函数过程
Private Sub Command1_Click()
Dim n%
n = InputBox("输入 n 值")
Print nn(n)
End Sub
```

用子过程实现：

```
Public Sub jc(x%, nj&)
 Dim i%
 nj = 1
 For i = 1 To x
  nj = nj * i
 Next i
End Sub
'用主调程序调用子过程
Private Sub Command2_Click()
Dim n%, y&
n = InputBox("输入 n 值")
call jc (n, y)        '或  jc n, y
Print y
End Sub
```

说明：
因本题只有一个返回值，所以用函数过程实现更直观，通过函数名 nn 返回函数值。用子过程实现只能通过参数返回值，实参 y 和形参 nj 必须以传址方式相结合，将形参 nj 值传给实参 y，请读者思考若将定义子过程语句改成 Public Sub jc(x%, ByVal nj&)，会是什么结果。

2．编写一个子过程，其功能是将数组逆序排列，即将数组的第 1 个元素与最后一个元素交换，第 2 个元素与倒数第 2 个交换，依此类推，并编写主程序调用之。程序运行界面可参考图 S11.1。

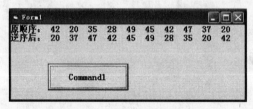

图 S11.1 程序运行界面

提示：

下面的程序代码供参考。

定义子过程：

```
Private Sub nx(x%())
    Dim i%, t%, n%
    n = UBound(x) − LBound(x) + 1
    For i = 1 To n \ 2
        t = x(i)
        x(i) = x(n − i + 1)
        x(n − i + 1) = t
    Next i
End Sub
```

主调程序：

```
Private Sub Command1_Click()
    Dim i%, a%(1 To 10)
    Randomize
    Print "原顺序：";
    For i = 1 To 10
        a(i) = Int(20 + Rnd * 31)
        Print a(i);
    Next i
    Call nx(a())
    Print
    Print "逆序后：";
    For i = 1 To 10
        Print a(i);
    Next i
End Sub
```

说明：

本题主调程序中通过随机数函数产生 10 个 20～50 的整数给数组元素赋值，也可采用其他方法给数组元素赋值。

此题还可以将数组 a 定义为动态数组，以增加程序的通用性，读者可自己试做。

3．实验六中检验密码一题，现要求输入错误密码的次数不能超过 3 次，即如果连续输入 3 次错误密码，程序将弹出如图 S11.2 所示的提示窗口，并结束程序运行。

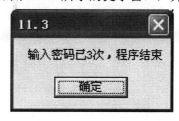

图 S11.2　提示窗口

提示：

下面的程序代码供参考。

```
Dim k%
Private Sub Form_Load()
    k = 0
End Sub
Private Sub Command1_Click()
    k = k + 1
    If Text1 = "abc" Then
        MsgBox "密码正确"
        End
```

```
        Else
            If k = 3 Then
                MsgBox "输入密码已 3 次，程序结束"
                End
            Else
                MsgBox "密码错误，重输"
                Text1 = ""
                Text1.SetFocus
            End If
        End If
    End Sub
```

说明：

本题中变量 k 用来统计输入密码的次数，在"通用声明"段处将其定义为窗体级变量（Dim k%），请读者思考能否将 Dim k% 语句放在 Command1_Click() 事件过程中，是否还有其他解决办法（提示：可在 Command1_Click() 事件过程中用 Static k%，将其定义为静态变量）。

实验十二 多重窗体的应用

一、实验目的

1. 熟练掌握窗体的显示和隐藏。
2. 熟练掌握 Visual Basic 中多重窗体的使用。

二、实验内容

1. 设计一个由 3 个窗体组成的应用程序。窗体 1（form1 窗体）为主界面，运行时窗体显示"单击窗体：欣赏古诗词"；当单击窗体 1 时激活窗体 2（form2 窗体），显示唐诗一首（内容、字体和大小自拟），并显示"单击窗体：继续欣赏"；单击窗体 2 时激活窗体 3（form3 窗体），显示宋词一首（内容、字体和大小自拟）。另外，在窗体 1 中设计一个"退出"按钮，退出应用程序；窗体 2 和窗体 3 各设计一个可以返回到窗体 1 的"返回"按钮。

2. 设计一个由两个窗体组成的应用程序。窗体 1 为启动窗体，其界面如图 S12.1（a）所示，运行时当输入口令正确时出现如图 S12.1（b）所示的对话框，打开窗体 2，窗体 2 的界面自拟，要求学号、姓名和试卷号显示于窗体 2；当输入口令不正确时出现如图 S12.1（c）所示的对话框，重新输入口令。

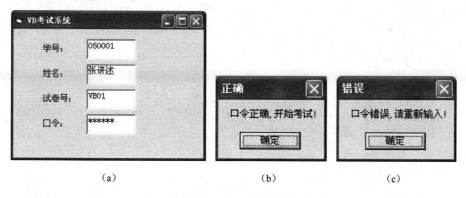

| （a） | （b） | （c） |

图 S12.1 VB 考试系统

提示：

（1）设置 Text4 文本框 PasswordChar 属性为"*"。

（2）判断口令正确与否的程序代码如下。

```
Private Sub Text4_KeyPress(KeyAscii As Integer)
    If KeyAscii = 13 Then
        If Text4.Text = "123456" Then
            MsgBox "口令正确,开始考试!", , "正确"
            Form2.Show
            Form1.Hide
```

```
        Else
                MsgBox "口令错误,请重新输入!", , "错误"
                Text4.Text = ""
                Text4.SetFocus
        End If
    End If
End Sub
```

3．设计一个输入和计算学生成绩的应用程序，由 3 个窗体组成。如图 S12.2（a）所示为主界面，如图 S12.2（b）所示为输入学生成绩的界面（要求检查输入的成绩是否为 0～100，若不在此范围内则清除，要求用户重新输入），如图 S12.2（c）所示为计算学生平均成绩和总分的界面，另外，学生姓名只能在图 S12.2（a）中输入，图 S12.2（b）和图 S12.2（c）中只能显示。

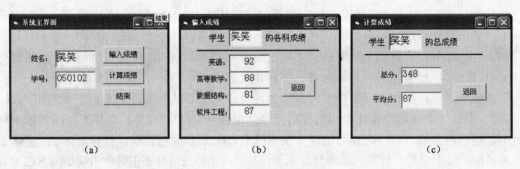

图 S12.2　成绩录入和计算系统

实验十三　单选按钮、复选框和框架

一、实验目的

1. 熟练掌握单选按钮的常用属性、事件和方法。
2. 熟练掌握复选框的常用属性、事件和方法。
3. 熟练掌握框架的常用属性、事件和方法。

二、实验内容

1. 在如图 S13.1（a）所示的界面上有 1 个标签框、1 个文本框和 2 个单选按钮。程序运行时完成如下功能：在文本框内输入小麦的数量，当单击"一级小麦"或"二级小麦"单选按钮时，出现如图 S13.1（b）所示的对话框。

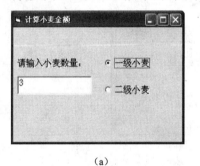

（a）

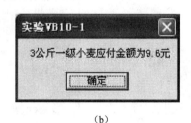

（b）

图 S13.1　练习单选按钮的使用

提示：

单击"一级小麦"、"二级小麦"单选按钮的事件过程代码为

```
Private Sub Option1_Click()
    MsgBox (Text1 & "kg 一级小麦应付金额为" & Text1 * 3.2 & "元")
End Sub
Private Sub Option2_Click()
    MsgBox (Text1 & "kg 二级小麦应付金额为" & Text1 * 2.8 & "元")
End Sub
```

2. 在如图 S13.2 所示的界面上有 1 个标签框、1 个文本框、5 个复选框和 2 个命令按钮。该程序的功能是：当用户在复选框中选择课程后，单击"显示选择"按钮，在文本框内显示出所选课程。

提示：

单击"显示选择"命令按钮的事件过程代码为

```
Private Sub Command1_Click()
    Text1 = ""
```

```
        If Check1.Value = 1 Then
            Text1 = Text1 & Check1.Caption & Chr(13) & Chr(10)
        End If
        If Check2.Value = 1 Then
            Text1 = Text1 & Check2.Caption & Chr(13) & Chr(10)
        End If
        If Check3.Value = 1 Then
            Text1 = Text1 & Check3.Caption & Chr(13) & Chr(10)
        End If
        If Check4.Value = 1 Then
            Text1 = Text1 & Check4.Caption & Chr(13) & Chr(10)
        End If
        If Check5.Value = 1 Then
            Text1 = Text1 & Check5.Caption & Chr(13) & Chr(10)
        End If
    End Sub
```

注意：在上述程序段中若去掉"Text1="""这一句，程序在运行中会有何变化，请读者一试。

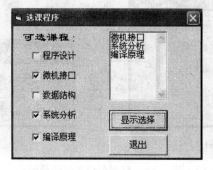

图 S13.2　练习复选框的使用

3. 在如图 S13.3（a）所示的界面上有 1 个文本框、2 个框架（每个框架中有 3 个单选按钮）和 2 个复选框。该程序的功能是：6 个单选按钮可以控制文本框中文字的字体和颜色；复选框可以用来控制"文字颜色"框架是否可见和可操作，控制状况如图 S13.3（a）和图 S13.3（b）所示。

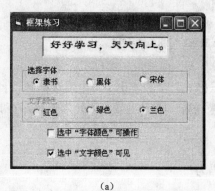

（a）

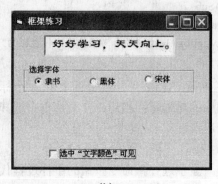

（b）

图 S13.3　练习框架的使用

提示：

（1）框架和框架内控件的制作顺序：先画框架，

（2）控制"文字颜色"是否可操作和可见的程序代码如下。

```
Private Sub Form_Load()
    Frame2.Enabled = False
    Check2.Value = 1
End Sub
Private Sub Check1_Click()
    Frame2.Enabled = Not Frame2.Enabled
End Sub
Private Sub Check2_Click()
    Frame2.Visible = Not Frame2.Visible
    Check1.Visible = Not Check1.Visible
End Sub
```

（3）"隶书"单选按钮的事件过程代码如下。

```
Private Sub Option1_Click()
    Text1.FontName = Option1.Caption
End Sub
```

（4）"红色"单选按钮的事件过程代码如下。

```
Private Sub Option4_Click()
    Text1.ForeColor = vbRed
End Sub
```

实验十四 列表框、组合框

一、实验目的

1. 熟练掌握列表框的常用属性、事件和方法。
2. 熟练掌握组合框的常用属性、事件和方法。

二、实验内容

1. 在如图 S14.1 所示的界面上有 2 个标签框、1 个列表框、1 个文本框和 2 个命令按钮。程序运行时的初始界面如图 S14.1（a）所示，单击某个城市名，就会在文本框内出现从北京到该城市的航班信息，例如单击了"上海"，就会出现如图 S14.1（b）所示的界面；单击"重选"按钮，列表框变为可操作，并可以重选航班信息。

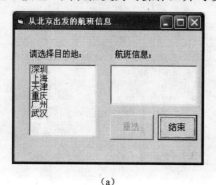

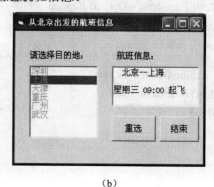

（a）   （b）

图 S14.1 列表框练习界面

提示：

（1）在"属性"窗口输入列表框的 List 属性值，如深圳、上海等。

（2）利用 Form_Load()事件设置程序初启时文本框和"重选"按钮的状态。

```
Private Sub Form_Load()
    Text1.Locked = True
    Command1.Enabled = False
End Sub
```

（3）单击列表框显示航班信息的事件过程代码如下。

```
Private Sub List1_Click()
    Dim aa As String
    aa = "   北京--"
    Select Case List1.ListIndex
        Case 0
            Text1 = aa + List1.Text + vbCrLf + vbCrLf + "星期五  15:00" + " 起飞"
```

```
        Case 1
            Text1 = aa + List1.Text + vbCrLf + vbCrLf + "星期三  09:00" + " 起飞"
        Case 2
            Text1 = aa + List1.Text + vbCrLf + vbCrLf + "星期一  22:00" + " 起飞"
        Case 3
            Text1 = aa + List1.Text + vbCrLf + vbCrLf + "星期二  20:00" + " 起飞"
        Case 4
            Text1 = aa + List1.Text + vbCrLf + vbCrLf + "星期五  09:00" + " 起飞"
        Case 5
            Text1 = aa + List1.Text + vbCrLf + vbCrLf + "星期四  15:00" + " 起飞"
    End Select
    List1.Enabled = False
    Command1.Enabled = True
End Sub
```

（4）"重选"按钮的事件过程代码如下。

```
Private Sub Command1_Click()
    Text1 = ""
    List1.Enabled = True
    Command1.Enabled = False
End Sub
```

2．在如图 S14.2（a）所示的界面上有 2 个标签框、2 个列表框和 2 个命令按钮。程序的功能为：① 程序启动时在 List1 中装入书籍名称；② 双击书名或选中多项书名再单击"添加"按钮，选中的书籍显示于 List2 中，如图 S14.2（b）所示；③ 在 List2 内选中一项或多项，再单击"删除"按钮即可删除选中的项。

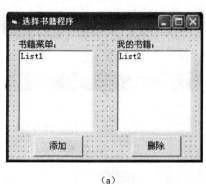
（a）

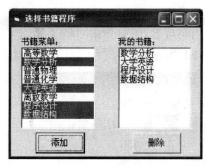
（b）

图 S14.2　列表框练习界面

提示：

（1）设置 2 个列表框的 MultiSelect 属性值为 2。

（2）利用 Form_Load()事件在 List1 中添加书籍名称。

（3）双击 List1，在 List2 中显示书籍的事件过程代码如下。

```
Private Sub List1_DblClick()
    List2.AddItem List1.Text
End Sub
```

（4）"添加"按钮的事件过程代码如下。

```
Private Sub Command1_Click()
    For i = 0 To List1.ListCount − 1
        If List1.Selected(i) = True Then
            List2.AddItem List1.List(i)
        End If
    Next i
End Sub
```

（5）"删除"按钮的事件过程代码如下。

```
Private Sub Command2_Click()
    Dim a As Boolean, b As Integer
    b = List2.ListIndex
    For i = List2.ListCount − 1 To 0 Step −1
        a = True
        If List2.Selected(i) = True Then
            List2.RemoveItem List2.ListIndex
            a = False
        End If
        If a = True And List2.ListIndex < b Then
            List2.ListIndex = List2.ListIndex − 1
        End If
    Next i
End Sub
```

3. 在如图 S14.3（a）所示的界面上有 3 个标签框、1 个文本框、1 个框架（内有 3 个单选按钮）、2 个组合框、1 个列表框和 1 个命令按钮。程序的功能为：① 编程使得 2 个组合框可以添加新项目；② 单击"特长显示"按钮可以将所选信息显示于 List1 列表框中，如图 S14.3（b）所示。

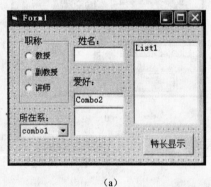
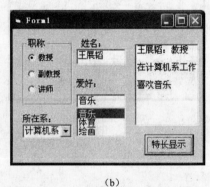

（a）　　　　　　　　　　　　　　　　（b）

图 S14.3　组合框、列表框练习界面

提示：

（1）通过 Style 属性将 Combo1 设置为下拉式组合框，将 Combo2 设置为简单组合框。

（2）利用 Form_Load()事件给 Combo1、Combo2 添加列表项。

```
Private Sub Form_Load()
    Combo1.AddItem "计算机系"
    Combo1.AddItem "电子工程系"
    Combo1.AddItem "自动化系"
    Combo2.AddItem "音乐"
    Combo2.AddItem "体育"
    Combo2.AddItem "绘画"
End Sub
```

（3）编写组合框 Combo1 添加新项目的事件过程代码如下。

```
Private Sub Combo1_KeyPress(KeyAscii As Integer)
    Dim flag As Boolean, i As Integer
    If KeyAscii = 13 Then
        flag = False
        For i = 0 To Combo1.ListCount − 1
            If Combo1.List(i) = Combo1.Text Then
                flag = True
                Exit For
            End If
        Next i
        If Not flag Then Combo1.AddItem Combo1.Text
    End If
End Sub
```

该过程是利用在 Combo1 文本框中输入新项目按 Enter 键后，所发生的事件完成新项目的添加的。Combo2 添加新项目的事件过程读者自己完成。

（4）"特长显示"命令按钮的事件过程代码如下。

```
Private Sub Command1_Click()
    List1.Clear
    If Option1 Then
        List1.AddItem Text1.Text + "： " + Option1.Caption
    ElseIf Option2 Then
        List1.AddItem Text1.Text + "： " + Option2.Caption
    ElseIf Option3 Then
        List1.AddItem Text1.Text + "： " + Option3.Caption
    End If
    List1.AddItem ""
    List1.AddItem "在" + Combo1.Text + "工作"
    List1.AddItem ""
    List1.AddItem "喜欢" + Combo2.Text
End Sub
```

实验十五　滚动条、计时器和图形控件

一、实验目的

1．熟练掌握滚动条的常用属性、事件。
1．熟练掌握计时器的常用属性、事件。
3．掌握图形控件的使用方法。

二、实验内容

1．在如图 S15.1（a）所示的界面上有 3 个滚动条、4 个标签框和 1 个文本框。其中 3 个滚动条表示红、绿、蓝 3 种基本颜色，滚动条的 Max 属性可设置为 255。程序运行时只要改变任意一个滚动条的滑块位置，文本框的颜色就会变化，运行界面如图 S15.1（b）所示。

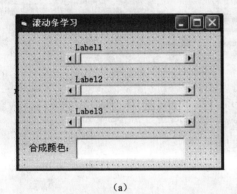
（a）

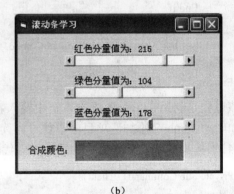
（b）

图 S15.1　滚动条练习界面

提示：
（1）设置 3 个滚动条的 Max 属性为 255。
（2）利用 Form_Load()事件设置程序初启时的界面。

```
Private Sub Form_Load()
    Label1.Caption = "红色分量值为：" & HScroll1.Value
    Label2.Caption = "绿色分量值为：" & HScroll2.Value
    Label3.Caption = "蓝色分量值为：" & HScroll3.Value
End Sub
```

（3）滚动条的 Change、Scroll 事件过程代码如下。

```
Private Sub HScroll1_Change()
    Label1.Caption = "红色分量值为：" & HScroll1.Value
    Text1.BackColor = RGB(HScroll1.Value, HScroll2.Value, HScroll3.Value)
End Sub
```

```
Private Sub HScroll1_Scroll()
    Label1.Caption = "红色分量值为：" & HScroll1.Value
    Text1.BackColor = RGB(HScroll1.Value, HScroll2.Value, HScroll3.Value)
End Sub
```

以上 Change、Scroll 事件过程内的程序相同，如果只写一种事件过程运行会有何缺陷？请读者试一试。另外，Hscroll2、Hscroll3 的事件过程与 HScroll1 相同，请读者完成之。

2．在如图 S15.2（a）所示的界面上有 1 个计时器、1 个标签框、1 个文本框和 1 个框架（其中有 2 个单选按钮）。程序的功能为：可以用 12 小时制或 24 小时制显示当前机器的时间，运行界面如图 S15.2（b）所示。

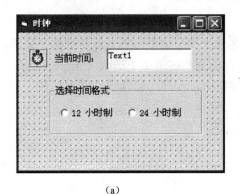

（a）

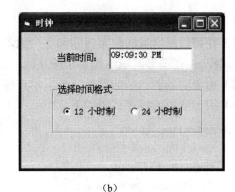

（b）

图 S15.2　计时器练习界面

提示：

（1）利用 Form_Load()事件设置程序初启时的界面。

```
Private Sub Form_Load()
    Timer1.Interval = 1000
    Option1.Value = True
    Text1.Text = Format(Now, "hh:mm:ss AM/PM")
End Sub
```

（2）利用 Timer1_Timer()事件设置每秒更新当前。

```
Private Sub Timer1_Timer()
    If Option1.Value = True Then
        Text1.Text = Format(Now, "hh:mm:ss AM/PM")
    Else
        Text1.Text = Format(Now, "hh:mm:ss")
    End If
End Sub
```

3．设计一个应用程序，其界面如图 S15.3（a）所示。其功能为：①在框架内有一个调色板，当改变红、绿、蓝三色中的任一个滚动条的滑块位置时，调色板中的颜色会发生相应的改变。②单击"变形"按钮，则在图片框中随机显示矩形、正方形、圆、椭圆、圆角矩形等图形，图形的背景色为调色板颜色，运行界面如图 S15.3（b）所示。

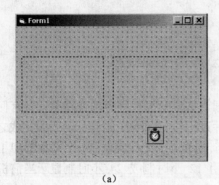
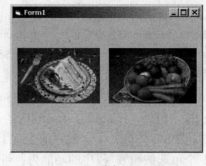

(a)　　　　　　　　　　　　　　　(b)

图 S15.3　综合练习界面

提示：

（1）在调色板区域的框架内添加 3 个滚动条和 1 个标签框（设置标签框的背景颜色为白色，有边框）；在图形区域添加 1 个图片框，并在图片框内画 1 个形状（Shape）控件。

（2）由滚动条调色后的颜色应该显示在标签框中，程序由读者独立完成。

（3）用于变形的程序代码如下。

```
Private Sub Form_Load()
    Shape1.FillStyle = 5
    Shape1.BackStyle = 1
    Shape1.BackColor = vbWhite
    Timer1.Interval = 1000
    Timer1.Enabled = False
End Sub
Private Sub Command1_Click()
    Timer1.Enabled = True
End Sub
Private Sub Timer1_Timer()
    Randomize
    Shape1.Shape = Int(Rnd * 6)
    Shape1.BackColor = RGB(HScroll1.Value, HScroll2.Value, HScroll3.Value)
End Sub
```

实验十六　菜单与通用对话框

一、实验目的

1. 熟练掌握菜单的使用方法。
2. 掌握通用对话框的使用方法。

二、实验内容

1. 设计一个菜单计算器，界面如图 S16.1 所示。其中，"文件"菜单中有两个子菜单，即"清除"和"退出"；"计算 1"菜单中有两个子菜单，即"加法"和"减法"；"计算 2"菜单中有两个子菜单，即"乘法"和"除法"。运行时，若除数为零则需要警告。

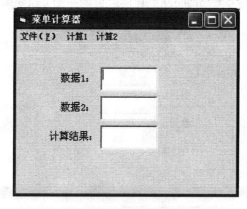

图 S16.1　菜单计算器

提示：

（1）在菜单编辑器中输入"文件"、"计算 1"、"计算 2"菜单及其子菜单的标题和名称，特别注意各菜单的名称不能相同。

（2）"加法"、"减法"、"乘法"和"除法"菜单的事件过程代码如下。

```
Private Sub Add_Click()
        Text3 = Val(Text1) + Val(Text2)
End Sub
Private Sub Sub_Click()
        Text3 = Val(Text1) − Val(Text2)
End Sub
Private Sub Mul_Click()
        Text3 = Val(Text1) * Val(Text2)
End Sub
Private Sub Div_Click()
    If Val(Text2) = 0 Then
```

```
        MsgBox "除数不能为零，请重新输入！", 16, "警告框"
        Text2 = ""
        Text2.SetFocus
    Else
            Text3 = Val(Text1) / Val(Text2)
    End If
  End Sub
```

（3）"清除"和"退出"菜单的事件过程代码如下。

```
Private Sub Clear_Click()
    Text1.Text = ""
    Text2.Text = ""
    Text3.Text = ""
    Text1.SetFocus
End Sub
```

2．在如图 S16.1 所示的菜单计算器中添加一个弹出菜单，该弹出菜单中有 4 个子菜单，分别为"＋"、"－"、"×"和"÷"，其运行界面如图 S16.2 所示。

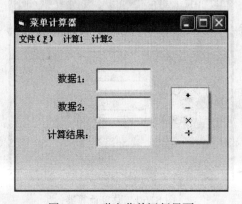

图 S16.2　弹出菜单运行界面

提示：

（1）可在菜单计算器的顶层菜单中添加一个"计算"菜单作为弹出菜单，其下有 4 个子菜单："＋"、"－"、"×"和"÷"，并将该顶层（"计算"）菜单设为不可见。

（2）下面是弹出菜单的事件过程代码，程序中 Calc 为"计算"菜单的名称。

```
Private Sub Form_MouseDown(Button As Integer, Shift As Integer, X As Single, Y As Single)
    If Button = 2 Then
        PopupMenu Calc, vbPopupMenuLeftAlign
    End If
    End Sub
```

（3）编写"＋"、"－"、"×"和"÷"各子菜单的事件过程。

3．设计一个文本编辑应用程序，其界面如图 S16.3 所示。其中，"文件"菜单中有 2 个子菜单，即"清除"和"退出"；"字体外观"菜单中有 3 个子菜单，即"粗体"、"斜体"和"下画线"；"字体名称"菜单中有 3 个子菜单，即"宋体"、"楷体"和"隶书"；"字体大小"菜单中有 4 个子菜单，即"12"，"18"，"24"和"28"。

图 S16.3 文字编辑器界面

4. 设计一个文本编辑应用程序,其设计界面如图 S16.4(a)所示。其中"文件"菜单中有 3 个子菜单,即"字体"、"清除"和"结束",当单击"字体"菜单时出现如图 S16.4(b)所示的对话框,用来修改文本框内的字体格式。

(a)

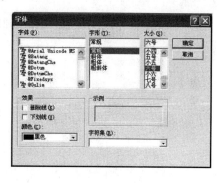

(b)

图 S16.4 通用对话框练习界面

提示。

(1)Visual Basic 的通用对话框是 ActiveX 控件,在 Visual Basic 的工具箱中无此标准控件,使用时必须选择"工程"菜单的"部件"命令来打开"部件"对话框,在"部件"对话框中选择"Microsoft Common Dialog Control 6.0"选项,将 CommonDialog 控件添加到工具箱中。

(2)"字体"菜单事件过程代码如下。

```
Private Sub Font1_Click()
    CommonDialog1.Flags = cdlCFEffects Or cdlCFBoth
    CommonDialog1.ShowFont
    Text1.FontName = CommonDialog1.FontName
    Text1.FontBold = CommonDialog1.FontBold
    Text1.FontItalic = CommonDialog1.FontItalic
    Text1.FontSize = CommonDialog1.FontSize
    Text1.FontUnderline = CommonDialog1.FontUnderline
    Text1.FontStrikethru = CommonDialog1.FontStrikethru
    Text1.ForeColor = CommonDialog1.Color
End Sub
```

（3）程序运行时选择"文件"菜单的"字体"命令，会弹出一个如图 S16.4（b）所示的对话框，在该对话框中选择字体、字形、大小、颜色等即可改变文本框内的文字样式，如图 S16.5（a）、图 S16.5（b）所示。

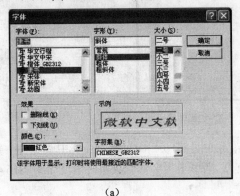

（a）

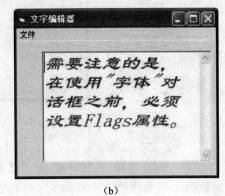

（b）

图 S16.5　通用对话框练习

实验十七 Visual Basic 文件系统

一、实验目的

1．熟练掌握驱动器列表框、目录列表框和文件列表框的使用方法。
2．掌握顺序文件的读/写操作。
3．掌握随机文件的读/写操作。

二、实验内容

1．设计一个窗体，其界面如图 S17.1 所示，要求利用磁盘驱动器以及目录列表框和文件列表框对磁盘进行访问，并可以通过图像框显示选定的图像文件。

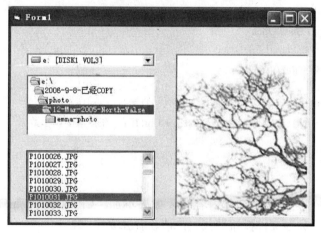

图 S17.1　文件系统控件的组合

提示：

（1）参照教材第 7 章例 7.1 来练习。

（2）本工程文件名为 eg17-1.vbp，窗体文件名为 eg17-1.frm，主要代码如下，请注意代码中的 " \ "，在引号中不能有空格。

```
Private Sub File1_Click()
    Picture1.Picture = LoadPicture(Dir1.Path & " \ " & File1.FileName)
End Sub
```

2．设计一个窗体界面，如图 S17.2 所示，当打开一个文本文件时，其内容可以显示到文本框中，同时也可以将文本框中的文本信息写入到顺序文件中。

提示：

（1）参照第 7 章例 7.3 和例 7.4 来练习。

（2）本工程文件名为 eg17-2.vbp，窗体文件名为 eg17-2.frm，向 eg17-2.frm 中添加 1 个文本框 text1，2 个命令按钮 command1 和 command2，1 个通用对话框 CommonDialog1。

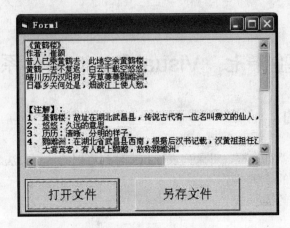

图 S17.2　顺序文件操作

（3）打开文件按钮的程序代码如下。

```
Private Sub Command1_Click()
    Dim Lines, fname As String
    Cls
    CommonDialog1.ShowOpen
    fname = CommonDialog1.FileName
    Open fname For Input As #1              '打开文件
    Do Until EOF(1)                         '循环至文件尾
        Line Input #1, Lines                '读入一行数据并将其赋予某变量
        Text1.Text = Text1.Text & Lines + Chr(13) + Chr(10)   '在窗口中显示数据
    Loop
    Close #1                                '关闭文件
End Sub
```

　　以上代码在文本框中显示文件内容时，如果不加"Chr(13) + Chr(10)"将会有什么效果？请读者试一试。另存文件按钮的代码，请读者独立完成。

　　3．设计一个窗体界面，如图 S17.3 所示，通过文本框输入学生的姓名、学号，学院和班级，将其写入随机文件中，单击"显示记录"按钮时，可以读出随机文件中的数据，显示在文本框中。

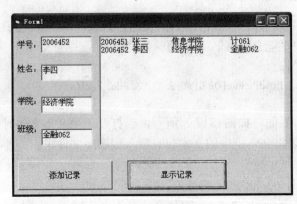

图 S17.3　随机文件操作

提示：

（1）参照第 7 章例 7.5 和例 7.6 来练习。

（2）本工程文件名为 eg17-3.vbp，窗体文件名为 eg17-3.frm，向 eg17-3.frm 中添加 5 个标签和 4 个文本框，2 个命令按钮 command1 和 command2，1 个通用对话框 CommonDialog1。

（3）添加一个模块，命名为 stum.bas，程序代码如下所示。

```
Type Student                          '定义用户自定义数据类型
    Number As String * 8
    Name As String * 10
    Subject As String * 15
    class   As String * 10
End Type
```

（4）添加记录按钮的程序代码如下。

```
Private Sub Command1_Click()
Dim i As Integer
Dim StuRecord As Student                      '声明变量
Open "d:\StuFile.txt" For Random As #1 Len = Len(StuRecord) '以随机访问方式打开文件
    StuRecord.Number = Text1.Text             '学号
    StuRecord.Name = Text2.Text               '姓名
    StuRecord.Subject = Text3.Text            '学院
    StuRecord.class = Text4.Text              '班级
    Put #1, Text1.Text, StuRecord             '将记录写入文件中
Close #1                                       '关闭文件
End Sub
```

显示记录按钮的代码，请读者独立完成之。

实验十八　Visual Basic 图形操作

一、实验目的

1. 学会自定义坐标系。
2. 掌握图形方法的使用。
3. 掌握在程序运行时给图形框和图像框加载图形的方法。
4. 会用 Pset 方法绘制曲线。

二、实验内容

1. 设计程序，其运行界面如图 S18.1 所示，窗体上有一个图像框（Image1）和一个水平滚动条控件（HScroll1），程序运行时，当拖动滚动条滑块或单击滚动条两端的箭头和空白处时，图像框里的图像会随之缩放。

图 S18.1　程序运行界面

操作提示和程序代码参考如下。

（1）新建一个工程，在窗体上添加一个图像框（Image1）和一个水平滚动条（HScroll1）。

（2）在"属性"窗口设置属性：Image1 的 Picture 属性选择图像文件。由于 Image1 的 Stretch 属性值默认为 False，所以装入图形后图像框自动调整大小，这时 Image1 的大小就是图像的大小。将滚动条的 Min、Max 属性分别设置为 10 和 20。

（3）编写事件代码如下。

```
Dim h!, w!
Private Sub Form_Load()
    h = Image1.Height
    w = Image1.Width
    Image1.Stretch = True
End Sub
Private Sub HScroll1_Change()
```

```
    Image1.Height = h * HScroll1.Value / 10
    Image1.Width = w * HScroll1.Value / 10
End Sub
Private Sub HScroll1_Scroll()
    Image1.Height = h * HScroll1.Value / 10
    Image1.Width = w * HScroll1.Value / 10
End Sub
```

2. 程序的设计界面如图 S18.2 所示，窗体上有两个直线控件（依次为 Line1 和 Line2），一个形状控件（Shape1），显示为一个红色的圆，一个计时器控件（Timer1），两个命令按钮（Command1 和 Command2）。程序运行时，单击"开始"按钮，红色的圆在直线间上下运动，单击"停止"按钮，停止运动。

操作提示和程序代码参考如下。

（1）新建一个工程，在窗体上添加所需控件对象，对象都采用默认名称。

（2）设置属性：按表 18.1 设置各对象的主要属性。

表 18.1　属性设置

对　象　名	属　性　名	属　性　值
Timer1	Interval	10
Shape1	Shape1	3
Shape1	BorderColor、FillColor	红色
Shape1	FillStyle	0

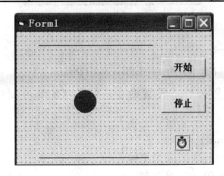

图 S18.2　设计界面

（3）编写事件代码如下。

```
Dim fx As Integer          ' fx 变量控制球的运动方向
Private Sub Command1_Click()
    Timer1.Enabled = True
End Sub
Private Sub Command2_Click()
    Timer1.Enabled = False
End Sub
Private Sub Form_Load()
    fx = 1
    Timer1.Enabled = False
```

```
    End Sub
Private Sub Timer1_Timer()
    Shape1.Top = Shape1.Top − 10 * fx
    If Shape1.Top < Line1.Y1 Then
    fx = −1
    ElseIf Shape1.Top > Line2.Y1 − Shape1.Height Then
    fx = 1
    End If
End Sub
```

3. 编制应用程序，绘制函数 $y=\exp(x/2)-1$ 在[-4，4]之间的曲线，如图 S18.3 所示。界面上有一个图形框控件（Picture1）和一个命令按钮"绘制图形"（Command1），单击"绘制图形"按钮，可在图形框里绘图。

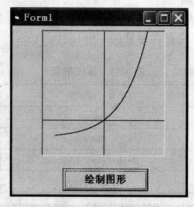

图 S18.3　运行界面

操作提示和程序代码参考如下。

（1）新建一个工程，在窗体上添加一个图形框（Picture1）和一个命令按钮（Command1）。

（2）在"属性"窗口设置属性：设置命令按钮的 Caption 属性为"绘制图形"。

（3）编写事件代码如下。

```
Private Sub Command1_Click()
    Picture1.Scale (−5, 5)−(5, −2)      '定义坐标系
    Picture1.Line (−5, 0)−(5, 0)        '画 X 轴
    Picture1.Line (0, 5)−(0, −2)        '画 Y 轴
    For x = −4 To 4 Step 0.001
    y = Exp(x / 2) − 1
    Picture1.PSet (x, y)                '画点
    Next x
    End Sub
```

4. 程序运行界面如图 S18.4 所示。界面上有一个图形框（Picture1）和一个命令按钮"绘制图形"（Command1），图形框的高和宽相同。单击"绘制图形"按钮，完成下面的操作：

（1）在图形框上设置新的坐标系 Picture1.Scale (−1000, 1000)−(1000, −1000)。

（2）用 Line 方法绘制内、外两个正方形，内正方形的边长为 800。

（3）在两个正方形之间画一个圆。

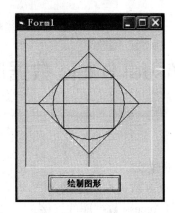

图 S18.4　程序运行界面

操作提示和程序代码参考如下。

（1）新建一个工程，在窗体上添加一个图形框（Picture1）和一个命令按钮（Command1）。

（2）在"属性"窗口设置属性：将图形框的 Height 属性和 Width 属性设置相同。设置命令按钮的 Caption 属性为"绘制图形"。

（3）编写事件代码如下。

```
Private Sub Command1_Click()
    Picture1.Scale (-1000, 1000)-(1000, -1000)   '定义坐标系
    Picture1.Line (-1000, 0) - (1000, 0)          '画 x 轴
    Picture1.Line (0, -1000) - (0, 1000)          '画 y 轴
    Picture1.Line (-400, 400) - (400, -400), , B  '画内正方形
    '下面四语句画外正方形
    Picture1.Line (0, 800) - (800, 0)
    Picture1.Line - (0, -800)
    Picture1.Line - (-800, 0)
    Picture1.Line - (0, 800)
    r = Sqr(4 * 4 + 4 * 4) * 100                  '求圆半径
    Picture1.Circle (0, 0), r                     '画圆
End Sub
```

实验十九　Visual Basic 数据库应用（1）

一、实验目的

1．熟练掌握 Access 数据库的建立。
2．熟练掌握 Data 控件和 Access 数据库的连接。
3．熟练掌握数据绑定控件和 Access 数据库的连接。

二、实验内容

1．通过 Visual Basic 环境中自带的可视化数据管理器（VisData.exe）建立一个数据库 library97.mdb，其中包含 3 张表，分别是 book、borrowinfo 和 reader。每张表中的各个字段和部分记录内容如图 S19.1 至图 S19.6 所示。

字段名称	数据类型
书号	文本
书名	文本
作者	文本
出版社	文本
出版日期	日期/时间
单价	货币
购买日期	日期/时间
说明	备注

图 S19.1　表 book 的字段

字段名称	数据类型
书号	文本
书名	文本
借阅人姓名	文本
借出日期	日期/时间
还书日期	日期/时间
备注	备注

图 S19.2　表 borrowinfo 的字段

字段名称	数据类型
读者编号	数字
读者姓名	文本
读者性别	文本
电话	文本
E-mail	文本
其他	文本

图 S19.3　表的 reader 字段

书号	书名	作者	press	出版日期	单价	购买日期	说明
7-02-000872-0	三国演义	罗贯中	人民文学出版社	2002-3-1	￥39.50	2004-9-3	
7-02-000873-9	西游记	吴承恩	人民文学出版社	2001-10-1	￥47.20	2002-7-7	
7-02-000874-7	水浒传（上、下册）	施耐庵	人民文学出版社	2006-7-1	￥50.60	2006-10-10	
7-101-04612-6	红楼梦	曹雪芹	中华书局	2006-2-1	￥19.00	2006-8-1	
7-12345-6789	数据结构	张某	清华大学出版社	2006-8-1	￥26.00	2006-10-1	
7-302-12301-2	西游记漫话	林庚	清华大学出版社	2006-7-1	￥16.50	2006-10-1	林庚作品集
7-4567898989	软件工程	李某	教育科学出版社	2006-4-1	￥45.00	2006-11-1	
7-5041-2816-3	结构方程模型及其应用	侯杰泰	教育科学出版社	2005-1-1	￥39.00	2006-7-1	
7-5322-3651-X	三国演义（连环画）		上海人民美术出版社	2004-1-1	￥150.00	2005-1-1	
7-5325-3687-4	三国演义	罗贯中	上海古籍出版社	2004-4-1	￥58.00	2004-10-1	全三册（图文本）
7-5326-0723-2	西游记	吴承恩	上海辞书出版社	2000-12-1	￥380.00	2002-7-10	名家彩绘四大名著
7-5678724366	C程序设计	钱某	宁波出版社	2000-12-1	￥21.00	2001-12-1	
7-5783425789	水浒传	施耐庵	上海辞书出版社	2000-12-1	￥67.00	2002-1-1	
7-6758475484	红楼梦	曹雪芹	上海古籍出版社	2000-10-1	￥89.00	2002-12-1	
7-6869585954	三国演义	李某	上海人民美术出版社	2006-4-1	￥56.00	2006-8-6	彩绘四大名著
7-80602-401-8	红楼梦·鉴赏珍藏本	曹雪芹	宁波出版社	2001-1-1	￥98.00	2003-7-1	
7-80665-670-7	金圣叹批评本水浒传	金圣叹	教育科学出版社	2006-6-1	￥68.00	2006-8-1	
7-896785785	数据挖掘	程某	中华书局	2006-6-11	￥25.00	2006-10-2	

图 S19.4　表 book 的记录内容

书号	书名	借阅人姓名	借出日期	还书日期	备注
7-302-12301-2	西游记漫话	李四	2006-8-10	2006-9-10	
7-4567898989	软件工程	孙钱	2006-8-9	2006-10-5	
7-5322-3651-X	三国演义（连环画）	张三	2006-7-1	2006-7-10	
7-6758475484	红楼梦	王一	2006-8-10	2006-10-10	
7-80602-401-8	红楼梦·鉴赏珍藏	孙钱	2006-8-9	2006-11-5	
7-896785785	数据挖掘	王一	2006-8-10	2006-10-10	

图 S19.5　表 borrowinfo 的记录内容

读者编号	读者姓名	读者性别	电话	E-mail	其他
1	张三	男	64251111	zhansn@163.com	
2	李四	男	62375625	lis@sina.com	
3	孙钱	女	67563526	sunq@hotmail.com	
4	赵二	女	67547832	zhaoer@163.net	
5	王一	男	67546383	wang@tom.com	

图 S19.6　表 reader 的记录内容

提示：

（1）打开菜单"外接程序"→"可视化数据管理器"，弹出 VisData 的界面。

（2）打开"文件"→"新建"→"Microsoft Access"→"Version 7.0 MDB"，建立一个新的数据库，名为"library97.mdb"，并保存在自己选定的目录下。

（3）用鼠标右键单击"数据库窗口"的空白处，在弹出的快捷菜单中选择"新建表"，进入表结构的对话框，在这里输入表的名称"book"以及表中各个字段的设置。以同样的方法依次建立表"borrowinfo"和"reader"。建立数据库后的界面如图 S19.7 所示。

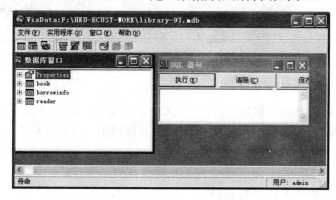

图 S19.7　数据库 library97.mdb 窗口

需要注意的是，通过 Visual Basic 环境中自带的可视化数据管理器（VisData.exe）建立的数据库格式是 Access 97 的格式。采用 Microsoft Office 中的 Access 97 建立的数据库，在 Visual Basic 中通过可视化数据管理器可以直接打开，但是如果用 Access 2000 及其以上版本建立的数据库，则不能直接打开。解决的办法之一是，可以先通过 Access 2000 建立数据库，然后在 Access 2000 中进行格式的转换，转换为 Access 97 的文件格式。例如，可以先在 Access 2000 中建立一个名为 library2000.mdb 的数据库，然后，通过菜单"工具"→"数据库实用工具"→"转换数据库"→"转为 Access 97 文件格式"，在弹出的菜单中，把数据库重新命名即可。

Visual Basic 中的 DATA 控件也不支持 Access 2000 的数据库格式，如果希望在 Visual Basic 中读/写用 Access 2000 建立的数据库，可以采取下面两个方法之一：

① 使用 ADODC 控件，并且在选择数据库引擎时选择"Microsoft.Jet.OLEDB.4.0"提供者，不能选择"Microsoft.Jet.OLEDB.3.51"。

② 升级到 Visual Basic 6 SP5，这样就可以将 DAO 升级为 3.6，通过 DAO 3.6 对象或 DATA 控件访问 Access 2000 的数据库文件。此时的 Connect 属性将会增加一个新的选择"Access 2000"。

在实际应用中，要根据具体的情况来采取相应的解决办法。

这里的 3 张表之间要建立相应的关联，可以通过 Access 97 或者 Access 2000 来建立它们之间的关联关系。

2．设计如图 S19.8 所示的界面，通过数据控件 Data 和 Text 的绑定把数据库 library97.mdb 中的内容显示在界面上，如图 S19.9 所示。编写代码实现"上一个"，"下一个"浏览数据库中的记录，以及"添加"、"删除"、"查询"数据库中的数据。

图 S19.8 book.vbp 的设计界面

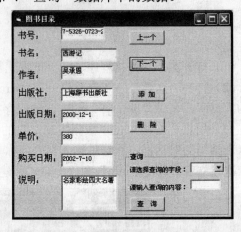

图 S19.9 book.vbp 的运行界面

提示：

（1）打开 Visual Basic 新建一个工程文件，命名为 book.vbp，把窗体文件命名为 bookfr.frm。向窗体 bookfr.frm 中添加需要的对象并修改相应的属性设置。请参照第 10 章例 10.1 来完成。

（2）把数据库 library97.mdb 和本工程的文件放在同一个目录下。

（3）本工程文件的主要程序代码如下。

```
Private Sub Form_Load()
    Dim dbpath As String
    Data1.Visible = False
    CobFind.AddItem "书号"
    CobFind.AddItem "书名"
    CobFind.AddItem "作者"
    CobFind.AddItem "出版社"
        '加载数据库
    dbpath = App.Path
    If Right$(dbpath, 1) <> "\" Then
        dbpath = dbpath & "\"
    End If
    Data1.DatabaseName = dbpath & "library97.mdb"
    Data1.RecordSource = "book"
End Sub


'添加记录
Private Sub ComAdd_Click()
    If ComAdd.Caption = "确定" Then
        On Error GoTo errorhandler
```

```vb
            '更新记录集
            Data1.UpdateRecord
            '移动到最后一条记录
            Data1.Recordset.MoveLast
            comprev.Enabled = True
            comnext.Enabled = True
            ComDel.Enabled = True
            ComFind.Enabled = True
            ComAdd.Caption = "添加"
        Else
            '添加新的记录
            Data1.Recordset.AddNew
            ComAdd.Caption = "确定"
            comprev.Enabled = False
            comnext.Enabled = False
            ComDel.Enabled = False
            ComFind.Enabled = False
        End If
    Exit Sub
    '错误处理
errorhandler:
        If Err.Number = 524 Then
            MsgBox "该记录已存在！", 48, "警告"
        End If
        Resume
End Sub


'删除记录
Private Sub ComDel_Click()
    Dim i As Integer
    i = MsgBox("真的要删除当前记录吗？", 52, "警告")
    If i = 6 Then
        '删除记录
        Data1.Recordset.Delete
        Data1.Refresh
    End If
End Sub


'下一个
Private Sub comnext_Click()
    Data1.Recordset.MoveNext
    comprev.Enabled = True
    If Data1.Recordset.EOF Then
        Data1.Recordset.MoveLast
        comnext.Enabled = False
```

```
        End If
    End Sub


'上一个
Private Sub comprev_Click()
    Data1.Recordset.MovePrevious
    comnext.Enabled = True
    If Data1.Recordset.BOF Then
        Data1.Recordset.MoveFirst
        comprev.Enabled = False
    End If
End Sub


'查询
Private Sub ComFind_Click()
    If TexFind.Text = "" Then
        MsgBox "请输入查询内容！", 48, "提示"
        Exit Sub
    End If
    If CobFind.Text = "书号" Then
        Data1.Recordset.FindFirst "书号=" & "'" & TexFind.Text & "'"
    ElseIf CobFind.Text = "书名" Then
        Data1.Recordset.FindFirst "书名=" & "'" & TexFind.Text & "'"
    ElseIf CobFind.Text = "作者" Then
        Data1.Recordset.FindFirst "作者=" & "'" & TexFind.Text & "'"
    ElseIf CobFind.Text = "出版社" Then
        Data1.Recordset.FindFirst "出版社=" & "'" & TexFind.Text & "'"
    End If
    If Data1.Recordset.NoMatch Then
        MsgBox "记录不存在", 64, "提示"
    End If
End Sub
```

修改以上代码，把查询的结果显示在 DataGrid 控件中，请读者试一试。

实验二十　Visual Basic 数据库应用（2）

一、实验目的

1．熟练掌握 ADODC 控件的使用。
2．了解在 Visual Basic 中使用结构化查询语言 SQL 的方法。

二、实验内容

1．设计一个工程，用 DataList 控件来显示数据库 library97.mdb 的表 borrowinfo 中借出去的书名，当单击该书名时用 DataGrid 显示表 reader 中该书的借阅人的所有字段信息，如图 S20.1 所示。

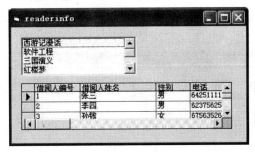

图 S20.1　book.vbp 的运行界面

提示：

（1）打开 Visual Basic，建立一个新的工程，命名为 readinfo.vbp，窗体文件名为 readinfo.frm。

（2）在"部件"对话框中选中"Microsoft DataGrid Control"、"Microsoft DataList Controls"以及"Microsoft ADO Control"，把 DataGrid 控件、DataList 控件和 Adodc 控件添加到工具箱中。

（3）在窗体 readinfo.frm 中添加一个 DataGrid 对象和 DataList 的对象。采用系统默认的名称，即 DataGrid1 和 DataList1。

（4）在窗体 readinfo.frm 中添加两个 Adodc 对象，分别把名称改为 adoborrowinfo 和 adoreader，并把它们的 ConnectionString 属性都设置为 library97.mdb 的数据源。设置 adoborrowinfo 的 RecordSource 属性。这里可以输入 Select * From borrowinfo。通过这个 SQL 语句的查询，可以使 adoborrowinfo 返回 borrowinfo 表中的所有记录。以同样的方法设置 adoreader 的 RecordSource 属性，输入 Select * From reader。详细的设置步骤参见第 10 章例 10.2。

（5）将 DataList1 控件的 RowSource 属性设置为 adoborrowinfo。RowSource 属性决定由哪一个数据源为 ListField 属性提供数据。

（6）将 DataList1 控件的 ListField 属性设置为"书名"。在运行时，DataList1 控件将显

示所指定字段的值。

（7）DataList1 将控件的 BoundColumn 属性设置为借阅人姓名，当单击 DataList1 控件时，BoundText 属性返回在 DataList1 控件中所显示的与书名相关联的借阅人姓名字段的值。这个值将用于对 reader 表的查询，该查询结果为 DataGrid1 控件提供数据源。

（8）将 DataGrid1 控件的 DataSource 属性设置为 adoreader。

（9）本工程文件的主要程序代码如下。

```
Private Sub Datalist1_Click()
Dim strQuery As String
strQuery = "Select * from book where 借阅人姓名= " & DataList1.BoundText
adoreader.RecordSource = strQuery
adoreader.Refresh
DataGrid1.ClearFields
DataGrid1.ReBind
End Sub
```

修改本工程文件，用 DataCombo 控件和 DataList 控件连接两个表，请读者试一试。

2．编制一个信息浏览查询的程序，编辑设计界面和运行界面之一如图 S20.2 和图 S20.3 所示。要求实现下面的功能。

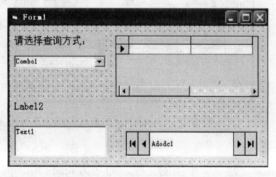

图 S20.2　Multiquery.vbp 的设计界面

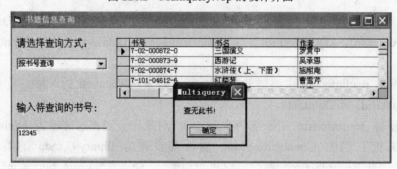

图 S20.3　Multiquery.vbp 的运行界面之一

（1）在 Combo1 中显示 4 项："全部显示"、"按书号查询"、"按出版社查询"、"按作者查询"。

（2）如果在 Combo1 中选择"全部都显示"，则在 DataGrid1 中显示"book"表的全部记录。

（3）如果在 Combo1 中选择"按书号查询"，则在 Text1 中输入待查询的书号，输入完毕按 Enter 键后，在 DataGrid1 中显示该记录或显示"查无此书！"。

（4）如果在 Combo1 中选择"按出版社查询"，则在 Text1 中输入待查询的出版社，输入完毕按 Enter 键后，在 DataGrid1 中显示该记录或显示"尚未购买此出版社的书籍！"。

（5）如果在 Combo1 中选择"按作者查询"，则在 Text1 中输入待查询的作者，输入完毕按 Enter 键后，在 DataGrid1 中显示该记录或显示"查无此作者！"。

提示：

（1）打开 Visual Basic 新建一个工程文件，命名为 Multiquery.vbp，把窗体文件命名为 Multiqueryfr.frm。向窗体 Multiqueryfr.frm 中添加需要的对象并修改相应的属性设置。

数据访问控件 Adodc1 的相关属性设置如下：

ConnectionString: Provider=Microsoft.Jet.OLEDB.4.0；

Data Source：D:\library97.mdb；

CommandType: 1-adCmdText；

RecordSource: select * from book；

（2）把数据库 library97.mdb 和本工程的文件放在同一个目录下。

（3）本工程文件的主要程序代码如下。

```
Private Sub Form_Load()
    Dim i As Integer
    Caption = "书籍信息查询"
    Adodc1.Visible = False
    Combo1.Text = "显示全部记录"
    Label2.Visible = False
    Text1.Visible = False
    Text1.Text = ""
End Sub
Private Sub Combo1_Click()
    Select Case Combo1.ListIndex
    Case 0
        Text1.Visible = False
        Label2.Visible = False
        Adodc1.RecordSource = "select * from book"
        Adodc1.Refresh
    Case 1
        Label2.Caption = "输入待查询的书号:"
        Text1.Visible = True
        Label2.Visible = True
        Text1.SetFocus
    Case 2
        Label2.Caption = "输入待查询的出版社名称:"
        Text1.Visible = True
        Label2.Visible = True
        Text1.SetFocus
    Case 3
        Label2.Caption = "输入待查询的作者名称:"
```

```
                Text1.Visible = True
                Label2.Visible = True
                Text1.SetFocus
        End Select
    End Sub
    Private Sub Text1_KeyDown(KeyCode As Integer, Shift As Integer)
    If KeyCode = vbKeyReturn Then
        If Combo1.ListIndex = 1 Then
            Adodc1.Recordset.MoveFirst
            Adodc1.Recordset.Find "书号='" & Text1.Text & "'"
            If Adodc1.Recordset.EOF Then
                Adodc1.RecordSource = "select * from book"
                Adodc1.Refresh: MsgBox "查无此书!"
            Else
    Adodc1.RecordSource = "select * from book " & "where  书号='" & Text1.Text & "'"
            End If
    ElseIf Combo1.ListIndex = 2 Then
                Adodc1.Recordset.MoveFirst
                Adodc1.Recordset.Find "出版社='" & Text1.Text & "'"
            If Adodc1.Recordset.EOF Then
                Adodc1.RecordSource = "select * from book"
                Adodc1.Refresh: MsgBox "尚未购买此出版社的书籍!"
            Else
    Adodc1.RecordSource = "select * from book " & "where  出版社='" &    Text1.Text & "'"
            End If
        Else
                Adodc1.Recordset.MoveFirst
                Adodc1.Recordset.Find "作者='" & Text1.Text & "'"
            If Adodc1.Recordset.EOF Then
                Adodc1.RecordSource = "select * from book"
                Adodc1.Refresh: MsgBox "查无此作者!"
            Else
    Adodc1.RecordSource = "select * from book " & "where  作者='" & Text1.Text & "'"
            End If
    End If
                Adodc1.Refresh
    End If
    End Sub
```

请读者思考 Text1_KeyDown 的事件过程是否可以用 Select Case 语句实现。

附录 答 案

第1章答案

1. 判断题

(1) F	(2) T	(3) F	(4) T	(5) F	(6) T
(7) T	(8) F	(9) F	(10) F	(11) F	(12) T

2. 选择题

(1) D	(2) C	(3) C	(4) B	(5) C	(6) B
(7) B	(8) C	(9) C	(10) C		

第2章答案

1. 判断题

(1) T	(2) T	(3) F	(4) F	(5) T	(6) F
(7) T	(8) T				

2. 选择题

(1) A	(2) D	(3) B	(4) B	(5) B	(6) B
(7) D	(8) C	(9) D	(10) C	(11) A	(12) C

第3章答案

1. 判断题

(1) F	(2) T	(3) F	(4) T	(5) F	(6) F
(7) T	(8) T	(9) F	(10) T		

2. 选择题

(1) D	(2) C	(3) C	(4) D	(5) D	(6) B
(7) C	(8) A	(9) B	(10) A		

第4章答案

1. 判断题

(1) F	(2) F	(3) T	(4) F	(5) T	(6) F
(7) T	(8) T	(9) T	(10) T		

2．选择题

（1）D　　　（2）B　　　（3）D　　　（4）B　　　（5）D　　　（6）B

（7）A　　　（8）C　　　（9）A　　　（10）B

3．思考题（略）

第 5 章答案

1．判断题

（1）T　　　（2）F　　　（3）F　　　（4）T　　　（5）T

2．选择题

（1）C　　　（2）B　　　（3）B　　　（4）D　　　（5）C　　　（6）A

（7）B　　　（8）B　　　（9）D　　　（10）A

第 6 章答案

1．判断题

（1）F　　　（2）T　　　（3）F　　　（4）F　　　（5）T　　　（6）T

（7）T　　　（8）F

2．选择题

（1）B　　　（2）D　　　（3）D　　　（4）A　　　（5）D　　　（6）C

（7）B　　　（8）A　　　（9）C　　　（10）A

第 7 章答案

1．判断题

（1）T　　　（2）T　　　（3）F　　　（4）F　　　（5）T　　　（6）T

（7）T　　　（8）F

2．选择题

（1）B　　　（2）D　　　（3）B　　　（4）C　　　（5）C　　　（6）B

（7）D　　　（8）A　　　（9）C　　　（10）A

第 8 章答案

1．判断题

（1）. T　　　（2）T　　　（3）F　　　（4）T　　　（5）T　　　（6）T

（7）T　　　（8）F　　　（9）F　　　（10）F

2. 选择题

(1) C　　　(2) B　　　(3) D　　　(4) B　　　(5) B　　　(6) A

(7) B　　　(8) C　　　(9) B　　　(10) D

3. 思考题（略）

第 9 章答案

1. 判断题

(1) T　　　(2) T　　　(3) T　　　(4) F　　　(5) T　　　(6) T

(7) F　　　(8) T　　　(9) F　　　(10) T

2. 选择题

(1) B　　　(2) B　　　(3) C　　　(4) C　　　(5) B　　　(6) D

(7) B　　　(8) C　　　(9) C　　　(10) A

3. 思考题（略）

第 10 章答案

1. 判断题

(1) T　　　(2) F　　　(3) T　　　(4) F　　　(5) F

2. 选择题

(1) A　　　(2) C　　　(3) C　　　(4) C　　　(5) C　　　(6) A

(7) C　　　(8) A　　　(9) C　　　(10) D

反侵权盗版声明

电子工业出版社依法对本作品享有专有出版权。任何未经权利人书面许可，复制、销售或通过信息网络传播本作品的行为；歪曲、篡改、剽窃本作品的行为，均违反《中华人民共和国著作权法》，其行为人应承担相应的民事责任和行政责任，构成犯罪的，将被依法追究刑事责任。

为了维护市场秩序，保护权利人的合法权益，我社将依法查处和打击侵权盗版的单位和个人。欢迎社会各界人士积极举报侵权盗版行为，本社将奖励举报有功人员，并保证举报人的信息不被泄露。

举报电话：（010）88254396；（010）88258888

传　　真：（010）88254397

E-mail：　dbqq@phei.com.cn

通信地址：北京市万寿路 173 信箱

　　　　　电子工业出版社总编办公室

邮　　编：100036

反侵权盗版声明